어제보다 나은 오늘

어나오

어제보다 나은 오늘
어나오

초판 1쇄 발행 2019년 5월 15일

지 은 이 몸짱맘짱 고새나 작가 외 20명
펴 낸 곳 티핑포인트
사진작가 조송희
촬영장소 깊은산속 옹달샘
펴 낸 이 김요형

디자인 임파컴(impacom@hanmail.net)
인　쇄 미래피앤피

출판등록 2011년 5월 13일 제25100-2011-000007호
주　소 인천시 계양구 장기동 146-2 골든파크빌 102호 401호
전　화 010-9036-4341
ⓒ 김은주, 2019

ISBN 979-11-85446-53-0 03510

어제보다 나은 오늘

어나오

티핑
포인트

프롤로그

몸짱맘짱 처녀작인 『어나오』는 '드림팀즈 몸짱 프로젝트'에 참여 중인 몸짱맘짱 21명이 공동 저자로 참여하여 출판한 책이다. 21명이 의기투합하여 공동 저자로 『어나오』를 출판하게 된 배경은 무엇이었을까?

'어나오'란 '어제보다 나은 오늘'의 줄임말이다. 나와의 경쟁에서 이기는 자신을 뜻하기도 한다.

우리는 살면서 늘 다른 이와 뜻하지 않게 보이지 않는 경쟁을 하며 지내왔다. 그리고 많은 시간을 자책하며 살아왔다. "난 참 부족해." 하면서 말이다. 그리고 저 사람이 가진 능력은 매우 커 보이면서 상대적으로 난 작거나 형편없는 사람처럼 느꼈던 경험이 누구나 있었을 거라 생각한다.

몸짱에서는 더 이상 타인과의 비교를 하지 않는다. 바로 '어나오'라는 몸짱 정신이 있기 때문이다. 작심삼일로 그치기에 딱 좋은 자신과의 싸움이 치열해야 어렵게 얻어낼 수 있는 운동 습관을 매일 빠짐없이 즐겁게 즐기면서, 언제, 어디서든, 누구나 장착할 수 있게 만들어 주는 몸짱 프로젝트의 핵심 성공 비결 정신이 '어나오'이다. 21명의 공동 저자는 '어나오'로 각자의 몸을 더 건강하게 만들었고, 스스로를 더 사랑하는 비결을 깨달았고, 내면에 충만하게 채워진 좋은 에너지를 타인에게 전하며 선하고 건강한 영향력을 줄 수 있는 리더로 성장해 나가고 있다.

어나오는 거창한 것이 아니다. 작은 실천을 계획하여 매일 도전하는 것부터 시작한다. '어제보다 나은 오늘을 창조해 나가는 나'로 만들어 가는 것에 재미를 느껴야 한다. 어나오가 장착이 되면 남과의 비교가 없어진다. 남의 재능이 부럽지 않다. 그 사람을 있는 그대로 인정하게 된다. 그러면서 나, 너, 우리로 함께 성장해 나간다.

21명의 공동 저자는 단 한 번도 자신의 책을 출판해 보지 않은 지극히 평범한 사람들이다. 그들이 『어나오』로 의기투합했다. 지극히 평범함 속에 비범함이 있을 수 있음을 알리고 또한 우리가 살아온 삶의 경험을 있는 그대로 드러냈을 때 이 책을 읽는 분들에게는 분명 따뜻한 위로와 희망, 용기와 도전을 줄 수 있다는 확신이 있었기 때문이다.

오늘도 21명의 공동 저자는 '어나오'로 오늘 하루를 그 어떤 날보다도 더 의미 있고 빛나는 하루로 만들어 가고 있다. 지금의 우리, 충분히 빛나고 아름답다. 내일의 우리, 더 빛나고 아름다울 것이다. 우리에겐 어제보다 나은 오늘이, 오늘보다 나은 오늘이 기다리고 있기 때문이다.

_몸짱맘짱 대표 고새나

나에게 있어 몸짱 '어나오'는 인생 2막의 '어나오'와 같다. 2016년 6월 몸짱 운동을 시작하고 약 1,000일(2019년 1월 30일)이라는 시간이 지났다. 아주 우연하게도 1000이라는 숫자가 나에게 많은 '어나오'의 기적을 만들어 주었다. 우선 몸의 어나오, 맘의 어나오, 꿈의 어나오를 지나 영혼의 어나오 까지 기대하게 된다. 앞으로 1,000일 이후(2021년 10월 31일)에는 또 어떤 어나오의 기적이 일어날까…. 기대 만땅이다. 모쪼록 몸짱 어나오를 통해 개인의 성장은 물론 몸짱 공동체 성장의 어나오를 기대해 본다.

_강미숙

나는 중학교 때부터 갑상선기능저하증과 빈혈로 교장 선생님의 훈화 시간이면 쓰러지곤 했던 사람이었다. 그래서 운동은 제외 대상이었다. 물론 운동도 잘 못했고, 몸치였던지라 피하기만 하다 보니 운동과 담을 쌓으며 살아왔던 것 같다. 그러던 내가 몸짱 운동을 시작한 지 벌써 2년 6개월이 되었다.

운동에는 자신 없어 싫어했던 내가 하루도 쉬지 않고 지금까지 운동하고 있는 것은 드림팀즈 몸짱이기에 가능했다. 함께 운동하며 잘한다고 칭찬해 주고 서로 격려해 주는 몸짱 가족분들과 함께하다 보니 신명나고 즐겁게 운동하는 법을 알게 되었다. 또한 몸만 건강해지는 것이 아니라 마음도 건강해지고 따뜻한 사람으로 변화되어 가고 있다. 이런 우리들의 이야기를 『어나오』 책을 통해 펼쳐가길 원한다.

운동에 자신 없는가? 혼자라서 외로운가? 자신 없고 바쁜 삶을 살고 있는 우리들의 성장 이야기가 이곳에 녹아 있다. 매일매일 성장해 가는 나를 응원하며, 어제보다 나은 오늘의 나와 우리가 되기 위해 『어나오』를 소개한다.

_강혜민

2016년 생애전환기를 앞둔 시점, 한 직장에서 오랫동안 근무하며 크고 작은 사건들 속에서 하루하루를 살아왔지만, 아무것도 이루어 놓은 것이 없다는 생각에 어떠한 변화를 찾고자 사직서를 냈으나 수리되지 못하고 있던 중 만나게 된 몸짱! 한 달만 하고 말아야지 생각하며 시작했던 몸짱은 현재 2년 6개월이 지났고, 그 시간 동안 정신없이 달려왔다.

날 달리게 한 원동력은 몸짱을 통한 끊임없는 새로운 도전이었고, 나의 가치를 발견해 주고 빛내 주는 몸짱 운영자님 그리고 사랑하고 존경할 수밖에 없는 따뜻한 몸짱 가족분들이었다. 나는 분명 어느새 어제보다 나은 오늘의 내가 되어 있었다. 이번 몸짱 처녀작 『어나오』 책 발간을 기회로 어나오의 주인공인 나를 발견하며 돌아보는 시간을 갖고 싶다.

_곽효정

나는 시월을 아주 바쁘게 보내고 있다. 그래도 『어나오』 공동 저자 모임을 놓치지 않았다는 것이 대견하다. 또한 두근두근 두려움도 있다. 함께하는 힘을 믿는다. 하지만 개인 저자보다 더 지난한 방향 설정이 될 수 있겠다 싶었다. 『어나오』는 우리 각자 변화된 몸과 마음의 경험에서 나오는 내용일 것이다. 시작은 운동, 그 다음 마음 건강까지 가는 과정에서 새롭게 나를 만나는 과정이 공통일 것이다.

오늘 신문에서 '호모 헌드레드'라는 용어를 보았다. 지금 40~50대가 살아온 만큼 더 살 수 있는 시대가 온다. 그럼 무슨 준비를 해야 할까? 돈, 친구, 공동체, 건강 외에 '이 나이에 뭘~' 하며 지레 포기하지 않는 내면의 힘도 필요할 것이다. 그래서 대상은 40대 이상의 사람들에게 몸과 마음의 건강에서 무엇을 어떻게 구체적으로 시작해야 할지 경험을 알려 주는 것으로 '나는 날마다 더 젊어지고 있다.'는 말을 몸 건강, 마음 건강, 독서 활동, 꿈 설계 등 색깔별로 담은 책이 되기를 그려본다.

_김경희

『어나오』 공동 저자로 참가하고 싶었던 이유는 혼자서는 어려울 테고 같이 가면 가능할 것 같아 한 발을 걸쳐 본다. 이제 직장에서는 나이가 많아 별 볼 일 없다고 떠나야만 하는 시기에 몸짱을 만나 새로운 희망을 갖게 되었고 나의 꿈을 이야기하는 웃지 못할 일을 내 입을 통해서 말하게 되었고, 조장을 맡으면서 조원들이 나의 도움을 기다리고 있다는데 나의 할일이 있구나, 알게 되었다.

온라인을 통한 1:1보다는 책을 통해 나의 '어나오'를 알린다면 더 보람이 있지 않을까 해서 발을 담가 보았다. 많은 대단한 분들과 함께하는 게 좋고, 또 이렇게 처음 시작은 미약할지라도 후에 어떤 큰 창대한 일이 일어날 것이라는 기대를 해 본다..

_김배식

하루하루 어제보다 나은 오늘을 살아간다면 하루가 선물 상자를 여는 설렘으로 가득찰 것이다. 그 상자 안엔 희망, 즐거움, 발전… 각자만의 보물이 한가득. 오늘은 누구에게나 주어지는 선물이지만 '어나오'는 하루를 멋지게 산 우리에게 주어지는 선물!

_김은정

몹시도 분주한 세상살이 중에 요 며칠도 무슨 일로 이리 바쁜가? 모든 면에서 '어제보다 나은 오늘' 을 기대하며 꿈꾸는 지금 이순간도 어제보다 나은 나를 가꾸기에 집중한다. 우연치 않게 몸짱을 만났고 우리들은 혼자서 가는 외로운 길이 아닌, 즐겁고 행복하게 함께 가는 '어나오' 여정에 동참한 것을 무척 잘한 결정이라고 뿌듯하게 생각하고 있다.
 건강을 지키기 위해 몸짱에 발을 담그고 하루하루를 '어나오'로 채워 가며 몸짱이 되어 가고, 마음을 들여다보는 맘짱 과정을 걸어가면서 평생을 '어나오'를 꿈꾸는 게 아닐까? 몸, 마음, 영에 이르기까지 우리의 '어나오' 여정엔 나로 그치지 않고 너로 향하고 우리를 외치며 우분투 정신이 충만한 행복한 공동체가 되어 간다. 이 여정에 기적 같은 일들이 일어나고 신비로운 경험을 이어 가면서 우리의 '어나오'가 모두의 '어나오'로 삶을 응원하고, 손잡고 함께 가기를 청하며 우리의 이야기를 나누기 원한다.

_김준미

불가능할 것 같던 일들이 아주 조금 어제보다 조금 더 나아가다 보면 언젠가 달라진 나를 마주하게 되기에. 0% 불가능에서 1% 가능성으로! 그리고 언제나 같이 든든히 지켜봐 주는 느리더라도 천천히 가더라도 나의 속도에 맞게 천천히 나아가도 된다고 말하는 몸짱 가족들 덕분임을 잘 알기에..

_김진영

우리들 한 사람 한 사람, 자기 자신 속에는 이전에 만나지 못했던 어마어마한 잠재력이 내장되어 있다는 말은 많이들 들어 봤을 것이다. 이미, 자신의 전문 분야에서 그것들을 끄집어내어 활용하고 계신 분들도 있을 것이지만, 몸이라는 공통 영역에 내재된 잠재력을 비슷한 시기에, 비슷한 방법으로 출발하여, 자신만의 독특한 스토리를 가진 역사를 공유하는 것! 그것을 읽고, 누군가는 또 다른 자신만의 '어나오' 스토리를 이어 나갈 수 있기에….

_김혜경

나에게 있어 '어제보다 나은 오늘'은 어떤 것이 있을까? 생각해 보았다. 나에게는 몸짱을 만나기 전과 만난 후가 뚜렷한 변화를 가져왔다. 같은 하루 24시간이 주어졌고 같은 날들을 살아왔지만 그 전의 하루와 요즘의 하루는 분명 달라졌다. 아주 작은 변화부터 좀 더 큰 변화까지 가장 눈에 띄는 것은 몸짱 운동으로 몸이 달라졌고 삶을 대하는 마음가짐이 달라졌다. 세상을 보는 눈이 달라지기 시작했고 스스로를 대하는 자세도 달라졌다. 그것은 한 마디로 긍정적이고 희망적인 변화다.
어제까지의 내가 두려움과 절망적인 생각에 갇혀 살았다면 오늘의 나는 희망과 자신감이 생겼고 몸짱 가족들 덕분에 몸과 마음이 아주 밝은 사람으로 변하고 있다. 앞으로도 나에게 어떤 '어나오'가 일어날지 스스로도 궁금하다. 나를 이렇게 변화시켜 준 몸짱맘짱. 그 무한 긍정의 에너지를 받으며 성장해 갈 내가 궁금하다.

_김희숙

세상의 중심이 '나'로 분명히 설 때, 환경이나 사물을 온전히 바라볼 수 있다. 더불어 사는 세상에서 나만 잘되는 것을 넘어 '함께' 공존해야 하는 이유가 더욱 요구되기 때문이다. 내가 만들어 가는 하루하루가 어제보다 더 나은 오늘로 채워지기 위해 '나'는 분명 건강한 심신의 소유자여야 한다.
숱한 건강서, 자기계발서는 많지만 내적 동기부여와 자발적 참여를 이끌어 내기는 쉽지 않다. 얄팍한 처세 지침이 아니라 나부터 변화하고 동참을 하게 만드는 진심의 감동이 독자를 붙들지 않을까. 모든것이 복잡하고 해야 할 일이 모호한 현대인의 삶! 그래서 우린 단순 명료한 방법으로 바로 실천할 수 있는 워크북이 절실히 필요할 지 모른다. 이책은 이런 의미에서 우리의 워크북이다.

_박은주

날마다 새로이 주어지는 '하루'라는 선물! 이 하루를 어떻게 보냈는가의 결과가 오늘의 내 모습이고, 지금 어떻게 보내고 있는가에 따라 나의 미래가 결정될 것이다. 50세에 회사를 퇴직한 이후, 운명처럼 만난 몸 짱 그리고 맘짱! 몸짱맘짱을 알고부터 내 삶은 날마다 새로운 즐거움으로 가득하다. 29년간 외국 항공사 에서 승무원으로 일하면서 여러 나라를 여행했을 때보다 오히려 더 행복하다. '어제보다 나은 오늘'이 지 금도 매 순간 내 삶에 만들어지고 있어서 참 감사하다!

다양한 삶의 사람들이, 밴드라는 온라인 매개체를 통해 만나게 되고, 오프 모임을 통해 더욱 깊이 삶을 나 누며, 함께 만들어 가는 '어나오'의 소소하고 아름다운 인생 이야기…. 누군가 잠시 지쳐 있거나, 삶의 전 환기에서 의미와 참된 행복을 찾는 사람들이 있다면, 이 책 『어나오』가 살아 있는 좋은 가이드 겸 친구가 되리라 기대한다.

_박희원

어린 시절은 형제간의 비교, 학창 시절은 친구들과의 비교, 사회에 나와서는 선후배 동기들과의 비교, 결 혼해서는 시댁에서의 비교…. 인생은 늘 비교의 연속인가, 나는 왜 거기서 늘 열등생인가 고민할 즈음 '깊 은산속 옹달샘 몸짱맘짱 프로젝트'를 만났다. 몸 공부, 마음 공부를 하며 나는 내 안의 수많은 가능성을 발 견하고 뚜벅뚜벅 내 길을 걷고 있다. 타인과의 비교가 아닌 어제보다 나은 오늘의 나를 위해, 보석같이 빛 나는 사람들과 함께.

_성명희

'어나오', 어제보다 나은 오늘. '일신우일신', 하루아침에 이루어지는 것은 없다. 꾸준히 노력하고 실천하는 사람에게 주어지는 선물이다. 몸짱 어나오, 맘짱 어나오. 우리는 서로의 민낯을 보았다. 변화해 가는 모습 도 보았다. 개개인의 어나오가 몸짱맘짱 공동체의 어제보다 나은 오늘이다.

_신동운

거창한 것이 아니더라도 '어나오'를 실천해 본 사람은 '어나오'의 힘을 알 수 있다. 매일을 사는 우리는 늘 ' 어나오'를 경험하며 살아야 하지 않을까? 늘 같은 오늘이라면 삶을 유지할 이유도 없지 않을까? 내일은 오늘보다 나을 것이란 희망이 있을 때 우리는 힘차게 오늘을 살 수 있다. '어나오'는 큰 목표에만 해당되는 것이 아님을 함께 공유할 필요가 있다. 운동 시간을 어제보다 오늘 5초 더 늘일 때 10일만 지나면 50초가 더 늘어난다. 작은 '어나오'가 삶을 바꿀 수 있다. 우리가 경험한 작은 나눔이 누군가의 인생을 바꿀 수 있을 것이다.

_안옥란

어나오! 나는 50대 후반에도 성장 진행형 인간이다. 매일매일이 기적일 수밖에 없는 나의 삶을 세상에 알릴 필요가 있다.

_이성근

내가 운동으로 건강한 몸을 만들기 위해 몸짱 프로젝트와의 인연을 시작하였다면 이제는 맘짱 과정을 거치게 되면서 참 많은 성장을 거듭하고 있다. 나를 넘어 너에게로, 더 나아가 우리에게로 시선을 넓혀 가면서 이타적인 삶을 배운다. 나는 늘 이렇게 생각하고 있다. 성장을 멈추는 그때가 바로 삶을 마감하는 때라고 말이다. 열정과 도전으로 성장을 멈추지 않을 것이다. 바로 이것이 '어나오'의 삶이다.

'드림팀즈 몸짱맘짱'은 서로 원원하며 함께하는 팀워크를 자랑하고 있다. 힘들 때는 스스럼없이 손을 내밀고 내민 손 꼭 잡아 주어 조금 느리더라도 함께하는 우분투 정신을 바탕으로 하고 있다. 이 과정에서 사랑을 주고받으며 함께 '어나오'의 삶을 추구하고 있다. 내가 이 공동체의 일원이라는 데 자긍심을 갖고 있으며 미력하나마 작은 힘을 보태고 있다는 게 자랑스럽다.

늘 창조를 꿈꾸며 정진하는 '드림팀즈 몸짱맘짱'의 '어나오'는 어디까지 변모할까? 가늠하기조차 어렵다. 하지만 분명한 사실은 '나와 너, 우리 모두의 어나오'의 삶을 실현시킬 프로젝트임에는 틀림없다는 무한 신뢰를 보낸다. 출판은 추진되고 있는 몸짱맘짱 프로젝트의 여러 분야 중 하나로써 이 책 또한 많은 독자들에게 '어나오'의 삶으로의 방향을 제시해 주리라 확신한다.

_이순희

이 우주에서 유일한 나이기 때문에 다른 것과 비교될 수 없다. 오로지 어제의 나와 비교할 수 있을 뿐이다. 고독하고 외롭고 지겨운 자기 자신과의 싸움의 여정이 아닌 즐겁고 재미있게 함께 멀리 오래갈 수 있는 아름다운 비행을 공유함으로써 서로의 꿈을 키워 나갈 수 있는 동기부여가 될 것이다. 변화와 성장의 느낌, 앞으로의 더 큰 포부, 개인의 경험과 함께 마라닉, 중국어방, 힐링 여행 등도 당연히 포함되어야 할 소재라고 생각한다..

_이인권

공동 저자 책을 발간한다는 계획을 들었을 때 마음에 찡하게 다가왔다. 직장에서도 발간되는 소책자에 가끔 글을 올리기도 해 봐서 이 기회를 놓칠 수 없었다. 몸짱 운동으로 실시간 내가 살아있음을 느낀다. 매 순간 최선을 다해서 살자고 하는 내 인생 목표와도 너무 와닿는다. 그리고 어릴 적 병치레로 늘 건강 염려증에 살아온 내가 몸짱 운동과 맘짱 2단계를 지나는 동안 몸과 마음이 엄청나게 건강해졌음을 실감하면서 이 경험을 혼자서만 간직하기에는 너무 아쉽고 많은 사람들이 동참하여 나처럼 건강해지고 행복해지길 바라는 마음 간절함을 담아서 쓰고 싶었다. 나도 모르게 감동의 눈물이 흐르는 것처럼 진심을 다해서 표현하면 분명 마음을 움직이는 좋은 글귀와 내용이 나오리라 믿었다. 성심껏 해 보자. 화이팅! 감사합니다. 사랑합니다

_장정애

'어나오'는 타인과의 경쟁에서 오는 좌절과 비관 대신 비교 대상을 어제의 나로 삼아 하루하루 조금은 나아지도록 노력하고, 그 노력들이 계속 쌓이다 보면 불가능을 가능케 하는 성장 드라마라고 할 수 있다.

_전연순

공동저자
고새나 | 강미숙 | 박은주 | 곽효정 | 이성근 | 강혜민 | 박희원 | 이순희 | 성명희 | 김희숙 | 김혜경 | 김진영 | 장정애
김배식 | 이인권 | 신동운 | 김경희 | 김준미 | 안옥란 | 전연순 | 김은정

차례 | CONTENTS

3장. 오늘보다 나은 내일

에필로그

나를 찾아 떠나는 몸짱맘짱 여행

_고새나(몸짱맘짱 대표)

몸짱맘짱 프로그램을 세계 유일무이한 긍정의 힘을 확산시키는 건강 공동체로 만들고자 뜨거운 열정과 투철한 추진력으로 하루하루를 살아가는 사람이다. 하지만 매우 허당끼가 다분하고 완벽에는 거리가 아주 먼 사람이기도 하다. 스스로를 인정하고 사랑하기까지 지난 많은 시간들을 아파하기도 했다. 나도 몸짱을 통해 '어나오'를 실천하게 되면서 조금씩 변화되어 갔고 지금도 매일 성장 진행 중에 있다.

I Can Do It! 나의 '어나오' 미래 선언

하나, 나는 몸짱맘짱을 세계 유일무이한 긍정의 힘을 확산시키는 공동체로 만든다.

둘, 나는 타인의 상처가 빛나는 '운디드 힐러'가 될 수 있도록 조력한다.

셋, 나는 몸짱님들과 100세까지 세계 전국을 누비며 의미 있고 행복한 여행을 한다.

넷, 나는 물질적인 것도 함께 투자하고 수익창출을 일으키며 나눌 수 있는 그 '무엇'들을 창조한다.

다섯, 나는 세계를 누비며 강의를 하는 명강사이다.

여섯, 나는 몸짱맘짱님들을 위한 단독 건물을 운영한다.

일곱, 나는 세계를 이끌어 갈 차세대 리더, 창의적인 인재를 키우는 창의학교를 세운다.

여덟, 나는 몸 & 마음 에너지 관리를 잘 하는 사람이다.

아홉, 나는 몸짱이며 맘짱이다.

열, 나의 인생은 살맛 난다. 행복하다. 의미 있다. 보람된다.

나는 어렸을 때부터 남들과 매우 달랐다고 한다. 일단 울음소리부터 우렁차고 허스키 했다고 한다. 마치 사내아이가 태어난 것처럼. 나는 추운 겨울이 되면 장롱 깊숙이 넣어 둔 여름옷들을 꺼내 입고 '패션쇼'를 당당히 벌이는가 하면, 무더운 여름에는 또 거꾸로 겨울옷들을 잔뜩 껴입는 '튀는' 모습으로 다른 사람들의 주목을 받으려 했던 아이였다고 한다. 매우 밝았던, 매우 활발했던, 매우 당당했던 아이. 그러나 내면은 늘 남들과 다름에 힘들어 하고 아파하고 넘어지고 상처받으며 스스로를 많이 자책했던 아이이기도 했다.

자라면서 엄마에게 늘 듣던 소리, "여자가 왜 그러냐?"
조신, 현모양처와는 아주 거리가 먼 나는 천상 여자의 길을 가는 뻔한 그 길이 숨 막힐 정도로 싫었고 반항했던 삶을 살았다. 왜 여자로 태어났을까? 하는 불만과 상처를 보상하듯' 난 남들과 달라'하면서 애써 나를 위로했고 나를 진정으로 사랑하는 방법을 몰랐던 자신을 사실은 미워했었다. 다양한 상처 속에서도 오뚝이처럼 다시 일어나고 다시 넘어지고 또다시 일어나고 했었던 지난 나의 영광의 상처 과거들이 주마등처럼 지나간다.

학부모 모임에 나가면 그들의 교육 방향과 달리 생각하는 나는 소통할 대상이 없었다. 회사에서는 누군가가 "이건 안 돼~" 하면 난 끊임없이' 왜 안 돼?' 하고 속으로 되물었다. 그리고 가능성을 찾아 행동으로 옮겼다. 그러는 과정이 다소 충동적이고 다소 불확실하며 다소 어처구니없는 사람으로 충분히 비춰질 만했다.

대학을 졸업한 무렵 조직이 있는 사회생활을 한다는 것이 상상이 되지 않아 사업의 꿈을 꾸었다. 대학 때 과외를 하며 열심히 번 종잣돈 2천만 원으로 난 무슨 사업이든 할 수 있을 거라 생각했다. 하지만 가게를 순회하며 부동산에 알아본 결과 충격적인 사실을 알게 된다. 2천만 원으로는 명함도 못 내민다는 것을….

돈이 없어서 그럼 못 할 것인가? 돈이 없어도 할 수 있는 사업 아이템을 찾아 난 을지로로 갔다. 거기서 오징어 굽는 기계를 얹히는 리어카를 직접 구상해 설계하고 가스통을 넣어 압구정 한복판 갤러리아 백화점 앞에서 버터 오징어 사업을 시작했다. 대학 친구들이 혀를 찼다. 미쳤어…. 아, 창피해…. 낮에는 옷을 갖추어 입고 갤러리아 백화점에 아이쇼핑을 하던 나는 저녁 무렵 노점 사업가로 변신하여 백화점 점원들이 퇴근하는 시간에 맞추어 오징어를 팔았다. 그렇게 2개월을 보내며 느낀 것은 사업은 아무나 하는 것이 아니구나, 일단 사회생활을 하자. 그렇게 난 내가 직접 경험하고 부딪히며 깨달아야지만 그 다음 행동으로 옮기는 사람이었던 것 같다.

우왕좌왕 복잡한 사고를 가졌던 나는 돌이켜보니 내가 나를 몰라 참 많은 시간을 애쓰며 살아왔다는 것을 이제는 어렴풋이 안다. 늘 부족함을 느꼈던 나, 왜 나는 저들과 다를까, 난 누구인가? 난 왜 태어났지? 난 어디로 가야 하는 사람인가? 내가 정말 누구인지 알고 싶었고, 내 감정은 어디서부터 오며 어떻게 다스릴 수 있는지, 울컥거리는 어떠한 마음들은 왜 생겨나는지, 누군가와 함께 있으면 편안함을 느끼는데 또 어떤 누군가와 함께 있으면 답답함이 생기는 이유는 무엇인지, 나는 무엇을 가장 잘하고 무엇을 해야 심장이 뛰는지, 타인에게 난 어떤 도움을 줄 수 있는지, 아무 일도 하지 않으면 왜 공허함이 밀려오는지, 왜 나 자신을 닦달하는지….

참 많은 질문으로 나에게 묻고 정해진 답이 나올 리 없는 것에 꼬리를 물며 가슴에 작은 못들을 박으며 살아 왔다. "난 나야." 겉으로는 당당하게 살아왔지만 무언가 저들과 다르게 느껴지는 나는 어두운 작은 그림자를 큰 그림자로 애써 키워 나의 뒤를 졸졸 따라오게 만들었다. 일을 하며 좋은 성과를 내고 나서도 밀려드는 공허함과 훅 떨어지는 자존감이 후폭풍으로 따라오곤 했는데 돌이켜 보니 아마도 나의 어두운 그림자 때문이었던 것 같다. 그렇게 난 나의 그림자를 내 곁에 꼭 껴안고 놔주질 못했던 것이다. 밤잠을 늘 설쳤던 나, 오늘 있었던 일들에 대해 고민과 비판이 생겼던 나, 돌아가는 흐름이 이해가 안 돼 불만을 가졌던 나, 편한 숙면을 취하지 못하니 늘 몸은 무거웠고 피곤은 계속 누적되었던 나의 지난 과거…. 남을 향한 비판은 계속적으로 커져만 갔던 나의 지난 과거….

나는 진짜 내가 누구인지 알고 싶어 심리, 교육, 독서 등 다양한 공부를 파고들기 시작했다. 6살 때부터 시작됐던 질문 "왜 나는 여자로 태어났지?"에 대한 명쾌한 답도 찾아내고 싶었다. 그렇게 시작된 나를 찾아가는 여행은 여전히 진행 중이다.

하지만 지금 크게 달라진 점이 있다면 이제는 나를 진정으로 사랑하는 방법을 알아차림에 있다. 이제는 과거처럼 나를 아프게 하지 않는다. 이제는 내가 여자로 태어났음에 감사하고 행복하다. 지금 나는 나를 더욱 사랑하기 위해 '지금! 여기'의 삶을 창조해 나가고 있는 중이다. 지금의 느낌? 매우 흥분되고 황홀하다. 나를 있게 한 나의 과거 역시 사랑한다. 보이지 않게 경험해야만 했던 나의 지난 과거가 있었기에 변화되고 성장할 수 있었음을….

지난 나의 울퉁불퉁한 삶, 경험 등이 지금은 그 누구도 가질 수 없는 나의 재산이 되었다. '꿈은 이루어진다'는 말은 조금 식상하게 다가올 수 있는 흔하고 흔한 말이기도 하지만 나에게는 10여 년 전부터 내면에서 뜨겁게 올라오던 꿈 하나가 있었다. '정말 멋진 학교를 만들고 싶다'는 꿈. 함께 만들어 갈 수 있는 학교, 그 안에는 춤과 재미가 있고 진짜 실력을 키우며 멘토와 멘티 시스템으로 사랑과 감사가 넘치는 공동체, 나다움을 살리는 행복이 넘치는 그러한 학교를 꿈꿨다. 그러한 학교를 열정으로 세우고 싶었고 간절하게 꿈꾸면 이루어진다는 마음으로 한 글자 한 글자 혼을 담아 나의 학교 꿈의 종합편을 2014년 6월 21일에 남겨 놓았다.

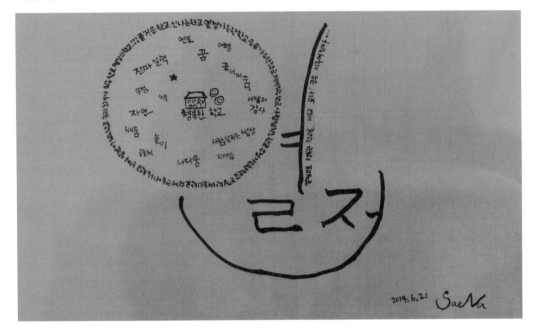

어떤 분이 물으셨다.

"새나님의 몸짱 사랑과 열정은 어디서 나와요? 그 많은 일을 어떻게 추진하나요?"

특별한 답을 못 드렸던 것 같다.

"그냥 좋아서… 심장이 뛰는 대로… 사랑하니까요."

그러한 느낌으로 대답해 드린 것 같다.

2016년 5월, 50명으로 몸짱 프로젝트가 첫 시작을 하였고 2018년 10월 기준으로 3년이 채 되지 않은 기간에 3천명의 몸짱 가족이 함께하는 온라인 건강 공동체로 성장 중에 있다. 2014년 6월 21일에 선포한 나의 꿈은 한 치의 어긋남 없이 정확하게 진행되고 있다. 바로 '몸짱 학교'에서. 이제야 몸짱 사랑이 어디서 나왔는지 알게 되었다. 바로 '꿈'이었고, '열정'이었다. 그 안에는 남과는 달라 많이 아파했던 '경험'으로부터 다른 이들에게 그러한 아픔을 느끼게 해 주고 싶지 않았던 간절함에서부터 시작되었음을 고백한다.

몸짱의 도약을 위해 내 자신만의 시간이 절실했다. 그때 만난 책이 파울로 코엘료의『순례자』이다. 나의 삶은 순례와는 360도 곱하기 10배 할 만큼 다르다. 난 자유 영혼이고 형식적이고 틀에 박히는 듯한 상황을 매우 힘들어한다. 그러나 순례자가 나를 이끌었다.『순례자』를 통해 나 역시 산티아고 순례길을 감행한다. 15일간 산티아고의 경험, 하루 20km씩 걸으며 느꼈던 하나 하나, 그때 받은 수많은 영감과 나와의 깊은 대화, 외국인과의 만남 등을 통해 무언가 깊은 갈망이 생겼다. 코엘료처럼 나도 앞으로의 내 인생에 있어 삶의 작가가 되고 싶은 열망이었다. 산티아고 다녀온 후 몸짱운동장에 선포한 많은 방향들이 3년이 채 지나지 않는 지금, 정말 한 치의 오차도 없이 모두 다 진행되어 가고 있음에 놀라지 않을 수 없다. 그 중 하나가 몸짱님들과 공동저자로 처녀작을 출판해 보자였다. 꿈을 꾸면 이루어지고, 말하는 대로 이루어진다는 사실을 몸짱을 통해 진실로 받아들이고 있다. 게다가 좋은 꿈, 함께하는 꿈은 그 실현 속도가 놀라울 정도로 빨라진다.

몸짱 초창기 때, 몸짱 가족 중 한 분이 몸짱님들과 세계 여행을 하고 싶다는 꿈을 선포해 주셨다. 그 선포가 그 다음 해(2018년) 백두산으로 40여 명이 함께 가는 첫 발걸음이 되어 주었고, 2019년 이집트에는 40여명이 너무나 아름다운 추억을 함께 만들어 왔고, 5월에는 산티아고, 7월에는 노르웨이, 20년에는 일본, 중국 등이 줄지어 기획되어져 있고 그 시간을 몸짱님들과 기다리고 있다. 알래스카도 꿈꾸고 있다. 인도도 꿈꾸고 있다. 아프리카도 꿈꾸고 있다. 크루즈 여행도 꿈꾼다. 작은 꿈의 시작이 자라나고 있고 계속 커 나갈 것이다. 몸짱 깃발을 전 세계에 한 번씩은 꼭 꽂아 보리라. 몸짱 가족과 함께!

몸짱 수석코치로 활동하고 계시는 강미숙님께서 마라톤을 다시 시작하고 싶다고 했다. 마라톤은 별로 좋아하지 않던 운동이었고 관심도 없던 운동이었다. 몸짱에서는 즐기면서 하는 마레닉(마라톤+트레킹+피크닉)으로 변경되었고 우리는 단체로 한강, 춘천, 동아 마라톤에 출전을 했다. 전원 완주의 짜릿한 기록도 함께 만들어 낸다. 몸짱을 통해 풀코스 도전자도 생겨나고 있다. 마라톤의 마자도 모르는 초보자인 나 역시 동아마라톤에서 하프를 완주했다. 이는 분명 몸짱의 힘이다. 다양한 해외 마라톤에 몸짱이 단체로 출전하는 꿈도 자라나고 있다. 지역 마레닉 동아리도 생겼다. 대표적인 대회에 출전하지 않더라도 우리는 어디든 자유자재로 지역별 마레닉을 통해 몸짱가족과 우리나라 팔도강산의 운치와 아름다움에 심취하며 행복한 달리기를 여행테마로 놀이처럼 진행하고 있다.

몸짱 가족분들의 꿈과 동행하는 동안 나도 새롭게 갖게 된 꿈이 있다. 몸짱에서 온라인 일어 열풍이 불었다. 그리고 중국어 열풍도 불고 있다. 언어 역시 몸짱운동처럼 어디를 가서, 누군가의 수업을 듣지 않아도 얼마든지 열정과 관심과 노력만 있다면 그리고 함께 하는 좋은 사람들이 있다면 온라인 안에서도 얼마든지 즐겁게 배울 수 있다. 나는 중국어를 잘하고 싶다. 2020년 몸짱식구와 함께 가는 중국여행에서 그간 몸짱에서 배운 중국어로 중국인을 꼭 몸짱에 초대하리라.

건강한 꿈을 가진 사람들이 연결되는 '드림멤버스'의 꿈도 생겼다. 아직 실현되지 않았지만 초석을 만들기 위해 노력하고 있다. 다양한 경험, 다양한 재능, 다양한 꿈들이 모아질 수 있는 드림멤버스 플랫폼을 구상 중에 있다. 신뢰와 믿음을 바탕으로 연결되는 유통, 나아가 한 사람의 재능, 꿈들이 연결되는 그 무엇, 사회적 기업으로도 성장하여 의미 있는 곳에 몸짱이 있는 것을 꿈꿔본다. 꿈을 꾸니 춤추게 된다. 나는 오늘도 춤을 추는 꿈을 그려 내고 있다.

그리고 자신의 재능을 못 찾거나 남들의 평가에 좌절하며 갈 길을 헤매고 있거나 고군분투하는 사람을 만나면 나는 내 심장이 뛰는 것을 느낀다. 특히 문제아라고 낙인찍힌 청소년들, 조금 다른 생각과 삶을 사는 사람들…. 난 이들에게 희망을 주고 싶다. 좌절하지 말라고 말이다. 상처 속에 빛나는 다이아몬드가 준비 중에 있다고 말이다. 그리고 계속 도전하다 보면 반드시 당신의 재능이 빛나는 날이 올 것이라고…. 용기를 주는 운디드 힐러가 되고 싶다.

나는 오늘도 어제보다 나은 내가 되기 위해 지난 시간 사랑하지 못한 나 자신을 조금씩 더 사랑해 나가고 있고, 지난 시간 마음을 읽어 주지 못한 감정을 매일 만나 주면서 조금씩 안정되어 가는 오늘을 만들고 있다. 완벽하지 않아도, 특별하지 않아도, 조금 남들과 달라 그때는 불행하게 느껴져도, 다양한 상처로 절망에 빠지더라도, 꼭 착하지 않더라도, 끊임없이 남들보다 더 낫기 위해 치열한 경쟁을 하지 않아도, 내가 나를 조금씩 인정하고 받아들이고 사랑함으로써 내가 또 다른 사람을 있는 그대로 받아들이는 방법을 알게 되면 지극히 평범하고 좌충우돌했던 사람이 '어나오'로 함께했을 때 어마어마한 영향력과 긍정의 힘을 펼칠 수 있음을 이 책 『어나오』를 통해 전하고 싶다. 그리고 인생 여정에 몸짱 가족과 함께 만들어 가고 있는 '지금! 여기!'가 그저 감사하고 그저 고맙다.

'어나오'는 몸짱의 '영혼'이다. 몸짱의 '사랑'이다. 몸짱의 '꿈합창'이다.

장

나를 있게 한 어제

75억 인구 중 아주 특별한 단 한 사람

_강미숙

나는 한 직장을 39년째 다니고 있고 인생 2막을 준비하기 위해 몸짱 운동장에서 수석 코치를 맡고 있는 행복한 사람이다. 앞으로 3년간은 인생 제2막을 위한 준비 기간이다. 책도 1천 권 이상 읽어야 하고 1인 창조기업가로서 준비도 해야 하고 1,000일 새벽 달리기도 해야 한다. 해야 할 일들이 너무 많아 행복하다. 나는 참 축복받은 특별한 사람이다..

I Can Do It! 나의 '어나오' 미래 선언

하나, 나는 1인 창조기업가로서 연 매출 백억의 선한 부자이다.

둘, 나는 내가 좋아하는 일, 잘하는 일로 도움이 필요한 사람을 도와준다.

셋, 나는 남들과 비교하지 않고 나만의 넘사벽으로 세상을 빛낸다.

넷, 나는 불가능을 모르는 미러클 메이커이다.

다섯, 나는 몸짱의 전도사, 사랑의 메신저, 운디드 힐러이다.

여섯, 나는 몸짱의 명강사이다.

일곱, 나는 몸짱의 일인자, 명인, 달인이다.

여덟, 나는 시간은행을 설립하는 시간은행 총재이다.

아홉, 나는 있는 그대로의 나를 사랑하고 최고의 내가 되는 일에 에너지를 집중한다.

열, 나는 매 순간 행복을 추구하고 매일 아침 행복 역을 향하여 내비게이션을 장착한 후 출발한다.

나는 현재 몸짱 수석코치를 맡고 있다. 몸짱과의 인연은 2015년 내가 가장 힘들었던 시기에, 깊은산속 옹달샘 1일 명상에 참여하면서부터이다. 그때 처음으로 사랑과 감사 포옹(사감포옹)이라는 것을 하며 눈물이 났다. 그때 받은 진한 감동이 잔잔하게 심장과 뇌리에 남아 있었다. 그리고 마음속에 가졌던 희망' 이런 곳에서 에너지 좋은 분들과 함께 일하고 싶다.'는 꿈. 1년 뒤 우연히 몸짱 프로젝트라는 것을 접하고 몸짱에 가입하게 되었다. 단 하루도 빠짐없이 참여하고 6개월 만에 몸짱 1호 행복 코치로 발탁되었다.'깊은산속 옹달샘' 프로그램에 참여할 때 문득 가졌던 막연한 꿈이 1년 뒤 이루어진 것이다. 이후 '내가 상상하면 꿈이 현실이 된다.'는 것을 행복 코치가 되고 나서 더 크게 경험하고 있다.

이미 나는 새벽형 인간이었다. 몸짱을 시작하면서 그 시간을 조금 더 앞당겼다. 새벽 5시에 일어나 몸짱 운동으로 하루를 시작했고 새벽 6시에 늘 몸짱 운동장의 대문을 여는 소임을 다했다. 내가 좋아하는 일이다 보니 직장에서나 가정에서나 늘 몸짱 운동을 꾸준히 생활화했고 꿈의 놀이터라는 인식이 내게 있었기에 즐기면서 할 수 있었다. 그러면서 시간 부자 '어나오'가 일어나기 시작했다. 1년 뒤 2017년에는 새벽 4시로 기상 시간을 당기고 새벽 5시에 몸짱 운동장 대문을 열었다. 그리고 다시 1년 뒤 2018년 8월부터는 새벽 3시에 기상, 새벽 3시 30분에 대문을 열었다. 일찍 일어날수록 나는 점점 더 시간 부자가 되어 갔다. 시간에 여유가 생기면서 꼭 해 보고 싶었던 새벽 운동이 시작되었다. 일명 1,000일의 도전. 나는 몸짱 가족에게 앞으로 1,000일 동안 매일 새벽 운동을 하겠다고 선포했다. 그리고 다시 기상 시간을 새벽 2시 30분으로 당겨 새벽 3시에 운동장 대문을 열고 있다.

새벽 운동을 통해 세상에는 또 다른 세계가 있음을 알게 되었다. 그 시간에도 많은 사람이 활기차게 움직이고 있었으며 새벽 별을 볼 수 있었고 매일 위치를 바꾸고 빛나는 달님도 볼 수 있었다. 게다가 신선한 공기와 함께 바람, 빗소리, 낙엽 떨어지는 소리 등 매일매일 다른 자연의 변화를 느낄 수 있었고 새들의 합창 소리와 예쁜 고양이 친구들도 만날 수 있었다. 그리고 꾸준히 새벽 운동을 하는 다양한 분들을 만나게 되었다. 그곳에서만 16년을 한결같이 새벽 달리기를 하였다는 66세의 마라톤 달인과 28년째 운동을 하신다는 78세의 어르신이 가장 인상 깊었다. 모두 내게는 스승 같은 분들이다. 내게 뜻이 있다면 어디에서건 스승을 만날 수 있다.

처음 새벽 3시에 자연 운동장으로 나가는 길은 솔직히 공포와 두려움이 앞섰다. 하지만 어둠도 반복되면 곧 익숙해지듯 나는 내 안에 있는 공포와 두려움을 스스로 극복해 낼 수 있었다. 그 힘은 맘짱 과정에서 배운 호오포노포노의 실천에 있었다. 자연 운동장에 나가면 '사랑합니다. 감사합니다. 미안합니다. 용서합니다.'를 계속 반복하며 내 안의 신성과의 대화를 시작했다. 별님과 달님에게 감사하고 음파동명상을 통해 우주와도 공명하였고 나만의 '영혼의 나무'에게도 "나마스테" 존경의 인사를 하고 집으로 돌아온다.

인간이 느끼는 공포와 두려움은 모두 자기 스스로 만드는 것이다. 몸과 마음의 병도 스스로가 느끼는 두려움과 공포가 만든다. 나는 내가 세상에 태어난 이유와 내면의 아이를 통해서 나 자신을 사랑하면서 모든 것을 극복하게 되었다. 이제는 새벽이 전혀 두렵지 않다. 슬럼프가 왔을 때는 자연 운동장으로 나가서 걸어라. 꼭 새벽 시간이 아니어도 좋다. 자연 속에서 걸으면서 끊임없이 호오포노포노의 치유법으로 자신을 정화하고 또 정화하다 보면 내면의 충만한 에너지가 채워짐을 경험하게 된다.

새벽 운동을 마치고 집에 돌아와 1시간 정도 공부를 하고 출근한다. 나는 회사에서 가장 빠르게 출근하는 사람 중 한 명이다. 회사에 도착하면 업무 시작 전까지 1시간 30분 정도 나만의 시간을 가질 수 있다. 이때 '1일 경영일지'를 작성하고 독서를 하며 하루를 시작한다. 기상 시간이 빨라질수록 점점 시간 부자가 되어 가고 있다.

나는 미래에 시간은행을 설립하여 시간은행 총재가 될 것이다. 미래는 시간이 곧 돈이다. 시간은행의 콘셉트는 시간이 있는 사람들이 잉여 시간에 자신이 할 수 있는 일을 하여 입금을 하고, 반대로 시간이 없는 사람들은 필요한 용역의 대가를 지불하여 사용하는 시스템이다. 4차 산업 혁명 시대에 걸맞은 모바일과 시스템을 활용한 1인 창조기업가로서 여기에서 얻는 수익금 일부를 어려운 사람들에게 되돌려 주고, 유휴 인력의 사회 활동을 창조해 내며 선한 영향력이 선순환되는 사업의 꿈 너머 꿈이 있다.

몸짱을 통해 자연스럽게 몸이 변하기 시작했다.

첫 번째 몸의 어나오는 10년째 고질적으로 개선되지 않던 콜레스테롤과 중성지방 수치가 개선되었다. 술, 음식 등 별다른 원인이 없는데도 항상 높은 수치가 나오는 이유는 유전적인 요인이라고 했다. 의사로부터 여러 번 약물치료를 권유받았지만, 약보다 운동을 선택했다. 그리고 1년여 만에 드디어 정상 수치로 개선되었다. 성공 요인은 꾸준한 반복 운동과 체중 변화 일지 기록, 식습관 개선, 스트레스 감소를 위한 마음 훈련, 명상법 등 몸짱과 맘짱 프로그램을 통한 노력의 결과라고 생각한다.

두 번째, 2017년 10월부터 매월 국민 체력 100 사이트에서 실시하는 체력 인증을 받아 왔다. 체력 인증우 근력(악력), 근지구력(교차 윗몸일으키기), 심폐 지구력(20m 왕복 오래달리기), 유연성(앉아 윗몸 앞으로 굽히기), 민첩성(10m 왕복 달리기), 순발력(제자리멀리뛰기) 5가지를 측정하여 등급별 체력 인증서를 발행해 주는 국민의 체력 복지 서비스이다. 처음에는 2등급을 받았지만 이후 1년째 1등급을 유지하고 있다. 처음 체력 인증 과정 중 20m 왕복 오래달리기를 하면서 마라톤을 할 때 느꼈던 런하이와 함께 심장이 터질 것 같은 감동에 다시 마라톤을 시작하게 되었다.

이후 몸짱에 마라톤의 재개를 선언했고 혼자 연습을 시작했다. 전혀 마라톤에 관심이 없던 몸짱님들이 한두 분씩 동참하기 시작했고 그것이 씨앗이 되어 몸짱 마라닉(마라톤+피크닉) 돌풍을 일으키게 되었다.

2018년에는 성동구청 체력왕 여자 부문 장년부 2등 상을 받았고, 2019년에는 체력왕 1등이라는 새로운 목표가 생겼다. 부족한 악력과 제자리멀리뛰기를 '어나오'로 꾸준히 연습하여 1등에 도전해 보려고 한다. 도전하는 과정 자체만으로도 행복하다.

세 번째, 좀처럼 개선되지 않는 골격근량을 키우기 위해 새벽 달리기 1,000일을 선포하고, 회사 내에서 진행하는 'fill 펀드 골격근량 6% 늘리기'에도 도전하게 되었다. 도전자들이 10만 원씩 각출하고 성공자에게 각출금을 배분하는 것으로, 회사에서 헬스 지원금과 성공 시 축하 상금도 지급하는 일거양득의 건강 프로그램이었다. 4개월간 열심히 도전한 결과 골격근량을 19.0kg에서 21.1kg으로 늘릴 수 있었고 성공 배당금을 무려 3배나 받았다. '꾸준함이 이긴다.'와 '몸은 배반하지 않는다.'는 것을 깨닫게 한 좋은 경험이었다.

네 번째, 몸짱 해외여행을 이미 2개나 신청했었다. 하나는 2019년 2월에 출발하는 이집트 피라미드 & 사막 트레킹 버킷 여행과 5월에 출발하는 산티아고 나대(나와의 대화) 여행이다. 7월에 출발하는 노르웨이 3대 트레킹 정복! 여행은 선택하는 것에 있어서 큰 부담과 무리가 있었다. 하지만 마감 직전 노르웨이를 선택할 수 있었던 것은 새벽 운동이 가져다준 자신감이었다. 몸짱 여행에 참여하기 위해서 더 열심히 운동해야 할 이유가 생겼다. 몸짱에서는 2020년 도쿄 마라톤, 2022년 뉴욕 마라톤 대회도 기획되어 있다. 나의 몸의 '어나오'는 오늘도 계속되고 있으며, 앞으로도 계속될 것이다. 선택하면 이루어진다!

몸이 변하니 저절로 마음도 변해 갔다.

첫 번째 맘의 어나오의 출발은 '감사의 생활화'였다. 처음에는 매일 아침 감사한 일 3가지를 찾아 기록하는 일에서 범사에 감사를 생활화하였다. 하루하루 감사가 쌓이다 보니 어나오가 실천되면서 현재 481일째 매일 출근 전 감사 일기를 쓰고 있다. 감사의 기적은 나의 일상에서도 매일 일어나고 있다. 매 순간 감사가 습관이 되니 매일 작은 기적들이 일어났다. 예감이 좋은 날 구입한 로또 한 장이 3등에도 당첨되고 회사 내에서 여러 번 상도 받았다. 그리고 내가 몸담은 기초반 리더 방에서도 기적이 일어나기 시작했다. 나의 감사 & 기적 경험을 리더들과 함께 나누고 리더들이 경험한 감사 & 기적을 조원들과 나누다 보니 매일 기적이 일어나는 즐겁고 신나는 운동장이 되고 있다. 감사는 긍정의 에너지와 행복 바이러스로 퍼져 몸짱 운동장에 널리 퍼지면서 기초반이 활성화되는 긍정 효과로 이어지고 있다.

두 번째, 독서 습관의 어나오이다. 2018면 7월부터 1년 안에 책 100권 읽기 목표를 세웠다. 독서는 마음의 근육을 단련할 수 있는 지름길이다. 독서를 하기 위해 독서 모임, 독서 토론, 독서 관련 카페 가입 등 의도적으로 참여하며 실천하고 있다. 그리고 맘짱을 시작하고 나서는 나의 꿈들을 구체화하여 3년 안에 1천 권의 독서 목표를 세우게 되었다. 특히 맘짱에서 진행되는 필독서를 통해 자신의 감정 상태를 한 발짝 뒤에서 바라볼 수 있게 되었고 아무리 화가 나거나 슬프고 우울해도 그 감정을 바로 알아차리고 이완할 수 있는 내면의 힘을 기르게 되었다.

세 번째, 긍정마인드 어나오이다. 나는 매일 아침 일어나면 맨 먼저 거울을 보고 나의 눈을 보고 웃어 주며 인사한다. "안녕~ 미숙, 잘 잤나요~ 오늘은 무언가 아주 놀랍고 멋진 일이 일어날 거야. 나는 날마다 모든 면에서 점점 더 좋아지고 있어."라고 긍정의 확언으로 하루를 시작한다. 처음에는 매우 어색해하던 내가 어느 날부터는 나에게 대답을 해 주기 시작했다. "사랑해, 감사해, 고마워~" 점점 예뻐지는 내 모습을 보고 마음의 근육도 덩달아 더욱 예쁘게 자라고 있다. 나는 매 순간 행복을 추구하며 매일 아침 행복 역을 향한 내비게이션을 장착한 후 출발하고 있다.

몸짱을 통해 새롭게 생겨난 나의 꿈너머꿈이 있다.

첫 번째, 몸짱 전도사의 꿈이다. 나는 몸짱 운동을 통해서 변화된 나의 모습을 주변에 전파하는 몸짱 전도사의 꿈을 실천하고 있다. 몸짱 전도사가 되기 위해서 내가 먼저 솔선수범하고 모범을 보이고자 노력한다. 그래서 시작한 것이 1,000일 새벽 운동이다. 매일 1억을 저축한다고 마음먹으니 이는 '1천억 원의 가치가 있는 나만의 건강 보험 프로젝트'이다. 1,000일은 약 3년의 기간으로 절대 짧지 않은 기간이다. 이렇게 장기적인 목표를 가지고 실천할 수 있게 된 계기는 그동안 나 자신과의 도전을 선포하고 약속을 지키며 성공한 이전의 경험이 있으므로 가능했다. 2018년 8월 12일에 시작한 새벽 운동은 현재 224일째 진행 중이다. 100년 만에 찾아온 무더위에 시작하여 올겨울 들어 체감 온도 영하 17도로 가장 추웠을 때도 운동을 했다. 나에게 혹서나 혹한은 전혀 문제가 되지 않는다. 맘짱 프로그램을 통해서 두려움과 공포감을 극복할 힘과 자신감을 얻었으니까. 나는 이미 불가능을 모르는 미러클 메이커이다.

두 번째, 몸짱 명강사가 되는 꿈이다. 나는 내가 좋아하는 일, 잘하는 일로 도움이 필요한 사람을 도와주는 몸짱의 명강사이다. 건강이 안 좋은 사람, 인생의 목표에 재설정이 필요한 사람, 의지가 박약한 사람들에게 도움을 주는 일을 하고 싶다. 명강사가 되기 위해 그동안의 직장 경험과 노하우도 도움이 될 것이다. 나는 누구보다도 일찍 일어나서 운동으로 하루를 시작하고 좋은 글로 도움이 필요한 사람들에게 동기를 부여하는 일에 보람을 느낀다. 잠시 슬럼프에 빠진 조원들이 나의 글을 통해 자신감을 얻고 다시 운동을 시작하고 힘을 얻었다는 글을 읽으면 보람이 있다. 그러면서 나의 꿈 너머 꿈은 계속 커진다. 앞으로도 매일 배우고 공부하는 학생의 자세로 도움이 필요한 사람들을 도와주는 명강사가 될 것이다.

세 번째, 1인 창조기업가의 꿈이다. 1인 창조기업가란 창의적인 아이디어로 지구의 환경을 개선할 수 있는 상품을 개발하여 지구환경을 개선하는 사업이다. 우주의 작은 별, 지구에서 태어나고 지구 시민으로 살아가면서 무한한 책임감을 느끼고 있다. 지구의 환경을 개선하고 이를 사업으로 연계하는 일을 끊임없이 고민하고 연구하고 있다. 바야흐로 100세 시대는 건강하고 행복하게 사는 것이 중요하다. 고령화로 인해 사회에서 소외되기 쉬운 잉여 인력들을 시간은행 시스템을 활용하여 일자리를 제공한다. 여기서 생긴 수익으로 다시 어려운 환경에 처한 사람들을 도와주고 지구환경까지 지킬 수 있는 선순환 구조의 기업을 창업할 것이다. 나는 연매출 백억의 선한 부자이다.

나의 유년 시절은 아픈 상처가 많았다. 유난히 술을 좋아했던 아버지로 인한 상처가 트라우마가 되었다. 맨 정신일 때는 자상한 아버지가 술을 마시면 온 집안을 공포의 도가니로 몰아넣었다. 한쪽 구석에서 공포와 두려움 속에서 떨던 나는 너무 무섭고 슬펐다.

나는 의도적으로 과거의 일을 기억하지 않으려 한다. 친구들을 만나도 내가 몇 학년 몇 반이었는지, 선생님과 친구 이름은 무엇이었는지 잘 기억하지 못한다. 아니 기억하고 싶지 않은지도 모르겠다. 한때는 하지 말아야 할 극단적인 선택도 생각한 적이 있다.

회사에 입사하고 남편을 만나 결혼했는데 운명의 장난처럼 술을 좋아하는 남편을 만났다. 남편과 살면서 많이 부딪쳤다. 남편의 모습에서 아버지의 모습이 떠오르자 나의 신념은 남편을 자꾸 불신하게 되었다. 많은 시간이 흘렀지만, 여전히 아프다. 그러나 최근 변화된 것이 있다. 맘짱을 통해서 내면의 아이와 만나게 되면서 내면의 아이를 사랑하게 되었다. 그리고 남편에게는 나보다 더 큰 상처와 아픔이 있었음을 알게 되었다. 남편은 5살 때 엄마가 돌아가셨고 8살 때 아버지가 행방불명이 되셨다. '엄마, 아빠 얼굴도 모르는 어린아이가 얼마나 외로웠을까…. 아내를 통해서 잃어버린 자아를 찾고 싶었던 것은 아니었을까, 우린 모두 상처받은 사람이구나….'맘짱 과정을 통해 내면의 나와 만나면서 나를 이해하게 되고 사랑하게 되면서 알게 되었다. 나의 상처만 제일 큰 줄 알았다. 나는 그냥 있는 그대로의 나를 사랑하기로 마음먹었다. 그리고 솔직해지기로 했다. 이는 누구의 잘못도 아니다. 누구를 탓하기 전에 이미 내가 선택한 인생임을 인정하기로 마음먹으니 오히려 편안했다. 그리고 나와 비슷한 처지로 힘들어하는 사람이 있다면 그 누구보다도 진실한 위로를 주고 삶의 방향에 대해 고민을 함께 나누어 줄 수 있는 운디드 힐러가 되기로 했다. 오프라 윈프리, 루이스 l 헤이, 파울로 코엘료도 과거 아픈 상처를 오픈하고 치유하면서 많은 이들에게 등대 역할을 하며 성공적인 삶을 살고 있다. 상처 받은 사람들을 통해서 상처는 부끄러운 게 아니라는 것을 알게 되었다.

　최근 새벽 운동 후 공원에서 나의 영혼의 나무에 인사하고 영기(靈氣)와 에너지를 받고 있다. 앞으로 전문 분야를 공부해서 치유자가 되어 힐러의 길을 걷기로 했다. 최근 나만의 꿈지도인 '보물 지도'를 만들었다. 한쪽 방 벽면에 붙여진 보물 지도를 보며 꿈 너머 꿈을 조금씩 실현해 나가고 있다. 신기한 것은 보물 지도를 만든 이후부터 매일 작은 기적들이 일어나고 있다는 사실이다. 처음에는 단순했던 지도 모양이 점점 아주 멋지게 변화하고 있다. 더불어 나의 소원들도 계속 이루어지고 있다.

나는 지구 75억 인구 중 단 한 명밖에 없는 아주 특별한 사람이다. 새벽 2시 반에 일어나 하루를 시작하며 매일 새벽 운동을 한다. 나는 지구별에서 나만의 선한 무기를 가지고 선한 영향력을 행하는 멋진 사람이다. 나는 있는 그대로의 나를 사랑하고 내 몸의 소리에 귀 기울이며 나의 몸에 맞는 운동을 꾸준히 한다. 남들과 비교하지 않고 나만의 넘사벽으로 세상을 빛낸다. 18년 전에 시작한 마라톤에서 풀코스 8번, 하프코스 20번, 10km 100여 번의 완주 경험이 있다. 그 경험을 바탕으로 몸짱 운동장에 마라톤의 씨앗을 뿌렸다. 현재는 마레닉으로 발전하여 '마라톤, 트레킹을 피크닉처럼'이란 모토의 동아리로 발전되어 운영되고 있다.

내가 15년 동안 했던 마라톤을 중단했던 이유는 무릎 통증 때문이었다. 지금도 무릎이 가끔 아프지만 치유한다는 마음으로 내 몸에 맞는 마라톤을 하니 훨씬 좋아졌다. 제일 중요한 것은 자신의 몸의 소리에 귀 기울이고 자신의 몸에 알맞은 운동을 하는 것이다.

나는 앞으로도 계속 성장할 것이며 나의 성장을 통해 몸짱 공동체의 성장도 함께 이뤄 나갈 것이다. 꿈은 계속 진행 중이고 확산되고 있다. 좋은 꿈은 그 크기가 커지고 한 사람의 꿈에서 만인의 꿈으로 함께 자라날 것이기 때문이다. '빨리 가려면 혼자 가고 멀리 가려면 함께 가라.'는 아프리카 속담처럼 모든 몸짱 가족이 멀리 보고 함께 꿈의 공동체에 올라타길 소망한다. '시도하지 않으면 아무것도 이룰 수 없다.'는 지그지글러의 명언처럼 매일 시도하고 도전하자. 도전하면 기회는 계속 온다. 나는 매일 새벽 자연 운동장에서 큰 소리로 외친다.

"He can do, She can do, Why not me! I can do it! 나는 지구 75억 인구 중 단 한 명밖에 없는 아주 특별한 사람이다."

나를 발견하고 나를 찾아가는 여로(旅路)

_박은주

먼 훗날 이제 말귀를 알아들을 어린 손녀를 무릎에 앉히고 이 할미의 삶에 대해 도대체 무얼 말해 줄 수 있을까? 깃털 같은 세월 모두 한결같던 평범한 삶이었기에 공기처럼 존재감 없이 살아왔을 나의 삶이었기에 몸짱맘짱이 없었더라면 난 손녀 앞에서 입도 벙긋할 수 없는 할미가 되었을 것이다. 몸짱맘짱을 만나면서 나는 본래 평범할 수 없는 나의 개별적인 '몸'과 개성적인 '맘'을 발견할 수 있었다. 몸의 길은 마음이 알고, 마음의 길은 몸이 알듯이….

I Can Do It! 나의 '어나오' 미래 선언

하나, 나는 눈 뜰 때마다 멋지고 위대한 내 삶에 감사한다.

둘, 나는 내게 일어나는 어떤 문제도 잘 다룰 수 있는 내 안의 힘을 믿는다.

셋, 나는 몸짱 운동과 더불어 기도와 명상으로 날마다 성장하고 있다.

넷, 나는 배울수록 내 안의 무한 능력을 계발해 가며 배움의 실천을 공유한다.

다섯, 나는 가족과 함께 기타 연주하는 기쁨을 누리고 다른 사람들과 함께 즐긴다.

여섯, 나는 남편과 사랑하며 신뢰하는 愛人으로 평화롭게 동행하고 있다.

일곱, 나는 3형제의 영원한 박여사로, 아들을 있는 모습 그대로 인정하고 지지한다.

여덟, 나는 동네 책방지기로 이웃과 소통하고 나눔을 실천하며 행복하게 산다.

아홉, 나는 삶에 필요한 최소 경비와 살림으로도 풍요로움을 느끼는 미니멀리스트이다.

열, 나는 빛나는 존재이며 현재를 최고로 즐긴다.

평범한 지방 공무원의 맏딸로 태어나 평범한 성장 과정을 거쳐 사범대학을 나와 국어 교사가 되었고, 남들 결혼할 나이에 남편을 만나 아이 셋을 낳고 시부모를 모시고 순탄한 삶을 살아왔다. 대한민국 평범한 엄마들처럼 자식만을 위해 살았고 자식들이 대학에 진학하자 공기처럼 텅 빈 나를 발견하곤 허무해졌다. 아! 여기까지의 스토리 또한 얼마나 진부하고 평범한 것인지….

외아들 남편 덕에 시부모님을 모시고 아들 셋을 낳고 남들처럼 직장 다녀와서 밥하고 애들 키우면서 지극히 평범한 삶을 살았다. 나를 의식조차 하지 않았다. 나는 없었다. 오직 애들, 남편, 시부모님뿐인 삶이 시작되었다. 아이들 중학교 시절부터 대한민국 평범한 엄마들처럼 애들 교육까지 책임지는 워킹맘의 삶이 드디어 시작되었다. 차로 50분 걸리는 학원까지 평일 3일과 주말까지 꼬박 주 5일 애들을 데려다 주고 데리러 갔다. 하루하루가 파김치의 삶이었지만 이를 악물고 새벽까지 거실에서 애들 공부 끝날 때까지 졸며 깨며 자리를 지켜 주었다. 내신 시험 기간이면 나도 덩달아 시험 보는 학생이었다. 진도를 체크하고 예상 문제집을 사다 주고 영양제를 챙기며 살얼음 걷듯 하루하루를 보냈다. 그렇게 시험이 끝나면 1점 때문에 웃고, 1점 때문에 울고, 1점 때문에 속상해했다. 시부모님보다 더 마음 졸이는 대상이 아들들이었다. 고3 아들 눈치를 보며 뭘 해 주어야 아들이 좋은 컨디션으로 수능을 준비할까, 그 생각뿐이었다. 그렇게 아이들만을 위한 시간들이 흘렀고 마침내 아들들은 한 명 한 명 본인이 원하는 대학에 진학해 떠났다. 아들들이 재학 중인 의과대학 병원 투어를 다닐 때 정말 가슴이 터질 듯 기뻤고 행복했다. "아홉 개나 되는 아들 학교의 병원들을 남편과 이렇게 순례하다니!"하면서 말이다.

그렇게 아들이 대학에 진학하고 난 후 집 안의 기둥이자 안주인이셨던 어머님이 수술을 받다 갑자기 돌아가셨다. 미운 정, 고운 정 다 들었던 어머님이 막상 돌아가시자 당신의 부재는 우울증의 시초가 되었다. 어머님의 유품을 정리하며 포장도 뜯지 않은 새 속옷을 보며 참 많이 울었다. 절약이 습관이었던 우리 어머니 세대들, 이렇게 다 두고 가실 걸, 왜 그리도 아끼고 참고 견디셨을까 싶어 먹먹하고 안타까운 마음 가득했다. 그리고 난 또 왜 그렇게 못난 며느리였을까 깊은 회한으로 잠 못 이루는 날이 길어졌다. 그 때부터인 것 같다. 맥이 탁 풀리면서 몸도 마음도 무너지기 시작했다. 내 삶이 허허롭게 느껴지고, 난 누구인지 난 무엇 때문에 살고 있는지…. 난 그렇게 아프기 시작했다. 정신과 약을 먹어 보고 남편과 여행도 다녀 봤지만 거의 1년을 폭염 속 풀처럼 시들하게 지내며 별 뾰족한 수가 없었다. 그러다 우연히 늘 배달되는 '고도원의 아침편지'를 통해 몸짱 운동을 알게 되어 무작정 몸짱 밴드에 가입했다. 무너지는 몸을 살리려면 뭐라도 해야 할 것 같은 절박함 때문이었다. 그래, 하루 10분을 집에서 운동하고 건강할 수 있다니 이거라도 해 보자는 식이었다.

그렇게 시작한 몸짱 운동을 진행하면서 나는 내 몸이 온전하지 못하다는 사실을 발견하고 놀랐다. 그 동안 육아에, 시부모님 봉양에, 아이들 입시에 잠시도 쉴 틈이 없었던 내게 운동은 정말 너무도 생소한 딴 세상 얘기였다. 지금 생각하면 그렇게 편하고 쉬운 꿀벅지 동작이 처음 내겐 가쁜 숨을 내쉬고 팔 다리가 다 뻐근한 고된 몸동작이었다. 나름 남다른 오기의 소유자였던 나는 말 그대로 오기가 생겼다. 이 단순한 몸짱 운동에 헐떡거리는 내가 정말 싫었다. 동작을 완벽하게 익히고 싶었고, 잘하고 싶었다. 그러나 마음 같지 않은 몸은 연신 삐끄덕거렸고 어느 정도 어설프게 익숙해지면서 지난 세월 내가 내 몸에 대해서 무지(無知)하게 살았음을 깨달았다.

허리 통증이 간헐적이지만 계속 있어 왔고, 오십견처럼 어깨 근육이 욱신거리는 통증이 내 몸을 괴롭힘을 비로소 또렷하게 인식할 수 있었다. 칠판에 판서를 하고, 설거지를 하고, 청소기를 움직이고 장바구니를 들고 무거운 짐을 옮겼던 내 몸이 '나'의 실체라는 사실을 몸짱 운동을 하면서 비로소 절감할 수 있었다. "그래, 몸이 나야!" 기초반에서 중급반을 거쳐 고급반으로 승급하면서 몸짱 운동이 내게 준 깨달음이었다.

그것은 단순한 몸동작이 아니었다. 접시돌리기 동작에서 오른손이 휘돌아갈 때 내 몸뿐만 아니라 내 마음도 따라 돌아 휘어졌다. 오른손이 내 앞에 도달해 멈출 때 내 마음도 따라와 정갈하게 멈춰 나를 보고 있었다. 몸의 길은 마음이 안다. 내가 발을 모아 뛸 때 마음도 뛰었고 한 동작을 마치고 다음 동작을 준비할 때 마음도 가지런히 두 손을 모았다. 처음이었다. 내 자신에게 이렇게 집중해 무엇인가를 하는 것이. 시부모님께, 남편에게, 아이들에게만 몰렸던 관심과 집중이 이제 나에게 겨누어지면서 나는 결혼 이후 처음 '박은주'의 몸에 집중할 수 있었고, 몸짱 운동은 내 몸을 사랑하게 만들었다.

말의 길은 마음이 안다. 몸짱 가족들은 서로가 서로의 거울이다. 서로의 동작을 응원하고 서로의 성취를 축하하고 다함께 다음 과정으로 승급하기를 기원했다. 그 말들은 따뜻했고 그 말들은 아름다웠다. 댓글은 사랑이었다. 그 말들이 지닌 마음이 스마트폰 액정 화면을 통해 건너오면서 말은 마음이 되고, 마음은 다시 말이 되어 교차하면서 서로를 격려하고 위로했다.

몸짱 운동은 내 몸에 대한 관심을 넘어 수많은 당신의 몸에 대한 관심과 애정으로 확산되었다. 그것은 세상을 만나는 일이었다. 몸짱 가족의 오프 모임을 통해 온라인에서만 봤던 정겨운 얼굴들을 대면하고 육성을 들으며 몸짱 운동이 주는 진정한 가치를 느낄 수 있었다. 그

것은 교감이었고 연대 의식이었다. 우리들 모두 같은 방법으로 자신과 세상을 만나는 사람들이라는 것을, 언제든 서로를 이해하고 서로를 도울 수 있는 사람들이라는 것을.

몸짱 운동이 승급되면서 수행한 조장 역할은 조원들의 출석을 챙기고 원활한 승급을 돕기에 교사인 나로선 익숙할 것 같은 역할이었지만 학교와는 또 다른 방법을 사용해야 하는 어려운 일이기도 했다. 그러나 내가 몸짱 운동의 시간 동안 헤매고 엎어질 때마다 따뜻하게 다가와 사랑을 건네준 선배 코치들처럼 나도 그들을 닮아가고 있었다. 몸짱 운동을 통해 획득한 교감과 연대 의식을 통해 나눈 '사랑'은 그 깊이를 가늠할 수 없었다.

2년간의 몸짱 운동을 통해 나는 무척 건강해졌다. 비록 완벽한 복근은 생기지 않았지만 오십대 아줌마의 최대 고민인 뱃살이 빠졌고 정상 몸무게를 유지하게 되었으며 허벅지는 두툼해졌다. 무엇보다 간헐적인 허리 통증과 오십견 증세가 사라진 것은 놀라운 일이다. 또 단체로 참여한 '춘천 국제 마라톤 대회'에서 기존의 저질 체력은 1시간 넘게 뛰어 첫 도전 10km를 완주하는 체력으로 바뀌어 있었다. 마라톤 참가를 걱정했던 남편이 놀랄 정도로 말이다. 덤으로 마라톤 준비 과정을 도와준 남편도 함께 운동을 하면서 폐활량이 엄청 늘었다고 좋아한 일은 몸짱 운동의 가족화를 이뤄 낸 대견함이기도 했다. 그러나 앞서 밝힌 대로 몸짱 운동이 내게 가져다 준 진정한 가치는 나를 발견한 것이다.

행복이란 무엇일까, 어떤 일을 했을 때 우리는 행복한 것일까에 대한 답을 나는 몸짱 운동을 통해 알 수 있었다. 그것은 내 자신에게 집중할 때였다. 어느 혁명가가 임종의 순간 말했다던 '세상을 바꾸는 일이 아닌 내 자신을 바꾸는 일이 진정한 혁명'이듯이 그 누구도 아닌 내 자신에게 집중했을 때 비로소 행복한 삶이 열린다는 것을 알게 되었다. 내 몸의 편안함이, 내 몸의 건강함이, 내 몸이 원하는 바를 알고 행하는 것이, 내 몸을 내 의지대로 통어(統

御. 거느려서 제어함)할 수 있는 것이 나를 알고 나를 성장시키는 일임을 몸짱 운동을 통해 알게 되었던 것이다.

몸의 길은 마음이 알고 마음의 길은 몸이 안다. 몸짱 운동을 넘어 맘짱 단계로 접어들면서 나는 왜 이런 단계가 설정되었는지 직감할 수 있었다. 뱃살을 빼고, 몸무게를 줄이고 복근을 만들 듯이 마음에서도 빼고 줄이고 단단하게 만들 무엇이 있다는 것을 얼마 되지 않는 연륜이 가르쳐 주었다. 필독서를 읽고 마음을 나누고 선언문을 작성하여 마음을 부릴 줄 아는 주체적인 사람이 되고자 노력하는 과정에서 마음의 근육을 얻어 행복한 삶을 살아갈 수 있는 토대를 만드는 것. 이것이 '맘짱'이 지향하는 바였다.

돌이켜 지난 세월을 생각하면 나는 참 욕심이 많은 사람이었다. 180cm가 안 되는 아들들의 키에 속상해하고, 동창생의 3층짜리 전원주택을 부러워하고, 시부모 없이 사는 동료를 은근히 질투했었다. 그뿐인가. 이웃집 며느리의 김치 담그는 솜씨를 칭찬하는 어머님이 야속했고, 제삿날 야간 근무를 핑계로 오지 않는 동서가 얄미웠다. 마음에서 욕심을 뺐더라면 나는 지난 세월 속 끓이지 않고 편안했을 텐데 말이다.

젊은 교사 시절 나는 잘못 가르친 문법 지식을 자존심 때문에 수정해 주지 않은 적이 있었다. 원숭이도 나무에서 떨어질 때가 있으니 혹 잘못한 일이 있더라도 실망하지 말라고 학생들에게 조언해 주던 내가 정작 나의 실수에 대해선 자만심을 부리는 어이없는 일을 하곤 했었다. 내 마음에서 자만심을 덜어 낼 수 있었다면 나는 "얘들아, 지난 문법 시간에 선생님이 실수를 했어 미안! 다시 설명할게."라고 가볍게 말할 수 있었을 것이다. 교사라는 권위 의식으로 꼿꼿했던 30대 어느 날, 부모에게 야단을 맞고 토라져 학급에 와서 신경질을 부리던 학생에게 위로 대신 선생님 앞에서 신경질 낸다고 면박을 주던 일도 내 마음에서 권위주의만

덜어 냈어도 일어나지 않았을 것이고, 그날 학생은 내게 위로를 받아 조금이나마 편안한 시간을 보냈을 것이다. 행복을 만들고 나누는 주체는 바로 나였던 것이다.

맘짱 단계는 여전히 진행 중이다. 나는 내게 일어나는 어떤 문제도 잘 다룰 수 있는 내 안의 힘을 믿으며 나를 발견하고 나를 찾아가는 여로(旅路. 여행하는 길)인 맘짱에서 이제 내가 어디에 있고 내가 누구인지를 알았으니 단단해질 일만 남은 셈이다. 욕심과 아집 그리고 자만을 빼고 짱짱해진 몸과 더불어 주체적이고 행복한 삶을 위해 나는 더욱 단단해질 것이다. 그것은 견고한 나만의 성을 쌓은 일이 아니라 내 가족과 이웃 그리고 세상과 만나 힘겹고 고단한 그들의 삶에 작은 위안이 될 수 있는 몸과 마음이 튼실한 사람이 되는 일이다. 평범한 오십 대의 삶이 몸짱 운동과 더불어 더 이상은 평범해 질 수 없음을 안다. 그래서 나는 몸짱 운동을 하고, 사랑으로 맘짱 수련을 하면서 최선을 다하는 하루하루를 살아갈 것이다. 몸짱 가족과 더불어.

매일이 감사하고 소박한 삶의 행복

_곽효정

나는 신앙을 가진 사람이며 부모님의 딸이자 하나뿐인 오빠의 여동생이며, 한 직장과 한 교회와 한 동네에서 오랫동안 변함없이 자리를 지키고 있다. 다양하고 많은 경험을 하며 항상 바쁘게 살았지만 삶의 모습이나 관계에 있어서는 일률적으로 살아왔다. 그러다 2년 6개월 전 내 삶에 일어난 대혁신, 몸짱을 만난 후 생전 경험하지 못한 버라이어티한 일들, 긍정의 집단지성의 무궁한 힘, 도전의 어나오, 무엇보다 다양하고 존경스러운 인생 선배님들과의 만남은 나의 일대기에 큰 획을 그어 주었다. 나는 사랑을 나눠 주는 사랑 코치이자 의미 있게 신나게 달리는 몸짱 코치이다.

I Can Do It! 나의 '어나오' 미래 선언
하나, 나는 도움이 되는 사람이다.
둘, 나는 몸과 마음이 건강하다.
셋, 나는 미소가 아름다운 사람이다.
넷, 나는 여유와 쉼을 누릴 줄 안다.
다섯, 나는 넉넉하고 풍요롭다.
여섯, 나는 새벽형 인간이다.
일곱, 나는 아이들에게 선한 영향력을 끼친다.
여덟, 나는 가족과 함께하는 시간을 많이 갖는다.

아홉, 나는 끊임없이 도전하고 배운다.

열, 나는 기도의 시간을 갖는다.

2016년 6월 몸짱에 발을 들여놓게 된다. 체격에 비해 하체가 특히나 튼실해 보였던 나는 사실 하체에 콤플렉스를 느끼고 있었다. 근육으로 무장한 것도 아니었고 튼실해 보이는 하체에 고민하던 중, '고도원의 아침편지'를 통해 몸짱을 접하게 되었고, 온라인으로 튼튼한 하체 근력(꿀벅지)을 만든다는 소개에 한 달 정도만 운동하고 운동법을 배운 뒤에는 혼자서 해야겠다는 생각으로 입문했다. 특별히 아픈 곳도 없었고, 체중을 감량해야겠다는 남다른 목표도 없었다. 정상 체중이었고 건강에도 이상무였기 때문이었다. 몸짱에 입문하고 한 달이 지나고 몇 개월을 더 진행하게 되었다. 뭔지 모를 매력이 나를 이끌었다. 그리고 변화된 관점이 생겼는데 그건 바로 나의 하체를 바라보는 시각이었다. 튼실해 보여 가리고픈 하체가 남들이 부러워하는 건강한 허벅지였다는 재인식이 생긴 것이다. 내 하체에 대한 애정과 사랑이 싹 터 커져 갈 때쯤 몸짱 식구들에 대한 애정도 저절로 커져 가며 나는 누가 시키지 않았는데도 몸짱 식구들에게 진정성 있는 댓글로 응원을 하게 되었다. 몸짱에서 어느새 나는 사랑이 많은 사람이라는 인식이 생기게 되었고 급기야 2017년 4월 몸짱 운영진 사랑 코치로 발탁되는 영광을 얻게 되었다.

이전에 경험하지 못한 온라인에서의 몸짱 가족분들이 매일 성실하게 올리는 운동 일지를 통해 단지 운동 보고에만 머무는 것이 아닌 일상의 희로애락이 담기고 그 안에 마음을 공유하며 의지하고 도전하는 건강 공동체의 위대한 힘을 느낄 수 있었다. 서로 위로하고 응원하면서 점점 정이 들었고, 직장 생활과 살림살이, 자녀 케어, 자기 관리 등 하루하루 최선을 다해 열심히 살아가는 인생 선배님들을 존경하는 마음이 커질 수밖에 없었다. 무엇보다 바쁜 가운데서도 삶의 여유와 따뜻함을 겸비한 그분들의 마음이 건강하고 배울 점이 많아 내가 어디서 이렇게 좋은 분들을 많이 만날 수 있겠냐는 생각에 저절로 몸짱 가족분들에게 관심이 높아졌고 감동과 응원의 메시지를 전달하게 되었다.

우연인지 필연인지 사랑 코치로 세워진 후 나의 인생에 긍정적이고 도전적인 큰 전환점을 맞이했다. 사랑 코치이기에 내가 그분들에게 사랑을 나누어 드리려 했지만 오히려 내가 몸짱 가족분들에게 더 큰 사랑을 받고 있다. 몸짱의 성공 비결은 바로 '사람'이라고 생각한다. 그리고 몸짱의 생명력과 차별화는 '진심'이라고 생각한다. 주변에는 많은 온라인 커뮤니티와 홈트레이닝 등 다양한 건강 프로그램이 있다. 2016년 5월 50명으로 시작된 몸짱이 2018년 10월 기준으로 3천여 명으로 늘어났다. 회원 수가 중요하다고 생각하지는 않는다. 몸짱에서는 그 어디에서도 흉내 낼 수 없는 진정성 있고 진심을 다하는 몸짱 식구들이 몸짱의 문화와 시스템을 함께 만들어 나가기 때문이다. 온라인에서 진행되는 몸짱이지만 오프 모임을 통해 몸짱 가족이 만나는 날이면, 긍정의 기운과 행복의 기운이 넘쳐 흐른다. 십년지기를 만난 것 같은, 벽 없는 고향 친구를 만나는 그런 느낌이라고 해야 할까? 아마도 1년 넘게 온라인 안에서 동고동락하며 서로의 삶을 나누고 의지하며 응원해 나갔던 시간들이 추억을 나눌 수 있는 깊은 친구와도 같은 허물없는 사이를 만들어 준 것이 아닐까 한다. 더불어 몸짱은 곧 맘짱이기 때문이다.

2018년 1월이었다. 제주도에서 열린 첫 지준반 오프 수업에서 '내가 다시 나를 재창조한다면, 나는 어떤 사람이 되고 싶나요?'라는 질문에 '용기 있고 도전하는 사람이 되고 싶다.'고 적었고, "나는 용기 있고 도전하는 사람이다."라고 선포했다. 어떤 사람에게는 대수롭지 않게 들릴 수 있겠지만 그 당시 나에게는 용기가 필요했고 그래야 새로운 무엇을 도전할 수 있는 시점이었다. 몸짱은 숨겨져 있던 나의 용기를 끄집어내 주었다. 그리고 함께 하는 도전을 통해 불가능은 없음을 실제적으로 눈으로 보며 행동으로 옮기게 되었다. 무엇보다 가장 감사한 일은 나의 잠재력을 빛나게 해 준 곳이다.

나는 한 작은 해운 회사에서 사회생활을 일찍 시작했는데, 해운업계에서 국내외까지 유명할 정도로 호랑이 같았던 지금은 고인이 되신 사장님 밑에서 늘 사직서를 서랍에 넣고 다녔다. 그만큼 긴장 상태에서 직장 생활을 했지만 그로 인해 강인한 마음가짐과 자세를 갖는 훈련을 할 수 있었다. 회사에 여러 위기와 어려움도 있었지만 오랫동안 한 직장을 다니며 한 가지 업무에 국한되지 않고 전반적인 업무를 도맡게 되었다. 그리고 신앙생활을 통하여 마음을 다스리며 나를 돌아보고 다른 사람들에게 선한 빛을 비추고 사랑을 전하기 위해 애썼고, 한 작은 교회에서 주일학교 교사를 비롯하여 여러 가지 봉사와 섬김을 해 왔다. 이렇게 꾸준히 나도 모르게 쌓인 하드웨어적 달란트와 소프트웨어적 달란트가 몸짱에서 사랑 코치로 여러 가지 활동과 도전을 해 나가는 데 맞아떨어지는 것을 경험하며, 몸짱은 내 달란트를 이끌어 내어 몸짱이 발전하고 성장해 가는 걸음걸음을 함께할 수 있게 해 주었다.

얼마 전 몸짱 초창기부터 함께 해 온 몸짱 가족 한 분이 나를 만났을 때 이렇게 말씀하셨다.

"효정 코치님, 요새 굉장히 터프해지셨습니다."

용기와 도전으로 가득 찬 나의 모습을 그리며 1년여 전 그것을 선포했던 내가 들을 수 있는 최고의 찬사였다.

그리고 미국에 살고 있는 친구가 물었다.

"너는 신나는 일 없니?"

나는 대답했다.

"나는 매일 신나~"

한 달만 몸짱 운동에 참여해 보고 나가야지, 하고 시작했던 몸짱이 어느덧 2년 6개월이란 세월이 흘렀고, 지금 내 삶에서 몸짱이 큰 비중을 차지하고 있음을 부인할 수 없으며 뿌듯함을 가득 느낀다.

나에게는 망각의 은사(恩賜), 둔감의 은사(恩賜)가 있는가 보다. 힘들고 고통스러웠던 순간들, 무섭고 두려웠던 순간들, 상처와 아픔의 순간들이 그 순간이 지나고 나면 나도 모르게 어느새 잊고 있다가 기억을 더듬으며 끄집어내야 '아, 그때 그랬었지.' 하고 기억이 떠오른다. 그리고 상처인 줄도 아픔인 줄도 몰랐다가 이후에 그것이 내게 상처였고 아픔이었구나 하고 깨닫게 된다. 지금 괜찮으면 나는 괜찮았던 것이고, 그것이 견딜 수 있는 힘과 웃을 수 있는 힘을 주는 거라 생각한다. 그래서 지준반(몸짱 지도자 준비자반) 나와의 대화를 통해 나를 들여다보면서 잊고 있던, 예민하게 느끼지 못했던 기억들을 찾아내는 게 나에겐 무척 어려운 일이었다. 어려웠지만 돌이켜보면 그 시간, 나도 모르는 사이 내면이 단단해지고 성장했음을 느낀다.

나는 삶의 행복이나 어떤 해결점은 '시선'에 좌우된다고 생각한다. 똑같은 상황 속에서도 어떤 사람은 행복할 수 있고, 어떤 사람은 불행할 수 있는 것의 차이는 바로 바라보는 '시선'이라는 것을 깨달았다. 삶은 혼자 살 수가 없다. 다양한 관계 속에서 이뤄 나가야 삶의 가치가 빛난다고 생각한다. 있는 그대로 나를 바라보고, 혼이 담긴 시선으로 상대방을 바라보면서 조그마한 나의 삶의 가치도 빛나고 있다.

많은 사람들이 꿈이 있어야 한다고, 꿈을 꾸어야 한다고, 가슴이 뛰는 일을 해야 한다며 여기저기서 꿈 이야기를 한다. 아쉽게도 나에게는 이렇다 할 만한 뚜렷한 꿈이 없었던 것 같다. 하루하루 감사하며 살고 있는 소박한 삶이 행복하기에 억지로 꿈을 쥐어 짜내고 싶지는 않았다. 나는 그저 평범하고 소박한 꿈을 가지고 있다. 내가 사랑하는 사람들, 즉 나의 가족, 친척, 친구들, 교회 식구들, 몸짱 식구들과 함께 몸과 맘이 건강하게 서로 사랑하고 위로하며 위기일 때 힘을 주며, 의미 있고 가치 있는 일을 함께 해 나가며 신나고 행복하게 웃으며 사는 것이다. 그런데 이 소박한 꿈 위에 무엇인가 나도 꿈틀거리기 시작했다.

아직 구체적이지는 않지만 몸짱 가족과 함께 꿈꾸며 이뤄 나가는 꿈이 어떻게 펼쳐지고 그 꿈의 캔버스 위에 내가 어떠한 색을 입히고 그림을 그릴지 사뭇 기대감이 크다. '함께 꾸고 이루어 가는 꿈'을 가슴 설레며 맞이한다. 그리고 매일 신나게 꿈춤도 추어 본다. 완벽함은 누구나 할 수 없다. 그러나 '어나오'는 누구나 할 수 있다. 어나오는 평범한 사람들이 특별해질 수 있는 비결이기도 하고, 몸짱의 어나오 정신이 있기에 평범한 사람들이 특별해지는 공간이기도 하며 다른 사람과 비교하거나 선망할 필요 없이 내가 주인공이 될 수 있는 무대가 되어 주는 곳이다. 큰 꿈이건 작은 꿈이건 단번에 이루어지는 일은 없다. 어나오가 쌓이고 쌓이다 보면 저절로 꿈도 이루어지는 것이 아닐까? 함께 어나오를 발견해 가며 나누어 가는 꿈이 이루어지는 공간 '몸짱'을 사랑합니다! 감사합니다!

나는 내가 가는 길만 비추기보다는 누군가의 길을 비춰 줄 수 있는 등대와 같은 사람이 되고 싶다. '사랑'을 몸짱 가족에게 전하는 것처럼….

미래를 위한 효율적인 투자 헬스테크

_이성근

사람들은 나를 작은 거인이라고 한다. 내게 이런 닉네임이 붙은 것은 시련이 가져다준 축복이다. 나는 긍정적이고 기본적으로 사랑이 많은 사람이다. 누군가를 바라볼 때 긍정적인 면을 먼저 보는 편이고 상대의 장점을 빨리 알아차리는 민감성이 있다. 50대 후반이 되었지만 나는 아직도 꿈꾸기를 게을리하지 않는 성장 진행형이다.

I Can Do It! 나의 '어나오' 미래 선언

하나, 나는 몸과 맘이 건강하여 병원 가는 횟수가 1년에 3회 이하이다.

둘, 나는 아들이 하는 말이나 행동에 무조건적으로 지지한다.

셋, 나는 남편에게 영원한 귀요미이다.

넷, 나는 운디드 힐러로서 나의 역량을 펼치고 있다.

다섯, 나는 봉사와 후원으로 삶이 풍요롭고 나눔의 행복에 푹 빠진 사람이다.

여섯, 나는 등단 작가로 꾸준한 집필 활동을 한다.

일곱, 나는 유명한 부모교육 강사이다.

여덟, 나는 연금 이외에 매월 200만 원 이상의 부수입을 올린다.

아홉, 나는 개인 녹음실을 가진 사람이다.

열, 나는 매년 자작시 낭송 음반을 제작한다.

너에게 보내는 편지

2016년 6월.

한여름이 시작되는 뙤약볕 아래서 너를 보내야 했다.

네가 가는 곳의 주소를 물어볼 겨를도 없이 황망히 너의 뒷모습만 바라보았지.

내게 남은 너의 흔적들. 한동안 마음 둘 곳 없이 떠돌던 나는 그동안 나와는 너무도 먼 세계로 들어왔다.

평생 체육 열등생이었던 내가 무슨 생각으로 몸짱 운동장에 들어오게 된 걸까.

아무리 생각해도 이건 네가 이끌지 않고는 있을 수 없는 일이었다.

희귀병 두 가지와 잡다한 질환들로 한 달이면 몇 차례씩 병원 진료를 받아야 했던 나의 몸에 조금씩 변화가 나타났다. 다량의 약물을 줄이게 되고 퇴근 후 침대와 붙어 지내던 시간에 나는 운동을 하게 되었다.

신기한 일이다. 한 가지 희귀병은 이제 자취를 감추어 버렸다.

네가 있었으면 누구보다도 좋아했을 일들이 지금 내게 벌어지고 있다.

너를 보낸 이후에 쉽게 만나지지 않던 친구들을 한 명씩 이곳 몸짱으로 불렀다. 학창 시절에 못다 한 사랑을 이곳에서 나누며 매일매일 서로의 성장에 응원을 하고 있지.

훌륭한 코치로, 멋진 조장, 부조장으로 성장한 친구들로 인해 더욱 힘나는 날들이야.

문예반에서 우리가 함께 키웠던 꿈들을 돌아보곤 한다.

맘짱의 필독서를 읽으며 나를 돌아보는 시간을 가질 때마다 네 생각이 들곤 했다. 이 과정을 함께했다면 누구보다도 반짝반짝 빛났을 네 모습이 수시로 그려졌다.

아직은 많이 부족한 내가 맘짱이 되기 위해 애쓰고 있어. 많이 여유로워지고
둥글둥글해진 내 모습을 이미 너는 알아차린 것 같다. 지난밤 꿈에 미소 가득한 얼굴로 나를 바라보았지.

너를 보내고 수없이 많은 시간들이 흘렀다. 아직도 문득문득 너와의 시간들이 떠오르고 많이 그립다. 몸짱맘짱 공동 저자가 되어 책을 낸다고 했을 때 네가 더욱 생각났다. 이 자리에 오기까지의 수훈갑은 바로 너라는 생각에.

나는 아직도 성장 진행형!
어제보다 나은 오늘을 살아가며 네게 들려 줄 이야기를 많이 남겨 볼게.
바람이 불고, 낙엽이 흩날리는 계절이 되면 네가 더욱 많이 그립다.

-2016년 6월 하늘나라에 먼저 간 나의 친구 예강미에게-

나는 근육 관련 희귀병을 앓고 있는 사람이다. 그것도 두 개씩이나. 운동이라고는 숨쉬기 운동만 했던 내가 몸짱에서 난생처음 운동을 하고, 춤을 추고, 미션을 수행하고, 오프 모임에 참석하고, 너무도 좋은 분들과 만나 소통하면서 많은 변화를 경험하고 있다. 가장 놀라운 것은 대학병원 5개 과를 돌면서 진료를 받았던 것이 이제는 2개 과로 줄어들었고 생활 곳곳에 건강해진 흔적들이 역력하게 나타났다.

스테로이드를 30년간 복용하고 있는 내 몸은 결코 건강해질 수 없는 몸이라고 단언했다. 그런데 몸짱을 만난 이후 아침이면 알람이 수없이 울려도 일어나지 못했던 내가 거뜬하게 일어나게 되었고 퇴근 이후면 바로 침대로 직행했던 몸이 이제는 늦도록 무언가를 할 수 있을 만큼 기초 체력이 강해졌음을 느끼고 있다. 병원에 갈 때마다 다양한 검사에서 호전된 증상들, 작아서 못 입던 옷들을 꺼내 입게 되는 소소한 재미들…. 고도원의 아침편지를 통해 몸짱을 접하게 된 그 시기부터 나의 헬스테크는 시작되었다. 나에겐 무엇보다 소중한 건강적금 통장을 개설하게 된 것이다.

내가 몸짱을 선택하고 적극적으로 참여하게 된 계기는 단짝 친구의 투병 생활을 지켜보면서 우리들 삶에 건강이 얼마나 중요한지를 깨닫게 된 순간부터이다. 그 친구는 처음에 유방암 1기였고, 병원에서도 수술 후 항암 치료를 몇 차례 받으면 호전될 수 있다고 했다. 경과도 좋은 것 같아 모두 완치를 꿈꾸고 있었는데 전이의 속도가 빨라 간, 폐 등 장기에 암세포들이 퍼져 나가고 결국 발병 후 2년을 넘기지 못하고 그녀는 우리와 사는 곳을 달리하게 되었다. 세상을 떠나기 한 달 전부터 요양원에서 마지막 시간을 보낸 그녀는 극도의 통증을 이겨 내지 못하고 하루하루 모르핀으로 연명해 갔다. 말기암 환자의 고통을 고스란히 지켜본 나는 안타까움에 많은 밤을 눈물로 지새웠다. 그러면서 건강에 대한 경각심이 생겼다.

그 친구를 포함한 몇 명이 뭉친 우리들 모임 이름이 맘짱이었다. 모두들 마음이 남달리 착한 것도 그렇지만 엄마의 위치에서도 짱인 사람들이 모였다고 자타가 인정해 준 모임. 그녀는 의식이 혼미해지고, 딸아이도 기억 못 하는 순간에도 맘짱 친구들과 함께 간 마지막 여행을 들먹이면 입가에 웃음을 띠우며 고개를 끄덕이곤 했다.

몸짱에 들어와서 맘짱까지 연결되는 과정을 보면서 이 무슨 기막힌 인연인가 싶었다. 몸짱, 그리고 맘짱이 내게 예비된 길이었다는 생각이 들었다. 몸짱에 들어와서 나의 변화는 나아가 친구들 모두의 건강한 삶까지를 꿈꾸게 되었고 그 시기부터 나는 그야말로 몸짱 전도사가 되었다. 이젠 그 누구와도 아픈 이별을 하고 싶지 않다. 모두가 건강하게 몸짱맘짱이 되어 가며 어나오를 실천하는 우리들의 모습을 보며 저 세상의 그녀도 함박웃음을 지을 것이다.

지준반 수업이 제주에서 있다고 했을 때 나는 한라산을 떠올리지 않았다. 수차례 제주에 갔지만 한라산은 그저 제주의 상징적인 존재였고 나와는 하등의 관련이 없는 곳이었다. 내게 있어서 산행이란 언감생심이었다. 중증 근무력증으로 숟가락을 드는 일도 버거워 떨어뜨리고, 걷기조차 힘들어 자꾸만 넘어지던 시간들이 내 삶에 드리웠을 때 수없이 많은 좌절과 공포의 순간들을 보냈었다.

나는 늘 산 아래서 서성이는 사람이었다. 때로는 산을 오르는 꿈을 꾸기도 했다. 남들 다오르는 정상에 올라서서 산 아래 풍경을 한번쯤 내려다보고 싶기도 했다. 그러나 그건 내게 너무도 요원한 일이었다. 20대에도, 30대에도, 40대에도 그리고 50대 중반에 이르기까지 산은 가까이 하기엔 너무도 먼 대상이었다.

지준반 수업을 제주에서 하고 한라산 등반을 한다고 했을 때 봄도, 여름도, 가을도 아닌 겨울산에 오른다고 했을 때 나의 마음은 두 방향으로 움직였다. 산에 올라가기 힘들다는 분이 있어서 그 분이랑 함께 놀아 볼까? 싶기도 했고, 그래도 몸짱 운동을 1년 넘게 꾸준히 해왔는데 다리에 힘이 좀 붙지 않았을까? 스스로를 시험하고 싶은 마음이 강렬해졌다.

제주도로 출발하기까지 여러 가지 장애물들이 있었지만 내게는 믿는 구석이 있었다. 몸짱에 대한 무한 신뢰감. 중급반 과정을 거치면서도 나는 시스템을 온전히 믿었다. 5Kg 감량 목표를 세웠는데 7kg 감량이 가능했던 것도 이러한 무한 신뢰가 가져온 결과였다. 고급반 식스팩 과정도 체지방량과 골격근량이 3개월 만에 반전을 가져오면서 무난히 이수할 수 있었다. 이 또한 온전히 믿고 따른 결과였다. 2018년의 첫 번째 도전을 시도한 나는 몸짱은 물론이고 스스로를 믿기로 했다.

한라산에는 그야말로 눈꽃이 활짝 피어 있었다. 눈꽃 산행의 진수를 맛볼 수 있는 최상의 여건이 준비되어 있었다. 아이젠을 장착하고, 스틱을 짚으면서 한 걸음씩 내딛는데 생각만큼 힘들지 않았다. 전에는 후들거려서 더 이상 전진할 수 없었던 두 다리에 힘이 붙어 있었다. 호흡도 크게 문제되지 않았다. 환상적인 겨울 왕국 속으로 한 걸음씩 들어서면서 끊임없는 탄성이 흘러 나왔다.

겨울산의 신비로움. 20대에도 해 볼 수 없었던 일들을 50대 중반을 넘겨 시도하게 된 나는 대체 누구란 말인가? 스스로에게 질문하며 환호성을 질렀다. 영실쪽에서 출발하여 윗세오름에 도착한 후 어리목쪽으로 내려가는 코스였는데 앞선 일행보다 30분 정도 늦게 하산하게 되었다. 산 아래서 기다리고 있던 몸짱 가족들의 격려와 사랑의 메시지로 무사히 산행을 마친 나는 감동의 눈물을 흘릴 수밖에 없었다. 2018년 벽두부터 예상치 못한 기적과 만난 나는 몸짱과 함께 또 다른 기적을 일구어 갈 것이다.

이미 지천명을 넘겼고 살아오면서 많은 시련을 통해 나라는 사람이 형성되었기에 마음의 변화를 크게 기대하지는 않았다. 그런데 그러한 생각이 얼마나 오만했는지를 이내 깨달았다. 매달 나와 만나는 조원님들과 함께하면서 그분들로부터 받는 에너지가 점점 나를 성장시킴을 알게 되었다. 어느 순간부턴가 내 마음이 무장 해제되어 버렸다. 함께하는 몸짱분들께 사랑만을 주고 싶은 생각이 가득하였다. 사랑하면 다 보인다고 하더니 몸짱에 처음 들어온 분들의 어려움이 무엇인지를 금방 깨닫게 되었다. 그러한 어려움을 하나씩 해소해 가면서 운동뿐만 아니라 소소한 일상도 나눌 수 있는 관계가 되었다. 나는 몸짱에서 '몸짱 대모', '몸짱 전도사', '작은 거인', '감동 코치' 등으로 불리며 내가 맡은 조원은 몸짱에서 벗어나지 못하게 하는 마법의 손길을 가진 사람이라고도 인식되어 있다.

그 동안 나를 만났던 조원 분들이 수 백 분인데 그 한 분 한 분과 사랑에 빠졌고 사랑을 드리면서 오히려 내가 엄청난 성장을 했음이 분명하다. 또한 맘짱 단계에 입문해서 다양한 감정을 흘려보내고, 욕구에 관한 탐구를 하고, 각종 명상을 접하면서 나의 정신세계가 확장되어 갔다. 하나의 일을 시작하면 완벽을 기하는 성격이라 이런저런 스트레스로 나를 힘들게 했었는데 요즘의 나는 초연의 자세를 보인다.

어릴 적부터 늘 병약한 아이였던 나는 건강한 사람들이 가장 부러웠다. 20대에 희귀병이 찾아오면서 삶과 죽음의 경계에서 오래도록 힘든 시간을 보냈다. 중환자실에서 호흡기를 꽂고 사경을 헤매다가 일반 병실로 이동하던 날, 휠체어를 타고 바라본 세상은 그지없이 아름다웠다. 이 아름다운 세상에서 건강이 허락된다면 더욱 열정적으로 살고 싶었다. 그래서 매사 완벽하게 무엇이든 맡은 일을 열심히 하는지도 모른다. 희귀병이 찾아오기 전에도 주변에서 단명할 아이라는 이야기를 듣곤 했다. 단명할 아이, 희귀병을 이겨 내며 살고 있는 지금의 나는 어찌 보면 다시금 부여된 이 생에서의 가장 값지고 의미 있는 삶을 살고 있다. 현재는 내게 덤으로 주어진 행복이며 가치 있는 시간이다.

결혼하여 아들을 낳고 30대에 드디어 나의 전성기가 시작되나 싶게 행복했고 꽃을 활짝 피워 나가고 있었다. 사회에서도 나의 자리를 잡아 가며 일과 가정에 충실했다. 그런데 갑자기 하나밖에 없는 아들이 아팠다. 엄마가 늘 병원 신세를 지고 살았기 때문에 아들아이는 그 또한 마음의 짐이 되었던 것 같다. 장래 희망 란에 늘 '의사'를 적어 냈다. 반장을 도맡아 했으며 공부도 제법이었고 영재반에서 활동하던 아이였다. 그랬던 아이가 갑자기 아팠고, 중환자실에 실려 들어가서 깨어나지 않았다. 온몸의 피가 바싹바싹 다 말라 가는 느낌이었다. 중환자실 앞에 상주하면서 나는 아이를 일으킬 방법만 생각했다. 대학병원의 중환자실에 때로는 한의사도 들여보내서 진맥을 했고, 수지침을 놓는 분이 들어가서 아이에게 자극을 주기도 했다. 서울 시내 백화점을 모두 뒤져 한겨울에 포도를 공수해서 아이의 코 줄에 포도즙을 흘려 넣었다. 이 과정에서 포도즙과 섞어 환약을 먹이기도 했다. 병원에서는 포기의 기운이 가득했지만 나는 단 한 번도 아이가 깨어나지 못할 거라고 생각하지 않았다.

고난의 40일이 지나고 아이는 눈을 떴다. 병원의 의사들은 기적이라고 했다. 그런데 그 기적 가운데서 나는 새로운 고난과 만나게 되었다. 40일간 의식이 없었던 아이는 몸과 마음이 극도로 쇠약해졌고 이러한 아이의 회복과 성장을 위해서 오랜 시간이 필요했다. 지금은 아빠 회사에 출근하면서 30대 직장인의 소소한 행복을 누리고 있다.

이처럼 수많은 시련의 시간들이 나를 스쳐 갔지만 아들이 살아난 기적을 경험했기에 그 어떠한 광풍에도 쓰러지지 않고 나는 또다시 초연히 일어서서 새로운 세상을 만들어 냈다. 시련은 나를 성장시키고 힘들어하는 사람들과 눈 맞춤 할 수 있는 맞춤형 시선을 선물로 주었다. 한 명 한 명을 소중히 여기며 따뜻한 온기와 사랑을 나눌 수 있는 그런 마음. 누구나 쉽게 얻을 수 없는 인생에서의 득템이다!

아들이 아프면서 특수교육에 관심을 갖게 되었다. 나는 만학도로 특수교육과에 진학해서 40대에 임용 시험을 보았다. 면접시험을 보면서 교수님이 내게 물었다. 이 나이에 왜 특수교육을 전공하냐고. 나는 누구보다 잘할 자신이 있어서 왔다는 답변을 또렷이 했다. 그것이 얼마나 엄청난 답변이었는지는 현장에 와서야 깨닫게 되었다. 약속했던 것처럼 나는 몸을 사리지 않는 열정적인 교사가 되었다.

　나는 아이들에게 꿈을 갖게 하고 싶었다. 장애의 정도를 떠나 꿈꾸는 사람으로 성장시키는 것이 나의 꿈 너머 꿈이기도 했다. 몇 해 전 한 아이와의 강렬한 만남이 있었다. 수업이 시작되어도 나타나지 않는 아이. 때로는 1교시 지나, 어떤 날은 3교시 지나서 눈곱을 매달고 등교하는 아이. 아무리 늦어도 지각에 대한 부끄러움도 인지 못 하고, 착석도 힘들고 심지어 공부하기 싫다고 수업 중에 교실 밖으로 뛰쳐나가는 상황도 발생했다. 가정에 협조도 구하고 아이에게 몇 차례나 일찍 오겠다는 약속을 받아 보았으나 별반 변화가 없었다. 나의 특단의 조치는, 가정에서 안 되면 학교에서 더 노력을 기울여 보자였다. 마음을 굳히곤 먼저 집에 연락을 드렸다. 학교에 제시간에 오는 날까지 아침에 가정방문을 하겠노라고.

　첫 방문일. 그 강렬한 기억이 오래도록 지워지지 않을 것이다. 비좁은 실내에 엄청난 적재물이 쌓여 있고, 그 지저분한 공간 사이로 강아지 세 마리가 뛰어다녔다. 쓰레기 적재물, 악취 속에서 아이는 자고 있었다. 깨워도 일어나지 않는다는 할머니의 성화에 부스스 일어난 아이의 눈빛에 가득 담긴 부정적인 기운.
　한 학기 내내 아이를 데려와서 씻기고, 옷을 갈아입히고, 아침을 챙겨 먹였다. 세탁물도 집으로 가져가 정성껏 빨아다 입혔다. 주변의 시선은 꼭 그렇게까지 해야 하나였지만 난 그 과정이 아이의 변화에 기여할 거라는 믿음을 가졌다. 그렇게 한 학기가 지나고 두 학기째는 지원을 늦추었다. 학교도 스스로 시간 맞춰 오라 했더니 1주일에 한두 차례 살짝 늦는 정도에 이르렀다. 세 번째 학기에 들어서며 부모 상담을 하는데 아이의 변화를 가정에서 먼저 반기시며 학교에 대한 믿음은 물론 아이에 대한 믿음을 갖기 시작하셨다.

나는 이 시기에 아이에게 꿈을 갖게 해 주고 싶었다. 되고 싶은 것이 없는 아이, 꿈이 뭐냐고 물으면 그런 거 없다고 퉁명스럽게 이야기하던 아이를 데리고 제주도 여행을 나섰다. 지인 가족들과 함께하는 여행이라 또래의 아이들도 만날 수 있는 좋은 기회였다. 아이는 3일간 자신에 대한 편견이 없는 아이들 속에서 기다려 주고 배려하는 방법을 익혀 갔다. 또한 자신이 열심히 공부해서 취직하면 할아버지 할머니를 제주도로 모시고 와서 재미난 구경을 시켜드리고 싶다고 했다. 이제 공부에 대한 동기부여도 된 셈이다. 비행기에서 하늘을 내다보며 솜털 같은 구름 위에 누우면 포근할 거 같다는 문학적 소양도 보였다. 그 여행이 아이의 삶 가운데 아름다운 빛깔로 기억되는 순간이기를, 자신이 힘든 상황에 처했을 때도 이 날의 기억들이 다시금 일어설 수 있는 원동력이 되어 주기를 간절히 소망해 본다.

나는 꿈꾸는 것을 좋아했다. 꿈쟁이라는 닉네임도 있다. 어렸을 때부터 남다른 꿈을 많이 꾸었던 것 같다. 처음엔 나에 대한 꿈을 많이 꾸었다. 나의 변화, 내가 추구하는 이상, 내가 가야 할 목표 등. 막상 그 끝점을 바라보며 가자니 내가 참 근시안적인 사람이라는 것과 그다지 행복하지 않을 수 있겠다는 생각이 들었다. 그동안은 막연히 꿈꾸던 시간들이 몸짱에 들어온 후 구체적으로 실현되고 있음에 놀랄 때가 많다.

지준과 맘짱의 필독서들 또한 내 꿈을 성장시켜 주었다. 그 가운데 맘짱 1단계의 『I can do it』과 맘짱 2단계의 『호오포노포노의 비밀』은 나의 정신세계를 한 단계 업그레이드해 주었다. 특히나 『I can do it』은 직접 녹음을 하면서 수차례 읽게 되었다. 우리네 삶에서 긍정의 확언이 얼마나 중요한가를 읽으며, 녹음하며, 들으며 수없이 깨닫게 되었다.

『호오포노포노의 비밀』을 읽는 기간에는 호오포노포노를 실천하면서 많은 변화를 체험하게 되었다. 내가 사랑하는 사람들을 위해 스스로를 비워 내는 시간들이 길어질수록 뜨겁게

와 닿는 것들이 있었다.

시카고에 거주하시는 한 조원분이 갑자기 암 진단을 받으셨으나 몸짱을 통해 긍정의 기운으로 이겨 내고 계심에 많이 놀라웠다. 그분을 위해 호오포노포노를 실천하면서 뜨거운 눈물을 쏟아냈다. 수술을 받고 항암 치료를 받으시면서도 몸짱의 끈을 꼭 잡고 가시는 그분이 한없이 존경스러웠다. 그분의 건강 회복이 그분 자신의 꿈이자 나의 꿈이기도 하다.

몸짱에서 많은 분들과의 만남이 나의 성장에 견인차 역할을 해 주었다. 예기치 못한 몸짱과의 만남이 내 삶의 곳곳에서 중요한 비중을 차지하게 되었다. 그러면서 깨닫게 된 것은 나만의 꿈보다는 함께하는 이들과 이루어 가는 꿈이 훨씬 행복하다는 것이다. 새싹반 조원님들이 어느 사이 멋진 리더로 성장했을 때 그 벅찬 감동을 표현하기 힘들다.

몸짱에서 동아리방을 만들면서 내게는 또 다른 세상이 준비되어 있었다. 일본어를 전혀 모르던 분들이 동아리방에서 몇 개월 공부하더니 회화를 하고 문장을 막힘없이 쓰는 것이다. 그 모습을 보면서 온 몸에 소름이 돋을 만큼 감동이 밀려왔다. 온라인 합창단이 웬 말이냐고 했을 때도 몸짱이라면 할 수 있다는 믿음이 '문엔(문화&엔터테인먼트)'이라는 동아리를 만들어냈다. 우리는 몸짱 문엔에서 입 모아 합창을 하고, 시낭송을 하고, 음악 산책을 나서며 명화를 즐기고 수어도 배우며 바쁜 시간을 보내고 있다. 온라인에서 말이다.

갱년기 우울증이 뭐냐고 묻고 싶을 만큼 하루하루가 바쁘다. 그 알차고 행복한 배움터에서 좋은 사람들과 함께하는 지금, 여기가 곧 천국이 아닐까?

나의 최종 꿈은 이렇다.

'누군가의 성장을 도모하는 의미 있는 사람이 된다'는 것. 그 꿈이 오늘도 나를 춤추게 하고 성장하게 만든다.

고단했던 몸에 찾아온 여유

_강혜민

나는 독립적이고 진취적이며 당당한 여성이다. 또한 다른 사람들의 아픔과 기쁨을 함께 나누는 삶을 살아가고 있으며 그들은 나를 좋아하고 의지하며 서로를 사랑하며 살고 있다. 지금 내 인생에 매일의 어나오를 만들어 주는 몸짱은 평생을 함께할 수밖에 없는 나의 친구이자 즐겁고 행복한 놀이동산이다. 평생 몸짱과 함께라면 운동을 놀이처럼 즐기면서 100세까지도 건강한 나로 살 것이다.

I Can Do It! 나의 '어나오' 미래 선언

하나, 나는 하나님의 사랑받는 자녀로 새벽에 기도하며 하나님의 뜻을 행하는 사람이다.

둘, 나는 운디드 힐러로 상처 입은 사람들을 치유하고, 섬기는 사람이다.

셋, 나는 하나님의 부흥의 역사를 매일 체험하며 사는 사람이다.

넷, 나는 내가 가진 것을 나누고 베풀며 사는 선한 기부자이다.

다섯, 나는 자아실현을 위해 끊임없이 공부하는 사람이다.

여섯, 나는 100세에도 세계 여행을 다니는 건강한 사람이다.

일곱, 나는 200만 원 이상의 부수입이 있는 사람이다.

여덟, 노년에도 나는 친한 사람들끼리 마을 공동체를 만들어 행복한 삶을 사는 사람이다.

아홉, 나는 매일 한 시간 이상 운동하며 마라톤에 참가하는 건강한 사람이다.

열, 자녀들이 꿈을 실현하고 멋진 가정을 이뤄 가는 모습을 보며 행복해하는 사람이다.

내가 몸짱 운동을 알게 된 것은 매일매일 받아보는 '고도원의 아침편지'를 통해서다. 직장과 가정일, 두 아들을 키우며 정신없이 살아내느라 시간과 열정을 쏟다 보니 어느새 40 중반이 넘어 있었고, 중년의 나이에 몸은 여기저기 망가지고 병들어 있었다.

어릴 때부터 그리 건강한 편은 아니었던 것 같다. 울 엄마는 내가 잘 먹지 않아 매일같이 밥숟가락을 들고 다니며 밥 먹이느라 많이도 애태웠다고 말씀하셨다. 그러고 보면 어릴 때 내 모습은 삐쩍 마른 말라깽이였다. 중학교에 다니면서는 빈혈이 심해 자주 쓰러지곤 했다. 게다가 중2 때는 학교에서 시행하는 건강검진에서 갑상선기능저하증이란 진단을 받고 원자력 병원까지 다니게 된다. 그 이후부터 40대 후반인 지금까지도 약을 달고 다니는 사람이 되었다. 갑상선과 빈혈로 약해진 나는 어딜 가든 운동을 하지 않아도 되는 열외학생이 되었다. 그 이후부터 운동과는 담을 쌓고 살아가게 된다. 게다가 갑상선기능 저하증으로 인해 체중은 갑자기 불어나게 된다. 그 결과 어느 순간 나는 말라깽이에서 뚱뚱한 사람으로 변신하게 된다.

정신력으로 버텨 내던 그 아이가 성인이 되었고 직장에서 연수를 가던 날이었다. 눈 깜짝할 사이 큰 교통사고를 당하고 말았다. 동석한 다섯 명 중 한 분은 그 자리에서 돌아가시고, 나머지 네 분은 모두 큰 수술을 받게 되었다. 그나마 가장 약하게 다친 사람이 바로 나였다. 약하게 다쳤다 하지만 3개월간 입원하며 오른쪽 무릎의 연골을 모두 빼내는 수술을 했고, 오른쪽 손가락 골절, 팔목, 발목 등 오른쪽이 전체적으로 찢어지고 골절되어 비틀어진 뼈들을 끼워 맞추는 고통을 여러 번 반복해야 했다. 그 이후 나는 오른쪽과 왼쪽의 몸이 틀어진 상태로 지내게 되었다. 몸이 틀어져 있으니 늘 어깨와 목은 천근만근이었다. 2015년도에는 목 디스크 판정까지 받아 수술을 권면받기도 했다.

교통사고 후유증은 생각보다 심각했고 오래갔다. 틀어진 몸으로 인해 자주 골반이 빠졌는데 길을 가다가도 골반이 빠질 때면 순간 얼음이 되어 한참 동안 제자리에서 호흡하며 골반을 맞춘 뒤에야 조심조심히 가던 길을 다시 가곤 했다. 후유증으로 고생하다 보니 목 디스크는 어떻게 해서든지 비수술로 버티고 싶었다. 차선으로 한의원에서 매일같이 침을 맞으며 통증을 이겨 내곤 했다. 하지만 기력이 없던 나는 쉬이 지쳤다. 계속 병원을 내 집처럼 왕래하는 내 모습이 참 안쓰러웠다. 그러다 이렇게 병원에 의존하기만 해서는 안 되겠다는 생각에 정신을 차렸다. 그리고 수영을 시작했다. 그런데 수영 시작 후 얼마 안 되어 수영장이 리모델링으로 2개월간 문을 닫는다는 것이 아닌가.

직장 생활을 하다 보니 시간 내기가 빠듯해서 어떻게 운동을 해야 할지 고민하며 찾고 있던 차에 보게 된 것이 '고도원의 아침편지'에서 소개한 몸짱 운동이었다. 시간과 장소에 상관없이 어디서나 운동할 수 있고, 10분만 운동하면 몸짱이 될 수 있다는 말에 에이~ 설마 하면서도 혹해서 2016년 5월 몸짱에 입문했다. 몸짱이 탄생한 날이기도 하다. 내가 처음 몸짱을 시작할 무렵에는 몸무게가 54kg이었다. 현재는 48kg으로 살만 빠진 게 아니라 근육량은 증가하였고 상하체가 균형 잡힌 몸매로 변화되었다. 더 놀라운 것은 걸을 때마다 골반이 빠져 두려움까지 있던 내 하체가 몸짱 운동을 시작한 지 1년이 지난 시점부터는 골반 빠짐 현상이 없어졌다. 기적과도 같은 일이다. 물론 골반 틀어짐은 여전히 있다. 하지만 골반이 빠져 순간 정지하며 걷지 못하는 현상은 사라졌다.

중학교 때부터 시작된 갑상선기능저하증으로 인해 무척이나 피곤함을 많이 느꼈다. 저녁 10시만 넘으면 급 피곤해졌고 몸이 피곤하니 온갖 짜증을 가족들에게 투사했다. 그랬던 컨디션이 몸짱 이후 근력이 생겨서일까? 피곤함이 급속도로 사라져 감을 느꼈다. 여전히 갑상선기능저하증 약은 복용하고 있다. 하지만 요즘엔 저녁 11시가 넘어도 가족들과 웃으며 이야기할 수 있는 체력이 된 것이 이전과 다르다. 집안일을 해도 크게 피곤함을 느끼지 않는다. 분명 예전과는 확연히 다른 활력 넘치는 건강한 삶을 살고 있다.

윗몸일으키기는 하나도 못 했던 나이다. 운동과는 담을 쌓았고 골반의 문제로 윗몸일으키기는 꿈에도 그려 보지 않던 운동 종목이었다. 몸짱 이수 조건에는 윗몸일으키기와 팔굽혀펴기가 있다. 앞에서도 이야기했지만 운동을 전혀 안하던 나에게 윗몸일으키기와 팔굽혀펴기는 커다란 산이었다. 그래도 어제보다 나은 오늘의 내가 되기 위해 '매일 한 개씩만 해 보자.'하고 도전했다. 처음엔 바지를 잡아가며 1개도 간신히 했던 윗몸일으키기였다. 그러나 매일 1개씩 늘려 가다보니 어느새 100개를 쉬지 않고 할 수 있는 내가 되었다. 팔굽혀펴기 역시 오른쪽 손목에 힘이 없기 때문에 이 역시 피하고 싶은 종목이었다. 그래서 처음에 도전할 때는 압박붕대를 칭칭 동여매고 딱 한 개하는 것도 간신히 성공했다. 하지만 그렇게 어나오를 도전하면서 이제는 압박붕대 없이 20개를 너끈히 할 수 있게 되었다. 이 외에도 걷기뿐 아니라 달리기는 언제나 열외 학생이었다. 갑상선과 빈혈 증세가 있기도 했지만 폐호흡이 원활하지 않아 뛰는 것 자체가 힘들었다. 그랬던 내가 이제는 마라톤 대회에도 나가 10km를 완주하는 사람으로 변했다. 이는 정말 놀라운 경험이자 기적이다.

이런 놀라운 변화는 남편과의 관계에서도 계속 되었다. 몸이 약하고 쉽게 지치고 피곤해 하던 아내였기에 남편이 밖에 나가 바람 쐬러 가자 하면 쉬고 싶다고 그냥 누워 있겠다고 늘 물리쳤었다. 그런데 몸짱 이후 이 둘의 관계가 바뀌었다. 이제는 그 아내가 남편을 조른다. 같이 뛰러 나가자고, 같이 산에 가자고, 같이 만보 걷자고. 산에 가면 정상까지 가는 나를 바라보며 남편은 몸짱에 감사해한다. 너무도 건강하게 바뀌었다고 말이다.

몸짱은 나에게 운동뿐 아니라 건강지킴이가 되어 주고 있다. 의료진과 연계하여 유전자적 검사와 백진을 통해 내 몸에서 진행되고 있는 좋지 않은 흐름을 미리 차단하는 온라인 의료서비스(?), 몸짱에서는 이 모든게 가능하다. 그래서 몸짱은 나에게 신세계이며, 미래지향적이며, 매우 과학적인 건강 도우미인 셈이다.

나에게는 정신적인 트라우마가 있다. 초등학교 4학년 때 일이다. 여동생과 함께 통닭을 사러 나갔다가 나쁜 아저씨에게 끌려가 성폭행을 당할 뻔한 기억이 있다. 지나가는 사람에게 구출되어 무사하긴 했지만 그 기억이 뇌리에 박혀 잊을 수 없는 충격과 정신적 트라우마를 안겨 주었다. 이후 남자들을 증오했으며 여자인 내가 그냥 싫고 미웠다. 정신적 충격이었는지 나는 보통 친구들에 비해 이른 초등학교 4학년 때에 첫 월경을 시작하였다. 여자가 되는 것을 축하받아야 할 일이었지만 그때의 사건과 맞물려 여자로 태어난 나를 미워하고 싫어하게 되었다. 그렇게 왜곡된 성 인식으로 초등학교 4학년 때부터 아빠를 포함한 모든 남자들을 싫어하게 되었다. 특히 권위적인 남자는 혐오 대상이었다. 엄마를 포함한 이 땅의 여자들이 늘 불쌍해 보였다. 그렇게 성장하면서 결혼은 하지 않겠노라 결심했었다. 그리고 나는 점점 남자처럼 변해갔다. 나중에 만난 고등학교 친구가 이야기해준 말이다. 당시 교복 치마를 입고 책상 위를 뛰어다니던 사람은 나밖에 없었단다.

그랬던 남자들에 대한 가치관은 대학교에 들어가서 조금씩 바뀌게 되었다. 성이 강씨기에 첫 번째로 발표하는 일이 많았다. 지금의 내 짝꿍인 남편도 성이 구씨여서 주로 선발 발표 그룹에 속했었다. 자연스레 그 구씨인 사람과 토론하며 이야기할 기회가 많았다. 그렇게 시작된 대화…. '어? 남자들도 이런 생각들을 하네? 나랑 비슷한 공통점이 있네?' 그룹에 속한 남자들과 토론하는 과정에서 남자들에 대한 가치관이 조금씩 바뀌게 되었다. 남자들에 대해 편협했던 내 생각들이 좋은 가치관을 가진 남자들과의 대화로 내가 만들고 왜곡시켜 놓았던 생각들을 흔들어 놓기 시작했고 변화의 물꼬를 터 주었다. 그 일등 공신은 바로 지금의 남편이다.

하지만 오랜 기간 남자의 권위를 인정하지 못했던 터라 결혼 후에도 결혼 생활은 쉽지 않았다. 남편의 권위를 인정하는 것이 무척이나 힘들었다. 여자는 왜 직장 생활을 하면서 집안 일과 아이 키우는 일까지 모두 해야만 하는지에 대한 불만을 품게 되었고, 이런 불만은 점점 더 쌓여 갔다. 그리고 이런 사회 모순을 바꿔야 한다고 생각하며 언쟁을 하다가 자주 부부 싸움을 하게 되었다. 여자라서 힘들다고 생각하고, 언제나 사회는 불평등하다는 생각을 많이 했는데 결혼 생활 20년이 지난 지금은 사고의 균형이 생기게 되었다.

이런 균형 잡힌 사고로 변화될 수 있었던 것도 몸짱을 만난 덕분이라 생각한다. 몸이 건강해지니까 마음도 건강해지고, 그러다 보니 상대방의 입장에서 이해할 뿐 아니라, 남편도 이해하게 되었고, 이전보다 더 사랑하며 존중하게 되었다. 그러기까지 얼마나 많은 아픔과 내려놓음이 필요했는지 모른다. 여자라서 나만 힘든 것이 아니었음을 알아차리게 되었다. 그리고 비로소 여자인 나조차도 진심으로 사랑하게 되었다. 남편하고는 이제 부딪히거나 싸울 일이 거의 없다. 남편이 나를 그간 많이 사랑해 주었구나 하는 감사한 마음을 갖게 되었고 나 역시 남편을 사랑하고 존중해 주는 아내가 되기 위해 더욱 노력한다. 우리는 건강한 부부가 되었다.

워킹맘이면서 남편 뒷바라지, 아이들 케어, 시댁의 눈치, 해도 해도 계속 나오는 집안일 등에 이리 치이고 저리 치이며 살아가고 있는 이 시대의 여성들이 많다. 아마 그들도 나와 비슷한 고민을 한 번쯤은 했을 거라 생각한다. 주변에는 이혼을 생각하는 사람, 다시 태어난다면 결혼은 하지 않을 거라 말하는 사람, 자신의 불만족스러운 상황을 계속 투사하는 사람 등을 쉽게 만날 수 있다. 이제는 그녀들에게 어떻게 공감해 주며 대처할 수 있는 힘을 어떻게 나누어 주는지 안다. 나는 나의 지난 경험을 사랑하게 되었다. 그리고 이제는 그 경험을 통해 그들에게 변화된 시각을 공유해 줄 수 있게 되었다.

맘짱 과정을 통해 배운 정화요법이 있다. 남편과 싸움의 문제를 보며 내 내면의 기억들을 정화하고, 사랑한다고 미안하다고 용서해 달라고 감사하다고 되뇌이기 시작하니 잔재해 있던 감정의 쓴 뿌리가 조금씩 사라지면서 마음이 편안해짐을 느낄 수 있었다. 그러면서 신기하게도 남편이 이해가 되고 사랑하는 마음, 감사한 마음이 솟아오르기 시작했다. 남편은 나를 언제나 사랑해 주고 있었음을 알게 되었다. 문제는 내 안의 나쁜 기억들로 그것을 못 보고 있었던 것이다. 내 내면을 정화하는 데 힘만 썼을 뿐인데 더 이상 싸울 일도 큰 소리 날 일도 우리 사이에 없어지게 되었다. 그동안 내 안에 남아 있는 고집스런 감정들이 문제였던 것이다.

사춘기인 둘째 아이와도 많이 싸웠다. 끊임없이 잔소리가 나갔다. 나의 내면을 정화하기 시작한다. 미안하다고, 용서해 달라고, 사랑한다고 말하기 시작하니 둘째 아들이 불쌍해 보이고 잘해 주고 싶은 마음이 가득해졌다. 아들에게 잘 대해 주게 되고, 잔소리를 거두는 대신 사랑을 나눠 주니 울 아들도 엄마를 따르고 믿고 의지하는 아들로 변하기 시작했다. 공부하는 아들의 어깨를 주물러 주게 되었고, 기말고사로 공부하는 아들 옆에서 책을 읽으며 함께 있어 주게 되었다. 지금은 둘째 아들과 데이트하는 느낌이다. 계속 내면을 정화시키는 것이 가장 중요함을 알게 되었다.

잘 알고 지내는 동생 중에 남편과의 이혼 문제로 고민하는 친구가 있었다. 그 동생과 이야기하는 내내 난 먼저 나의 내면을 정화하기 시작했다. 그리고 그 동생이 남편과의 회복이 일어날 수 있기를 기도했다. 말도 하기 싫고 꼴도 보기 싫던 남편에 대해 조금 더 기다려 보며 그 사람 입장에서 생각해 봐야겠다며 동생의 감정이 누그러진 상태로 대화를 마쳤다. 남편이 자라온 환경을 이해해 보겠노라 한 것이다. 그렇다. 신기하게도 내 내면만 정화했을 뿐인데 외부적인 부분들이 해결되고 있었다. 이제는 그녀들에게 어떻게 공감해 주며 상처를 회복해야 하는지 도울 수 있는 사람이 되었다.

내겐 잊혀져 있던 꿈이 있다. 결혼하랴, 직장 생활하랴, 자녀 양육하랴, 몸이 건강하지 못해서 등의 이유로 그동안 잊혀 있던 꿈. 바로 여러 나라를 여행하는 것이었다. 몸짱에는 여행 동아리가 있다. 여행 동아리에서 1년에 2~3번 해외로 트레킹을 떠난다. 벌써 백두산을 다녀왔고, 이집트와 산티아고, 노르웨이까지 다양한 트레킹이 쭉 준비되어 있다. 긍정 에너지가 가득하고 몸과 마음이 건강한 몸짱님들과 떠나는 몸짱 여행은 그 기운부터가 남다르다. 비나 눈이 오다가도 몸짱님들만 나타나면 날씨가 좋아진다. 이런 신비한 체험을 이미 많이 해 봤다. 놀라운 일들이 벌어지는 이유는 긍정 에너지가 넘치는 몸짱님들의 기운 덕이 아닐까 생각한다. 몸짱 여행은 내내 신이 나고 재미있고 의미 있고 건강하다. 그런 여행에 내 꿈을 동행시킬 수 있어 행복하다.

나는 100세에도 청바지를 입고 몸짱님들과 건강하게 해외를 누빌 것이다. 그러기 위해 매일 몸짱 운동과 함께 건강하게 나를 가꿔 나가려 한다. 노년에 이르기까지 건강하게 즐기며 사는 것이야말로 가장 큰 행복일 테니까. 그 꿈과 소망으로 오늘도 '어나오'를 향해 덩실덩실 춤추려 한다. 나는 건강하다! 나는 여자여서 행복하다! 나는 100세에도 멋쟁이 건강한 할머니로 해외를 누빌 것이다!

작지만 소중한 꿈

_박희원

나는 어딘가에 얽매이길 싫어하는 자유로운 영혼이다. 사고방식은 유연하고 좋아하는 일에 대해서는 창의적이다. 다른 사람들을 있는 모습 그대로 존중하고, 서로 도우며 즐겁고 평화롭게 살아가기 위해 노력한다. 지난 과거에 내가 했던 선택과 행함이 모여 현재의 나를 만들었듯이, 지금 내가 선택하고 행동하는 습관들이 나의 미래를 만들 것이기에, 후회 없는 삶을 위해 매 순간 신중하게 생각하며 살고 있다. 결국, 나에게 현재란 내 인생의 가장 소중한 기회이자 사랑의 실험장이며, 사람들과 더불어 살아가는 행복한 놀이터이다!

I Can Do It! 나의 '어나오' 미래 선언

하나, 나는 내 모습 이대로 나를 사랑한다.

둘, 나는 다른 사람들의 있는 모습 그대로 존중하고 사랑한다.

셋, 나는 작은 일에도 감사하고 항상 기뻐한다.

넷, 나는 일찍(오후 11시 전후) 잠자리에 들고 단잠을 충분히(7~8시간) 잔다.

다섯, 나는 남편과 딸의 있는 모습 그대로 사랑하며 기쁘게 돕는다.

여섯, 나는 생활에 필요한 최소한의 용품만으로도 만족하고, 아낌없이 이웃과 나눈다.

일곱, 나는 일의 우선순위에 따라 할 일을 지혜롭게 선택하고 집중한다.

여덟, 나는 적게 먹고, 많이 움직이며, 오장육부가 건강하고 마음이 늘 상쾌하다.

아홉, 나는 작은 공간도 넓게 느끼며 효율적으로 사용한다.

열, 나는 언제 어디서나 사랑받고 사랑하는 참 행복한 사람이며, 모든 일에 그분을 점점 더 알아가고 닮아 가는 참 제자이다.

나는 1963년 경기도 수원 세류동에서 4남매의 맏이로 태어났다. 가정 형편이 경제적으로 넉넉하지는 않았으나 성실하셨던 부모님 덕분에 모나지 않은 모습으로 잘 성장할 수 있었다. 나는 초등학교 시절 기계체조를 하던 친구들의 동작을 따라 하거나, TV로 피겨스케이팅 선수들의 아름다운 모습을 즐겨 보곤 했다. 아마도 몸을 이용한 예술에 대한 관심이 많았었던 것 같다. 중학교와 고교 시절엔 댄스나 체조, 응원하는 시간이 참으로 즐거웠다.

하지만 내게도 위축감이 들게 하는 요소가 하나 있었다. 바로 엄마의 고생하는 모습이었다. 내가 초등학교 때부터 살게 된 '신갈'이란 동네는 아버지의 고향이었고, 친척들이 가까이 살고 있었다. 특히 고모네 집은 마을의 부자였고, 우리 엄마는 사람들이 많이 오가는 고모네 일을 돕기 위해 고모네 집에 계신 시간이 많았다. 나는 어린 마음에 그런 엄마의 모습이 안쓰러웠고, 고모네 가족들이 우리에게 잘 대해주셨음에도 불구하고, 그 집에 가면 공연히 불편하고 주눅이 들곤 했다. 지금은 어릴 적 주눅 들고 불편했던 마음이 치유되었고, 부잣집에 가든 어려운 형편에 있는 사람들을 만나든 상관없이 어디서나 늘 자유롭고 편안하다.

아버지께서는 4남매의 맏이인 내가 중학교 졸업 후 상업계 고등학교에 가서 일찌감치 취직하여 집안에 경제적인 도움을 주기를 속마음으로 원하셨던 것 같다. 그러나 다행히 내게는 그런 내색을 하지 않으셨고, 나는 그 당시 인문계 고교인 수원여고에 입학하였다.

고교 2학년 때부터 불어를 배웠는데, 때마침 아주대학교에서 연구원으로 일하던 젊은 프랑스 남자 선생님이 불어 회화를 가르치러 매주 목요일 특활 시간에 우리 학교에 오셨다. 덕분에 나는 불어의 매력에 빠지게 되었고, 대학에서의 전공은 교대에 가서 선생님이 되기를 바라셨던 부모님의 바람과 다르게, 내가 원하는 불어를 선택했다. 집에서 통학하기 가깝고 부모님의 학비 부담도 덜어드릴 수 있도록, 아주대학교 불어과에 4년 특별 장학금을 받으며 입학하게 되었다. 전공수업과 더불어 영어 회화 동아리를 비롯하여 각종 교내 동아리 활동에 적극 참여하며 즐겁게 대학 시절을 보냈다.

그러던 대학 4학년 봄, 불어과 친구들과 설악산으로 3박 4일 졸업 여행을 갔는데, 유난히 유머러스하고 순수해 보인 한 남자 친구에게 내 마음이 갔고, 여행 이후 그와 연애를 시작했다. 나는 그 당시 욕심이 많은 사람이었는데, 그가 내게 얼마나 친절하게 잘 대해주었는지 나는 맘속으로 생각했다.

"만약 하나님이 계시고 천사가 있다면, 이 사람은 하나님이 내게 보내 주신 천사가 아닐까?" 라고.

나는 그의 전폭적인 응원과 도움을 받으며, 두 개의 항공사 승무원 입사 시험에 모두 합격할 수 있었다. 처음에는 승무원이 어떤 일을 하는지조차 잘 모르는 상태로 입사시험에 지원했었는데, 막상 최종 합격이 되고 보니 부모님과 주변 분들은 놀라서 딸이 외국에 나가는 것을 불안해 하셨고, 나도 약간 당황스러웠다.

그러나 결국, 인생은 모험!!
한국에 살면서 일할 수 있었던 노스웨스트 항공사를 선택하여 입사했고, 일본과 미국에서

3개월간의 교육을 마친 후, 그 해 12월부터 승무원으로 기내에서 일하기 시작했다.

한편 남자친구는 졸업 이후 군복무를 위해 입대하였고, 무사히 제대한 후 한 회사에 취직했다. 그리고 이듬 해 봄, 좀 더 경제적으로나 사회적으로 안정된 사윗감을 원하셨던 부모님의 의견에도 불구하고, 나는 그를 사랑하기에 주저함 없이 그와의 결혼을 선택했다. 비록 소박한 결혼 생활이었지만 함께하는 것만으로도 행복했고, 필요한 살림살이 하나 하나를 장만하는 기쁨이 쏠쏠했다. 그리고 1년 후, 건강한 딸아이가 태어났다.

나의 남편은 3남 1녀의 가정에 일란성 쌍둥이로 형보다 20분 늦게 태어났다. 시아버님은 대령으로 군 생활을 마치셨으며, 매사에 청렴하시고 검소한 삶의 모범을 몸소 보여 주셨다. 시어머님은 성품이 온화하셨고, 쌍둥이 아들을 낳으신 후 몸이 약해지셔서, 후반에는 뇌졸중으로 고생하시다가 나의 남편이 중학교 3학년 때 돌아가셨다고 한다. 오랫동안 집에서 아파 누워 계시던 어머니셨는데도, 돌아가시고 나니 집에 들어가기가 그렇게 싫더란다. 그렇게 흔들리던 마음이 교회에 나가 믿음 생활을 하면서 위로를 많이 받았던 것 같다. 남편은 결혼 이후에도 교회에서 청소년들에게 맛있는 간식을 만들어 주는 것을 즐거워했고, 학생들과 함께 축구도 하고, 야외로 등산이나 놀러 나가는 것을 매우 좋아했다.

나는 비행 시작한 지 3년 쯤 후, 한 승무원 선배 언니의 전도로 예수님을 믿게 되었고, 결혼과 함께 남편을 따라 교회에 나가기 시작했다.

비행 근무로 며칠씩 외국에 나가는 스케줄이 반복되다 보니, 다섯 살 된 딸아이의 양육 문제가 고민이 되기 시작했다. 그래서 남편과 의논한 끝에, 남편이 다니던 직장을 그만두고 딸을 곁에서 돌보며 할 수 있는 일을 시작하기로 합의한다. 그래서 시작한 것이, 미국이나 캐나다를 개별 여행하고 싶어 하는 사람들에게 맞춤형 여행을 기획하여 모든 것을 수행비서처럼 가이드 하는 일이었다. 워낙 외향적이고 여행하는 것을 좋아하는 사람이라, 처음 한 두 해는 규칙적으로 일이 있었고 즐겁게 일과 육아를 병행 할 수 있었다.

딸아이가 초등학교를 다닐 무렵부터, 남편은 일 나가는 횟수가 줄고 그냥 집에서 지내는 날이 많아지기 시작했다. 처음에는 남편이 집에서 딸아이를 돌보아 주니, 내가 비행을 나가도 안심되고 마음이 좋았다. 그러나 그렇게 시나브로 2년이 지나도록 남편이 특별한 일 없이 집에 있고, 일 할 직장도 찾지 않은 채 무기력해지는 모습을 보니, 가슴이 답답해지고 덜컥 위기감이 몰려오기 시작했다. 그러나 그의 자존심이 상할까 싶어, 직장을 찾아보라는 말을 그때는 차마 할 수가 없었다.

그러던 어느 날, 라디오 극동방송을 듣다가 설악산 켄싱턴 호텔에서 3박 4일 동안 부부사랑 세미나가 있다는 소식을 듣게 되었다. 물에 빠진 사람이 지푸라기라도 잡는 심정으로 얼른 광고 내용을 메모해 두었다가, 남편에게 부부세미나에 함께 가자고 제안했다. 처음에는 거절하더니 결국 함께 참석하게 되었고 세미나를 통해 많은 깨달음을 얻었다. 이후 우리는 2년 과정의 크리스천 상담 교육과 영성 훈련을 함께 받았다. 특히 남편은 신학 공부를 하고 싶은 마음이 생겼다. 그러나 나는 그의 의견에 적극 반대했다. 그 당시 남편은 여전히 가정의 경제적인 책임을 아내에게 맡기고 가장으로서의 역할을 소홀히 여기는 것처럼 보였기 때문이었다. 나는 그에게 진지하게 말했다.

"여보, 신학 공부 마치고 집에서 그냥 쉬고 있는 사람들이 많다는데, 당신까지 한 명 더 보탤 이유가 뭘까요? 만약 당신이 그렇게 신학을 공부하고 싶다면, 당신이 직접 벌어서 하세요. 나는 한 푼도 거기에 보태 주고 싶지 않아요."

그러자 남편이 내게 말했다.

"당신 마음이 그러하니, 일단 신학 공부의 꿈은 보류하겠소. 하지만 하나님이 어떻게 이 일을 이루어 가시는지 보게 될 것이오."

남편은 그날 바로 인터넷을 검색하여 찾은 한 구제 선교 기관에 이력서를 제출했고, 곧바로 취직이 되었다. 나는 맘속으로 생각했다. "이럴 줄 알았다면, 좀 더 일찍 남편에게 직장을 찾아보라고 단호하게 말해볼 걸…."

그는 마치 물 만난 물고기처럼, 그 기관에서 일하는 것에 보람을 느끼며 즐겁게 일했다. 그에게 맡겨진 일마다 훌륭하게 잘 처리했고, 함께 일하는 사람들에게도 인정받고 사랑받으며 직장 생활을 해 나갔다. 중국, 아프리카, 인도, 미국 등 각국을 돌며 활발하게 구제 활동을 했다. 그러다가 2005년쯤 그 기관에서 미국 L.A 지부를 개설하게 되고, 남편은 지부의 책임자로 임명받아 나와 딸을 한국에 남긴 채 혼자 미국으로 건너갔다.

미국에서 제3세계 어려운 사람들을 위한 모금을 하는 것은 쉽지 않은 일이었다. 그러나 그는 모험을 즐기는 사람이었고, 무에서 유를 창조해 나갔다. 매일 저녁 다운타운에서 100여 명의 미국 홈리스 분들에게 직접 따스한 식사와 후식까지 정성껏 준비하여 나누어 주었고, 낮에는 홈리스 센터를 열어서 홈리스 분들의 각종 편의와 취업을 도와주었다. 저녁 급식을 마치면, 신학교에 가서 대학원 공부를 했다. 나와 딸은 휴가와 방학을 이용하여 간간히 미국으로 남편을 방문했다. 그의 미국 생활은 마치 홈리스와 같이 여러모로 너무 열악하고 힘든 환경이었다. 그럼에도 불구하고 그의 얼굴에는 늘 행복한 미소가 떠나질 않았다.

그렇게 몇 년이 흐르는 동안, 나는 가정에 무심해 보이는 남편을 원망하고 미워하느라, 몸과 마음이 점점 힘들어져 갔다. 나는 우울증과 화병으로 몸 구석구석이 아팠고, 여기저기 병원을 전전하며 검사받고 치료받느라 여러 해를 고생했다. 비행기에서 일할 때는 서비스 직업의 특성상, 미소 지으며 일했지만 집에서 쉬는 날에는 침대에 누워 눈물만 흘리며 기운 없이 지내곤 하였다. 그래도 다행히 내 곁에 사춘기를 지나고 있던 고마운 딸아이가 있어서 큰 위로가 되었다. 어느 날은 어지러워하는 엄마를 위해, 근처 정육점에 미리 신선한 소간을 주문했다가 집에 사 와서 이런저런 요리법을 총동원하여 기운 없이 누워 있는 내게 정성껏 먹여 주었다. 나는 딸의 마음이 고마워서 억지로라도 받아먹으며 눈물을 흘리곤 하였다.

그러던 2009년 1월, 그 당시 고등학생이었던 딸과 함께 미국 L.A로 남편을 만나러 가게 되었다. 그 해 첫 주일, 남편이 다니고 있던 현지인 교회를 찾아 세 식구가 함께 주일 낮 예배에 참석했다. 그날의 성경 본문 말씀과 미국 목사님의 설교는 은혜로웠으나 지금은 기억나질 않는다. 그런데 확실한 것은 그 예배를 통해 하나님께서 내 마음을 터치해 주셨고, 모든 것을 그분 앞에 내려놓을 수 있도록 나의 상한 마음을 위로하시고 치유해 주셨다! 그 동안 나와 함께 동행 하시며 신실하게 베풀어 주신 모든 은혜와 섬세한 인도하심이 하나하나 떠오르고 고개가 끄덕여졌다. 더 이상 남편을 내 생각의 좁은 틀 안에 묶어 둘 필요가 없음을 온전히 깨닫고, 남편을 있는 모습 그대로 받아들이게 되었다.

예배 후 남편에게 조용히 말했다.
"여보, 당신이 지금 하고 있는 이 일 계속하세요. 그 대신 선하게 잘해야 해요!"
옆에 앉아 있던 딸이 아빠를 향해 미소 지으며 말했다.
"아빠, 이거 진짜 선물인데요!"

그 이후 상황은 크게 변화된 것이 없지만, 남편을 바라보는 나의 시각이 완전히 바뀌었다. 나의 마음이 새털처럼 가벼워지고 자유로워졌다! 이제 나는 어떤 상황에서도 날마다 평안과 기쁨을 누리고 있다.

2010년, 남편은 미국에서 신학 석사 과정을 졸업하고 목사 안수를 받았다. 같은 해 8월, 미국에서의 홈리스 사역을 정리하여 후임자에게 넘겨주고, 6년간의 미국 생활을 모두 마치고 한국으로 무사히 돌아왔다. 그리고 10년 넘게 일했던 그 기관을 나와서, 8개월 동안 안식년처럼 집에서 편안히 쉬었다. 그 동안 낯선 미국 땅에 혼자 긴장하며 고생한 남편을 위해, 나도 가능한 휴가를 많이 내어 그와 함께 집에서 지냈다.

2011년 4월, 남편은 서울역 13번 출구 앞에 있는 건물 1층을 빌려서 '드림씨티'라는 이름으로 노숙인 센터 & 선교 교회를 소박하게 시작하게 되었고, 부어주시는 풍성한 은혜로 이듬해부터는 지하 1층에서 4층 옥상까지 건물 전체를 빌려서 행복하게 노숙인 사역을 감당하고 있다.

한편, 노스웨스트가 델타항공사에 합병되면서, 항공 노선에 많은 변화가 시작되었다. 결국 주요 노선이 폐쇄되면서 서울 베이스 승무원 부서가 없어지게 되었고, 나는 이미 마음의 준비를 했었기에 망설임 없이 퇴직을 선택했다. 처음 입사 인터뷰 할 때는 맘속으로 3년 정도만 비행기를 타야겠다고 생각했었는데, 29년 동안이나 같은 회사에서 무사히 마칠 수 있었음에 그저 감사할 뿐이다!

퇴직하고 3년이 지날 즈음, 중학교 친구의 초대로 몸짱에 들어오게 되었다. 처음에는 어디에 묶이는 것이 싫어 망설였으나, 초대해준 그 친구에게 고마워서 이왕 하는 거 즐겁게 운동해보자는 맘으로 매일 꾸준히 하다 보니, 어느덧 2년 4개월이 되었다. 몸짱 운동을 통해 날마다 더 건강해지고 있고, 맘짱 과정을 통해 나의 지난 삶을 돌아보며 내면도 가꾸어가고 있다. 작년부터는 고급반 행복 코치로 임명받아 몸짱 가족들과 더불어 온라인과 오프라인에서 즐겁게 만남을 이어가고 있다.

몸짱에 처음 들어왔을 때와 비교해 보니, 지금의 나는 매사에 초조함이 현저하게 없어졌고, 완벽주의로 나를 괴롭히던 습관들이 많이 줄어들었다. 이제는 멈출 줄 알게 되었고 소소한 삶의 여유를 즐길 수 있게 되었다. 그리고 이러저런 핑계로 멀리하던 책을 한 달에 한 권 정도는 읽게 되었다. 눈이 침침해져서 신경이 좀 쓰이기는 하지만, 이 또한 지혜롭게 잘 해결할 것이다.

맘짱을 통해 알게 된 책들 중, 루이스 L. 헤이의 『나는 할 수 있어』는 내 삶에 강력한 영향을 주었다. 일단 내용이 매우 짧고 분명하며, 삶에 적용하기 쉽고 좋다. 저자가 자신의 삶에서 발견하고 터득한 축복된 삶의 핵심들을 8가지 주제에 따라 긍정 확언함으로써, 자신을 있는 모습 그대로 인정하고 사랑하는 구체적이고 확실한 방법을 알려준다. 무엇보다도 저자가 직접 녹음한 오디오를 핸드폰에 저장하여, 매일 아침 공원을 산책할 때 마다 들으며 긍정적인 자기 확언을 통해 엄청난 긍정 에너지와 자존감을 얻을 수 있었다.

기회는 운명처럼 다가온다!

그것을 내 것으로 삼아 행복한 삶을 가꾸어 가는 것은 나의 선택에 달려 있음을 본다. 몸짱에 들어오신 분들께는 잘 선택하셨다고 말씀드리고 싶고, 아직 몸짱을 경험하지 못하신 분들께는 몸짱에 도전해 보시길 강력 추천 드린다. 매일 10분 운동으로 시작한 건강의 축복이, 삶의 구석구석으로 스며들어 행복한 축복의 통로가 되실 것이라 확신한다.

사실 내게는 사람들에게 꺼내 놓을 만한 거창한 꿈이 없다.

누군가가 편안하게 내게 다가와 속내를 털어놓고, 스스로 가벼워져서 돌아간다면, 내가 있는 자리에서 내가 건강하고 행복함으로 인해, 작지만 선한 영향력을 끼치며 살 수 있다면, 나는 그저 감사하고 행복하다!!

내 인생의 책이라 할 수 있는 트리나 폴러스의 『꽃들에게 희망을』을 읽을 때마다 나는 새로운 깨달음과 도전을 받곤 한다. 눈앞에 보이는 공허한 성공을 향해 무모하게 경쟁적으로 올라가기 보다는, 노란 애벌레(자유로운 나비)처럼 인생길에서 만나는 사람들과 소소한 사랑을 나누고, 누군가 필요한 이에게 작은 도움을 나누며 더불어 행복할 수 있다면, 그리고 내가 있는 곳에서 묵묵히 내 몫의 삶을 잘 살아내어, 누군가의 마음에 희망을 줄 수 있다면....

그것이 바로 나의 기쁨이자 성공이며, 작아 보이지만 소중한 나의 꿈이다.

나 중심에서 우리로

_이순희

몰입과 도전, 성장과 발전은 나의 삶을 대변해 주는 말이다. 새로운 분야에 도전하고 몰입할 때 행복을 느끼고 성장하며 발전하는 나를 만난다. 성장을 멈추는 그 날이 나의 생을 마감하는 때가 될 것이다. 그때 나를 아는 사람들의 가슴에 이렇게 새겨지기를 바란다. '매 순간을 기적이라 여기며 열정적으로 인생 순례를 잘 마치고 흐뭇하게 잠들다.'

I Can Do It! 나의 '어나오' 미래 선언

하나, 나는 날마다 배운 것을 실천하며 끊임없이 성장하는 사람이다.

둘, 나는 말씀을 묵상하고 적용하며 찬양대원으로서 성실하게 섬김을 다하는 하나님의 예쁜 딸이다.

셋, 나는 매일 매순간을 기적이라 여기고 감사할 줄 알며, 수시로 부부가 함께 하는 봉사활동을 다니며 의미 있는 일을 한다.

넷, 나는 남편이 스스로 건강을 챙기는 것을 흐뭇하게 바라보면서 격려해주는 현명한 아내이다.

다섯, 나는 자녀가 행복한 가정을 이루고 맘껏 꿈을 펼치는 모습을 흐뭇하게 바라보는 엄마이다.

여섯, 나는 경제적으로 풍요로우며 마음이 부요한 사람이다.

일곱, 나는 한 개 이상의 외국어를 자유롭게 구사하며 자유여행을 즐기는 여행작가이다.

여덟, 나는 한 개 이상의 악기를 다루고 노래 부르기를 즐기며 윤택한 삶을 산다.

아홉, 나는 나이를 잊은 근육질의 몸매를 자랑하는 몸짱으로서 꾸준히 마레닉을 즐기며 몸짱 가족들과 소통한다.

열, 나는 정년퇴임 이후 몸짱맘짱에서 인생 2막을 멋지게 펼치며 재능 기부를 한다.

배드민턴을 하다 심한 무릎 통증으로 전혀 운동을 하지 못한 채 반 년을 보낸 적이 있다. 치료가 거의 끝나 갈 즈음, 무료하던 차에 2016년 7월 고도원의 아침편지를 통해 운명처럼 몸짱을 만났다. 나는 주저함 없이 선뜻 운동이 좋아서, 운동이 필요해서 몸짱과 인연을 맺었다. 이제 몸짱 안에서 신나게 즐기며 지낸 지도 어언 3년이 되어 간다. 그동안 나에게는 참으로 놀라운 변화가 일어났다. 단지 운동으로 건강을 되찾기 위해 시작했지만 이제는 몸짱을 넘어 맘짱으로 가는 아름다운 동행이 이어지고 있다.

'난생 처음', '생애 첫 경험'이라는 경이로움이 느껴진다. 내가 이처럼 운동을 매일같이 3년간 꾸준히 한 적이 있었던가? 생활 전반에 운동, 식습관 등 바른 습관이 장착되기 시작하면서 플랭크 100일 도전 성공, 복근에 식스팩 만들기(매달 주어진 운동을 꾸준히 했을 뿐인데 식스팩이 덤으로 주어짐), 단식 도전으로 성취감과 자부심을 충만하게 채워주었다. 그 뿐만이 아니다. 2018년 가을에는 생애 첫 마라톤 대회에 하프 출전하게 되면서 '페이스메이커'라는 새로운 꿈이 생겼다. 마라톤은 나와는 상관없는 분야로 여겨왔던 내가 페이스메이커로 거듭나길 꿈꾸게 될 줄이야.

내 나이 60을 바라보는 지금, 과거에 비해 오히려 모든 면에서 좋아지고 있다. 50대에 들어서 갑상선암 수술을 받고 몇 차례의 방사선 치료를 하면서 급격히 면역력이 저하되어 기관지염, 폐렴 등으로 입원을 되풀이했던 일, 30대 교통사고로 목을 다치고 계단에서 미끄러지면서 허리 부상으로 삶의 질이 확연히 떨어졌던 기억은 이제 까마득한 옛이야기이다. 몸짱을 통해 근력이 강화되고 균형 감각이 향상되면서 점점 병원 갈 일이 없어지게 된다. 달고 살았던 호흡기 질환도 더 이상 나를 괴롭히지 않는다. 면역력이 상당히 좋아졌나 보다.

몸의 변화만이 전부가 아니다. 몸짱 가족들과 감사와 사랑을 주고받으며 변화와 성장을 거듭하게 되니 마음의 근육 또한 단련된다. 나는 맘짱 과정에서 나를 알아가면서 문제 상황을 바라보는 시각에도 변화가 나타난다. 내 감정과 바람을 정확히 알고 문제 원인을 알아차리게 하여 스스로 해결책을 찾게 해 주니 몸짱맘짱은 꼭 보물지도 같다.

난 그저 몸이 건강해져서 아프지 않기를 바랐을 뿐이다. 지금의 모습은 처음 몸짱 운동장에 발을 들여놓을 때만 해도 전혀 생각지 못한 일이다. 몸짱을 넘어 맘짱 수련까지도 하게 되리라는 걸. 나밖에 몰랐던 속 좁은 나는 '나와의 대화'를 나누며 나를 더 깊이 있게 알아가고 매달 주어지는 필독서는 얼마나 신선한 충격을 주는지. 또 열심히 하루하루를 수고한 나에게 향기 명상과 호흡법 등으로 후한 보상을 해준다. 맘짱 과정을 통해 다시 만나게 된 『연금술사』는 내 인생의 책이 되었다. 사실 『연금술사』는 30대에 처음으로 접했던 책이다. 그때는 크게 감동이 와닿지 않았던 것 같다. 이번에 맘짱을 통해 여러 번 정독해서 다독했다. 읽을수록 신비로운 세계와 깊은 철학이 담긴 내용이라는 생각이 들었고 저자의 의도를 제대로 느껴 보기 위해 저자의 시선으로 읽어 내려고 애썼다. 무언가를 온 마음을 다해 간절히 원한다면 온 우주가 도와 반드시 이루게 된다는 문장은 문장 너머의 신비로운 가르침을 내게 던져 주었다. 그리고 어떤 깨달음의 충격이 가슴 깊이 들어왔다. 오로지 자신 말고는 자신의 선택을 막을 수 없다는 것과 내 마음이 있는 곳에 내 보물이 있다는 것, 내가 여행길에서 발견한 모든 것들이 의미를 가질 수 있을 때 나의 보물은 발견된다는 것…….

 때마침 연금술사의 배경이 되는 이집트 여행을 몸짱에서 함께 하게 된다. 가슴이 뛴다. 내 인생의 책에서 만난 그곳에서 직접 숨 쉬고 느껴 볼 수 있다니 꿈만 같다. 마치 보물을 찾아 나선 주인공 산티아고를 만날 것만 같다. 끊임없이 자아의 신화를 좇아가는 산티아고와 동행하는 상상을 해 본다. 현실에 안주할 것이 아니라 참으로 많은 언어로 세상이 전하는 이야기에 귀 기울여 보고 싶다. 책에서는 이제까지 내 인생의 여정에서 만난 모든 사람들이 내가 자아의 신화를 향해 나아갈 수 있도록 나의 길 위에 서 있었다는 가르침을 주었다. 이번 여행을 통해 나는 내 마음에 귀를 기울이고 내 마음이 모든 것을 알아차릴 수 있기를 바란다. 지금 이 순간, 최선을 다해 살고 싶다.

 나는 사실 나밖에 모르는 사람이었다. 오로지 포커싱이 '나'였다. 내가 얼마나 나와 타인을 통제하고 살았는지 모른 채 살아왔음을 최근에야 하나둘 깨닫기 시작하고 있다. 부모, 형제의 사랑을 듬뿍 받고 자란 나는 늘 자신감 넘치고 당당했다. 이런 나를 친구들도 동료들도 나에게 신뢰감을 보여 주며 지지해 주었다. 나는 늘 부족한 게 없다고 느끼며 살아왔다. 그렇게 살아오면서 자연스레 형성된 주의와 신념, 가치관은 나를 포함한 다른 사람들까지도 통제하기에 이른다. 가정에서나 직장에서 나의 신념과 가치관이 옳다고 믿으며 '나를 따르라~!'였던 것 같다.

 그랬던 내가 결혼 후 남편과의 갈등으로 난관에 부딪쳤다. 늘 내가 주목을 받고 중심에 서 있었는데 결혼이란 현실은 그렇지 않았다. 남편과의 관계에서는 사뭇 달랐다. 남편은 다른 사람을 배려하고 챙겨 주는 사람이다. 밖에서는 다른 사람을 챙기느라 바쁘고 가정 안에서

91 |

도 그 사람의 중심에서 밀려나는 것 같아 견디기 힘들었다. 맘짱 과정을 통해 이제는 이 사람이 내 인생에 들어온 데에는 어떤 깊은 의미가 있을까를 생각해 보게 되었다. 나밖에 모르던 부족한 나를 멋지게 다듬어 가라는 어떠한 섭리와 인연이 있지 않을까?

그리고 몸짱 행복 코치로서의 역할을 감당하면서 나의 성장은 가속화되어 간다. 2017년 9월부터 나에게 행복 코치라는 중책이 주어졌다. 몸짱 운영진으로서 몸짱 가족들이 마음 편히 운동에 전념하고 몸짱의 방향성을 믿고 나아갈 수 있도록 제도적으로 안정적인 시스템을 구축하고자 현재까지 노력하고 있다. 더 나아가 나는 섬김의 자리에서 체득한 것을 바탕으로 길을 잃고 헤매는 사람들의 손을 잡아 주어 그들로 하여금 스스로 일어설 수 있게끔 도와주는 역할을 감당하고 있고 앞으로도 계속 함께하기를 꿈꾸고 있다. 슬럼프의 늪에서 힘들어하시는 분에게는 자신이 얼마나 무한한 가치를 지닌 귀한 존재인지를 깨닫게 하며 차별 없는 사랑과 칭찬으로 자긍심과 자존감을 높일 수 있도록 도와준다. 그리하여 각자 목표한 바를 이룰 수 있게 말이다.

몸짱맘짱을 통해 이제야 나를 깊이 바라보게 되었다. 이런 생각을 하기까지 참 오랜 시간이 걸렸다. 그래도 다행이다. 지금에라도 알아차렸으니 말이다. 내 인생 이제부터 시작해도 조금도 늦지 않았다고 생각한다.

초등학교 교사인 나는 교육 현장에서 그동안 수많은 문제아들을 만났으며 지금도 만나고 있다. 다양한 그들을 대하면서 그들이 안고 있는 많은 문제점 뒤에는 늘 가정에서의 문제와 갈등이 있다는 것을 알게 되었다. 아이들은 무척이나 정직하다. 그래서 아이를 어른의 거울이라 하지 않는가. 아이의 문제 행동은 단순한 아이만의 문제로 보기에는 부모의 영향이 절대적으로 크다. 그 부모 또한 그들의 부모 세대로부터 받은 영향으로 지금의 모습으로 살아가고 있을 것이다. 상담사 자격 취득을 위한 심리 공부를 하면서 아이들이 보이는 문제 행동이 그들의 생존 전략으로 나타나는 문제 행동이라는 것을 깨닫게 된 후로 나는 이들의 행동을 교정하려고 애쓰기보다는 마음을 읽어 주고 공감해 주려 한다. 스스로 변화할 수 있는 의식이 바뀔 수 있도록 더 큰 사랑으로 여유를 갖고 대하게 되었다. 이전에는 내게 주어진 짧은 기간 안에 의도된 교육적인 접근으로 그들을 변화시키려고 서두르며 힘을 많이 들였었다. 이제는 기다려 주는 여유도 생기고 이들의 어떠한 과격한 행동이나 말에도 흔들리지 않고 마음을 열고 다가가며, 그들이 진정으로 원하는 밑마음을 받아들이며 보듬어 줄 줄 아는 내면의 근육이 단단해지고 있다. 맘짱 과정을 통해 장착한 마음의 근육을 키운 노력이 헛되지 않음이다.

나에게는 새로운 가족이 생겼다. 바로 몸짱 가족이다. 몸짱맘짱으로 가는 여정에서 만난 몸짱 가족은 나의 스승이다. 이들은 나에게 진정한 사랑이 무엇인지를 깨우쳐준다. 대가 없이도 가능한 헌신적인 섬김과 세심한 배려는 몸짱 가족의 자랑이다. 이들이 저마다 고운 빛깔로 멋을 발산하는 이곳은 날마다 아름다운 무지개가 뜬다. 함께 어우러져 멋진 하모니를 이루는 일곱 빛깔 무지개는 몸짱 가족들이 만들어 내는 작품이다. 나도 그 공동체의 일원이라는 게 무척 뿌듯하고 자랑스럽다. 이제 내 인생에서 몸짱은 떼려야 뗄 수 없는 나의 동반자이다. 도전과 성장을 좋아하는 내게 몸짱은 또 다른 선물을 준다. 새롭게 시작된 온라인 몸짱 내에서 펼쳐지고 있는 일본어와 중국어 배우기이다. 나의 배움의 열정은 식을 줄 모른다. 지금껏 몰랐던 분야를 배우며 알아가는 재미가 얼마나 쏠쏠한지 모른다. 외국인과 프리토킹을 하고 인터뷰도 하고 그 나라를 자유롭게 여행을 할 날도 머잖아 현실로 다가오겠지?

몸짱의 발전은 어디까지일지 가늠하기조차 힘들다. 더불어 나의 성장도 한계가 없다. 이제 몸짱에서는 유전자 검사와 맥진 검사를 하며 의료진과 협력하여 나아갈 방향을 모색하고 있다. 나의 몸을 제대로 알고 맞춤식으로 건강 예방을 하는 것이다. 이는 온라인에서의 새로운 가능성을 보여 준다. 나는 타고난 유전적 기질을 의식하며 신경 써야 할 건강 되찾기와 마음에서 올라오는 나의 기준과 판단으로 자칫 편협하게 바라볼 수 있는 것들을 '어나오'를 통해 더욱 멋지게 성장하여 100세 시대에 걸맞은 몸과 맘이 건강하여 윤택한 삶을 살 것이다. 그리고 나이는 숫자일 뿐이라 외치며 건강한 몸과 맘으로 노년에도 왕성한 활동으로 주위에 선한 영향력을 미치는 근육질 몸매의 몸짱 할머니가 될 것이다.

몸짱에서 처음으로 도전해 보는 다채로운 경험이 나의 꿈 너머 꿈을 가꾸고 주고 있다. 막연히 꿈꿔왔던 여행 작가의 꿈을 넘어 '몸짱 소화제(소통과 화합이 제일이라!) 여행 동아리'를 체계적으로 운영하고자 하는 꿈 너머 꿈이 싹트고 있다. 또한 나는 꿈을 가진 사람의 그 꿈을 언제 어디서든 응원하는 영원한 멘토와 멘티로서 동반자의 삶을 살아가길 소망한다. 그리고 직간접적으로 경험한 나의 자산으로 마음이 아픈 분들이 내민 손을 잡아 주고 싶다. 나를 제대로 알고 세대에서 세대로 이어져 내려오는 기억의 고리를 끊을 수 있도록 작은 도움을 주고 싶다. 이러한 꿈은 맘짱 수련을 하면서 자라나기 시작했다. 수련을 하게 되면서 변화된 나의 모습 중 하나이다.

현재는 나의 내면을 맘짱으로 성장하게 하는 시기이다. 나를 돌아보며 더욱 낮아지고 겸허해지는 수련 과정 중에 있다. 멋있는 미래의 나를 만날 날을 기대하며 소중한 현재를 살아간다. 나는 나의 내면의 그릇을 키우기 위해 오늘도 현실에 충실하며 몸짱맘짱 과정에 열정을 다하고 있다. 살아가면서 내 마음이 지금 어디에 머물고 있는지를 늘 염두에 두며 살아갈 것이다. 그 길이 바로 내 꿈과 직결되며 더 빠르게 내게 다가올 것을 아니까.

행복 코치로서 리더님들과 몸짱 가족들에게도 사랑, 감사, 미안, 용서를 다시 한 번 고백해 본다. 새벽 공기를 가르며 달리는 중에 우리 가족, 몸짱 가족, 학교 아이들, 나와 관련된 모두에게도 '사랑해요! 고마워요! 미안해요! 용서해 주세요!'라고 말한다. 이상하리만치 마음이 평화로워진다. 그리고 나 자신을 있는 그대로 먼저 사랑하기 위해 노력한다. 나 자신을 사랑하는 것이야말로 나를 개선할 수 있는 최고의 방법이며, 나 자신이 변화하기 시작하면 내 주변 모든 환경과 상황도 좋은 방향으로 변화될 것이라는 것을 이제는 잘 알고 있다. 상대방의 탓이 아닌 모든 문제의 원인을 나에게서 찾고 내가 먼저 마음 상태를 정화시킨다면 분명 놀랍고 어메이징한 해답이 나에게, 너에게, 우리에게 올 것임을 안다. 그래서 나는 나를 사랑하는 방법 중 하나인 오늘도 나만의 몸짱 운동장에 서 있다. 아니 달리고 있다.

햇살은 곱게 물든 단풍잎을 더욱 빛나게 하고 낙엽 밟는 소리는 가슴을 설레게 하는 아름다운 가을을 난 참 좋아한다. 나는 해마다 가을이 되면 연애를 하는 기분이 된다. 가을 타는 여인이라고 해야 하나? 가을이 익어 가는 것처럼 나도 익어 간다. 살아있음이 행복이다. 몸짱과 함께 있기에 그 살아있음에 감사하다. 그리고 사랑한다.

3장

어제보다 나은 오늘

머뭇거리던 어제의 내가 아니야

_성명희

나는 늘 머뭇거리는 편이다. 도전이라는 것과는 담을 쌓고 지냈고 여행은 늘 기피 대상이다. 새로운 환경은 늘 어색하고 낯설고 힘들며 긴장이 많이 되고 적응하는 데에는 남보다 갑절 이상의 시간이 걸린다. 이런 내가 몸짱에서 한 여러 도전들은 늘 머뭇거리고 남의 시선에 휘둘리던 나를 오직 나만의 이야기에 집중할 수 있도록 해 주었다.

I Can Do It! 나의 '어나오' 미래 선언

하나, 나는 아침 5시에 기상하여 몸짱 운동으로 하루를 여는 몸짱맘짱이다.

둘, 나 자신을 있는 그대로 사랑한다.

셋, 나는 가족과 이웃을 있는 그대로 사랑한다.

넷, 나는 내가 가진 재능과 이익을 이웃과 나눌 줄 아는 선한 부자이다.

다섯, 나는 정리 정돈을 잘 하는 미니멀리스트이다.

여섯, 나는 늘 깨어 있는 몸짱 전도사이다.

일곱, 나는 계절마다 몸짱 가족들과의 정기 모임으로 소확행을 실천한다.

여덟, 나는 일하는 것에 감사하며 직장에서 즐겁게 일하고 그곳을 빛낸다.

아홉, 나는 아들을 키우는 맘들의 운디드 힐러이다.

열, 나는 피아노와 우쿨렐레에 능숙하다.

2017년 1월, 9살 큰 아들과 7살 쌍둥이를 둔 삼형제의 엄마로 육아에 전념하던 나는 아이들의 겨울방학을 계기로 나만의 시간을 갖고 싶다는 간절함이 생겼다. 아이들은 존재 자체로 예쁘고 사랑스럽지만 함께하는 시간에 공감 능력이 떨어진다거나 저녁만 되면 지치는 체력으로 늘 화가 나기 일쑤였다. 이렇게 고민하던 찰나, 눈여겨보던 '고도원의 아침편지' 밑글의 몸짱 프로젝트가 생각났다. 일상에서 짬짬이 도전할 수 있을 거란 생각에 바로 신청을 했다. 신청 후 1년 동안 몸짱밴드 안에서 한 집안의 막내처럼 사랑을 듬뿍 받는 경험을 했다. 온라인상 응원의 댓글을 서로 주고받으며, 각 개월차 과정을 이수하며 몸짱 프로젝트에 적응해 갔다.

지도자 준비반과 맘짱 과정은 이전의 몸짱 과정과는 깊이가 다르게 다가왔다. 몸뿐만 아니라 마음을 살피는 이 과정을 거치며 나는 비로소 내 지난 이야기를 꺼내며 깊이 고민하게 되었다. 말하고 싶지 않아서, 다시는 기억조차 하기 싫어서 일부러 회피하며 몇 달을 미루며 이 과정을 보냈다. 천천히 시간을 보내며 과거 하나씩 마주하다가, 아이들과 함께하는 시간에 내 공감 능력은 왜 떨어지는지, 단식은 왜 나를 힘들게 했는지, 왜 공황장애를 겪게 되었는지…. 그러면서 아프고 힘들었던 지난 시간은 나를 어떻게 성장시키는 밑거름이 됐는지를 비로소 알게 되는 과정을 경험했다.

나는 3남매의 맏이로 태어났다. 어린 시절, 전쟁 통에 태어나신 부모님은 보릿고개 시절을 늘 이야기하시며 그 아픔만큼은 자식들에게 주지 않겠노라 결심하시고 늘 부지런하고 바쁘게 사셨다. 큰딸은 살림 밑천이라는 말을 수없이 듣고 자랐고, 어린 시절에 들었던 말대로 행동하는 것이 사랑받는 방법이라고 믿으며 무던히 애를 쓰며 살았다. 지금 돌아보면 열심히 돈 버느라 가정을 지키고 있을 여력이 없었던 부모님, 특히 엄마는 큰딸인 나를 살림

밀천이라는 말로 포장하며 참 많이 기댔었다는 생각이 든다.

"네~"만 하던 순종적이었던 내가 "왜"를 말하기 시작할 사춘기 무렵, 엄마는 종교도 전공도 당신이 그려 놓은 계획에 내가 맞춰 가길 바라셨다. 싫다고, 나는 내 갈길을 가겠노라고 했어야 했는데 나는 그 시점에서 한참을 망설였다. 그러다 보니 표현을 제대로 못 하고 뒤틀어지고 우울감은 커져 갔다. 안타깝고 어리석게도 나는 10대, 20대를 엄마의 그늘에서 다 크지 못한 어린아이처럼 어른아이로 살았다.

나는 늘 친절했다. 뭐든 내가 먼저 베풀어야 마음이 편했고 늘 그렇게 살아왔다. 집에서도 학교에서도 사회에서도…. 심지어 직장도 서비스직이었고 심지어 무엇이든 고객이 원하는 대로 100퍼센트가 정답인 곳이었다. 친절을 병이라고 친다면 나는 거의 말기 암 수준이었다. 그렇게 사회가 정한 틀 속에 나를 마구 구겨 넣고 시작한 내 생활은 그 사회 안에 있을 때는 미처 몰랐다. 그러다 일 외의 시간과 공간에 나오면 무언가 혼란스러웠고 속이 얹히는 듯한 답답함이 늘 함께 따라다녔다. 내 감정에 솔직하지 못하고 어쩐지 가면을 쓰고 있는 듯한 내가 싫었다. 늘 바쁘기만 하고 일에 대한 만족감이 전혀 없던 사회생활을 힘들어하며 버티듯 간신히 살다가 결혼과 동시에 뛰쳐나오듯 직장 생활을 마무리했다.

하지만 인생은 호락호락하지 않았다. 허니문 베이비를 낳고, 이후 24개월 터울의 쌍둥이 아들을 만나게 되었다. 3년 만에 다섯 식구로 거대해진 나는 이런저런 생각을 할 겨를도 없이 삼형제 육아로 정신없는 나날을 보냈다. 까꿍이 때는 24시간 365일 늘 사이렌을 울리며 보초 서듯 항시 대기였고, 유아기 때는 들로 산으로, 비 오면 비 오는 대로 눈 오면 눈 오는 대로 에너지 넘치는 삼형제와 뛰어다니기에 너무 바빴다. 체력적으로 힘든 시간이었지만 아이들은 참 정직하고 솔직했으며 내가 엄마라는 존재 하나만으로 나에게 무한한 믿음을 보내주었다. 아이들은 늘 나에게 '머뭇거리지 말고 지금 시작해!'를 알려 주는 큰 메시지를 주었다. 힘든 마음으로 시작했던 몸짱 프로젝트, 이렇게 큰 깨달음을 얻게 해 준 일등 공신은 나를 도전으로 이끈 삼형제였으니 이 자리를 빌려 아이들에게 감사함을 전한다.

글을 쓰고 있는 지금 내가 몸짱인지 맘짱인지 자문해보니 현재진행형이다. 얼마 전 옹달샘 스테이를 하며 나는 밤과 새벽의 차이를 확연히 느꼈다. 같은 걸음걸이로 같은 길을 걷고 있는데 깜깜한 한밤중은 칠흑 같은 어둠이고 아직도 해가 뜨려면 멀다고 느껴져 두려움이 컸다. 하지만 새벽엔 달랐다. 어둠은 여전했으나 이제 곧 해가 뜰 거라는 믿음과 확신이 있기에 전혀 두려운 마음 없이 기다려지며 설레었다. 지금 나는 내 인생의 새벽을 걷고 있다. 뚜벅뚜벅 걷는 걸음이지만 이 시간이 나를 만나는 고요하고도 온전한 내 시간이라는 것을 안다. 이 시간동안 몸짱 운동으로 기반을 단단히 다지며 맘짱으로 가는 싹을 틔우고 있다.

나는 늘 피곤함과 변비에 시달렸다. 중급반에 올라가면서 아침을 두둑하게 먹는 식습관이 나를 저질 체력으로 이끌었다는 것을 알게 되었다. 건강한 식습관의 변화와 규칙적인 아침 몸짱 운동으로 나는 생기 있는 체력을 만들게 되었고, 그 체력을 바탕으로 내가 쓸 수 있는 에너지를 분배하여 사용할 줄 알게 되었다. 주변 사람들로부터 "요즘 무슨 좋은 일 있어?"라는 질문을 많이 받았다. 나의 생기 있는 체력과 벗어 버린 가면으로 진짜 나의 모습이 자연스럽게 나오기에 그런 것이 아닌가 싶다.

몸짱 운동덕분에 나는 아침형 인간으로 탈바꿈하여 아침 운동에 도전하게 되었고, 어딜 가든 남들 시선이 신경 쓰였던 내가 그런 시선에 아랑곳하지 않고 몸짱 운동 영상을 찍는 사람이 되었고, 밥심으로 산다며 늘 눈뜨면 밥부터 먹고 잠을 깨던 내가 3박 4일 단식과 보식에 도전하여 성공하기도 했고, 꿈에만 그려 보던 춘천 마라톤 대회에서 10km 완주에 몸짱 가족과 함께 도전해서 쉬지 않고 성공했으며, 낯선 이들과의 여행이라면 질색하던 내가 백두산 트레킹 여행을 몸짱님들과 호호하하 웃으며 원없이 누리는 시간도 가졌다. 늘 머뭇거리고 남의 시선에 휘둘리던 지난 나는 몸짱을 만나 탈바꿈했다. 나의 이야기에 집중할 수 있는 내가 될 수 있게 도와주었다. 모든 변화의 시작은 내가 성장할 수 있는 사람이라고 믿는 것에서 시작한다 했던가. 내가 나를 믿을 수 있도록 일깨워 준 탄탄한 프로그램, 나를 믿어 주는 긍정의 힘이 가득한 사람들이 있는 이 곳'몸짱'이 내 성장의 힘이다.

나에게 또 다른 깨달음을 준 것은 맘짱이었다. 내 안의 여러 감정들을 꺼내고 멀리서 지켜보며 객관적으로 판단할 수 있게 된 힘, 맘짱 프로그램으로 나는 새로운 나를 발견하고 실천하고 있다. 우선 시작하자. 깊은 고민은 뒤로 하고 일단 시작하고 실패해도 좋으니 판단은 그 이후에 하자. 실패는 성공의 밑거름이 된다고 생각하자. 요즘 내 안에 가득 채워지며 변화되어 가는 나의 새로운 모습이다. 지금은 감정 멀리 보는 법을 알아 가는 중이다. 약점의 감정들이 나에게 왔을 때 "응, 왔구나? 이제 다음 단계로 갈 거야. 조금 지켜보자."하고 여유 있게 내 감정을 다스리며 운동이나 명상, 호흡을 찾게 된다. 가족만을 보던 시선에서 시야도 넓어졌다. 주일학교 교사로 봉사도 시작했고, 다양하게 만나는 여러 도전들을 기쁜 마음으로 받아들이고 있으며, 주변 사람들에게도 내가 채운 좋은 기운을 전해 주고 있다.

몸짱 공동체를 생각하면 떠오르는 동화책이 있다. 『나는 당신을 사랑하고 있어요』(마야 니시 타츠야 글·그림)다.
배고픔과 피곤에 지친 티라노사우루스는 늘 자신을 지켜보던 타페야라를 믿고 따라간다.

그런데 티라노사우루스가 지쳐 쓰러지는 순간 타페야라는 티라노사우루스를 잡아먹으려 한다. 그런 타페야라를 간신히 뿌리치고 티라노사우루스는 멀리 보이는 초록 숲으로 힘들 게 향한다. 초록 숲에서 티라노사우루스는 새로운 공룡 호말로케팔레 세 마리를 만난다. 이 들은 첫 만남에서는 서로 다른 언어 때문에 이해하지 못하고 의도를 읽지 못한다. 티라노사 우루스는 그저 만난 것이 반갑고 함께 있는 것만으로 신나 하는 호말로케팔레들을 받아들 이기 힘들었다. 시간이 지나며 티라노사우루스는 호말로케팔레들의 좋은 에너지에 따뜻함 을 느낀다.

이 책 속 티라노사우루스가 꼭 나를 닮았다. 일상에서 만나는 여러 사람들(학부모 모임, 옆집 아줌마, 동창 등)과 거리가 가깝고 말이 통해도 마음이 통하지 않아 힘들어하던 내가 마음이 통하는 호말로케팔레들 같은 몸짱 가족들에 둘러싸여 좋은 에너지를 채우는 티라노 사우루스가 되어 가고 있다. 그래서 삶이 행복하고 매일이 즐겁다. 일상에서 지치고 좋은 기 운과 에너지를 채우고 싶을 때 나는 주저하지 않고 몸짱에 로그인한다. 그러면 몸짱 가족분 들은 내게 생각지도 못한 그 무엇들을 아무런 대가 없이 전해 준다. 나는 이 선한 사랑이 참 좋다. 세상은 경쟁이고 정글이라 한다. 바쁜 현대인들에게 스스로 할 수 있는 치유를 가르쳐 주고 있는 이곳에서 나는 매일 깊은 감동을 느낀다.

나는 예전에 공황장애를 겪으며 약물치료와 심리 상담을 경험했다. 약물치료는 나른하고 지치는 문제로, 심리 상담은 내 마음에 맞는 상담자를 찾아 먼 거리를 왕복해야 하는 거리상 문제로 힘들었다. 밥은 조리사 자격증이 있는 사람만 하는 것이 아니다. 조리사만큼은 못해 도 내가 지어 먹으면 집밥이라는 이름으로 더 든든하고 심리적 안정을 찾을 수 있고 내 힘의 원천이 돼다. 새벽에 지친 토끼가 찾는 옹달샘처럼 일상생활에서 내 마음의 옹달샘을 만들며 마음 근육을 단련하고 스스로 할 수 있는 치유를 경험하게 되어 나는 그 어느 때보다 고요하고 풍성해졌다.

창문이 열려 있어야 바람이 들어온다고 한다. 너그럽게 열린 마음으로 나를 있는 그대로 먼저 사랑하고 몸짱 바람을 시원하게 느끼며 같은 생각을 하는 사람들과 연결되어 우리 서로 마음 놓고 사랑하는 세상을 꿈꾸어 본다.

앞으로 나는 몸짱에서 더 많은 새로운 도전을 할 것이다. 우선 서울 동아마라톤 10km를 남편과 함께 뛰며 페이스메이커에 도전하려 한다. 그리고 몸맘동(몸짱맘짱 동아리)에서 붐이 일고 있는 일본어와 중국어 공부에 박차를 가해 일본어와 중국어를 하며 여행하는 내가 되어 보려 한다. 우리나라를 혼이 담긴 시선으로 바라보며 느껴 보는 도전도 해 보려 한다.

이 도전들을 만약 나 혼자 한다고 했다면 나는 예전처럼 한참을 고민하다가 실행에 옮기지 못했을 것이다. 하지만 이제는 내 안의 어둠을 밝히는 확실하면서도 빛나는 태양을 찾았다. 그건 바로 몸짱의 수많은 보석 같은 분들이 모여 함께 내고 있는 긍정의 힘이다.

어제보다 하나라도 더 발전하는 나로 조금씩 성장하는 것이 나의 '어나오'이다. 작은 일에도 기쁨을 찾고 그 일에 집중하려 하는 나의 눈이 반짝이는 것을 보며 흐뭇하다. 각자의 어나오를 실천하며 멋지고 의미 있는 삶을 사는 인생 선배님들의 살아 있는 이야기가 가득한 몸짱에서 나 역시 40대 후반, 50대, 60대를 그려 본다. '어나오'를 함께 꿈꾸는 몸짱 공동체와 몸짱 가족 멘토님들이 나를 키운다. 내 진짜 인생? 이제부터 시작이다.

버티고 견디는 삶에서 즐기고 누리는 삶으로

_김희숙

시골의 작은 마을에서 평범하게 살아가는 50대 초반의 여자. 그러나 내 삶의 역사는 그리 평범하지 않았다. 외롭고 무서웠던 유년기, 혹독하고 괴로웠던 사춘기, 힘들고 아팠던 20대를 지나 먹고 사느라 바빴던 30~40대. 자꾸만 끊어지려는 정신 줄을 간신히 붙잡은 채 살아가야 할 이유를 찾고 있을 때 만났던 몸짱이 내게 큰 희망의 밧줄이 되어주면서 나는 밝아지고 당당해졌다.

I Can Do It! 나의 '어나오' 미래 선언

하나, 나는 나를 존중하고 사랑하는 사람이다.

둘, 나는 자신감을 가지고 삶을 도전하는 사람이다.

셋, 나는 나의 가족을 있는 그대로 존중하고 사랑하는 사람이다.

넷, 나는 명상과 운동으로 건강한 생활을 하는 사람이다.

다섯, 나는 나의 꿈을 향하여 늦깎기 공부를 시작한 사람이다.

여섯, 나는 몸짱 동아리에서 외국어를 즐겁게 배우며 함께 여행을 하는 사람이다.

일곱, 나는 맘짱에서 즐겁게 배우며 내적 성장을 하는 사람이다.

여덟, 나는 현재의 삶에 감사하며 검소하게 미니멀라이프를 실천하는 사람이다.

아홉, 나의 꿈은 마음치유자 운디드 힐러이다.

열, 나는 몸짱 가족과 함께하며 섬김을 실천하는 쓸모 있는 사람이다.

나에게는 두 개의 성과 이름이 있다. 현재 내가 쓰고 있는 성과 이름은 양부모님이 지어 주신 것이다. 나의 친부모님이 지어 주신 성과 이름은 지금 쓰지 않고 있다. 삼남매 중 막내로 태어났던 나는 네 살 때 나의 피붙이 가족들과 생이별을 했다. 태어난 지 넉 달 만에 아버지가 병환으로 세상을 떠나시고 어머니마저 대형 교통사고로 오랜 투병생활에 젖먹이였던 나는 엄마 품에 제대로 안겨보지 못했고 오빠와 언니는 젖먹이를 업고 동네 집집마다 젖동냥을 다녔다고 했다. 밥이 끓고 뜸이 들 때 생기는 미음 같은 하얀 밥물을 몇 숟갈 얻어 먹이곤 했다는 이야기를 가족을 만난 후에 들었다.

보리쌀 한 됫박도 없었던 형편에 굶주린 배를 채우기 위해 언니와 오빠는 먼 친척집으로 더부살이를 보내고, 어머니는 나를 데리고 떠밀리다시피 재가를 하게 되는데 그 집에서 나는 거추장스러운 혹이었다. 나의 슬프고 아픈 기억의 출발은 어머니가 재가하셨던 그 집에서부터 시작되었다.

지금도 잊히지 않고 문득씩 떠오르는 그 때 그 집에서의 단상들. 작은 마을 풍경과 집 앞 연못, 단발머리였던 여학생 언니를 졸졸 따라 다녔던 교회, 한 골목에 나란히 붙어 살았던 그 집의 친척들, 술에 취해 커다란 짐자전거를 끌고 비틀거리며 집으로 들어오던 어른(엄마의 재가한 남편) 큰소리로 나를 부르던 모습, 무섭게 느껴졌던 그 집의 둘째 아들, 방 안에 누워있던 갓난 아기(그 집의 손자), 과수원에서 일하는 엄마와 사람들, 낯선 아줌마, 딸기가 빨갛게 익어가던 어느 마을. 기찻길 옆 딸기밭, 유난히 맛있어 보였던 빨간 딸기. 언니와 함께 탔던 버스. 건너편 자리에 앉아서 나를 뚫어지게 쳐다보던 그 낯선 아줌마 그리고 잠들었던 기억, 자다가 깨보니 나를 안고 있던 그 아줌마. 무서워서 울었던 기억. 울다가 잠들었다가 또 울다가 그렇게 다시 어느 집으로... 기차를 타고 또 어느 집으로 그렇게 그렇게 낯선 세상으로...

　나는 어느 날 내 의지와는 전혀 상관없이 엄마에게서 버려져 낯선 우주의 어느 별에 뚝 떨어졌다. 그 별은 너무 낯설고 무서웠고 추웠고 외로웠고 힘든 땅이었다. 세상은 네 살짜리 어린 아이에게 자존감 상실과 함께 사는 것이 얼마나 혹독하고 무서운지를 가르치기 시작했다.

　어느 날 갑자기 생판 낯선 아주머니의 손에 이끌려 몇 번의 행선지를 이동하며 도착한 대궐 같은 집. 나는 어느 부잣집에 막내딸로 입양되었다. 물론 서류상으로도 그 집의 막내딸로 호적에 입적되었다. 아들만 다섯 있는 집이라고 했으나 실제로 자식이 7남매였다. 부족할 것 없이 사랑받고 아주 잘 클 수 있는 환경이라는 것은 입양을 보낸 어머니가 전해 들었던 허위 조작된 이야기였고 나에게 주어진 현실은 그 집에서 밥값을 혹독하게 치러야 하는 더부살이 꼬맹이였다. 그렇게 시작된 나의 우울하고 외롭고 어두운 역사는 스물한 살까지 이어졌으며 어머니와 기억조차에도 없었던 나의 형제자매를 만나게 된 것은 내 나이 서른한 살 때였다.

　가끔 나의 정체성에 대해 혼란스러울 때가 있다. 이렇게 사는 게 맞는지. 본래의 이름을 찾아 쓸까 하는 생각도 안 해 본 것은 아니었다. 하지만 복잡한 절차 때문에 흐지부지되어 버렸다. 솔직히 말하면 자신이 없었다. 세상 사람들이 나를 김희숙으로 알고 있는데 성과 이름이 갑자기 바뀐 것에 대해 궁금해 하면 자초지종을 담담하게 이야기할 자신이 없었던 게 더 솔직한 대답이다. 또 다시 내가 세상 사람들 앞에서 발가벗겨져야 한다고 생각하니 도저히 감당해낼 자신이 없었다. 내 안에 단단하게 똬리를 틀고 있는 유년의 상처들과 자격지심이 항상 나를 소심하고 낯가림이 심한 사람으로 만들었고 누군가 나에 대해 마치 호구조사를 하는 듯이 궁금해 하면 난 아주 심하게 경계를 하는 예민한 성격이었다. 그런 나에게 서른이 다 되어 찾아 온 내 신상의 변화를 선뜻 받아들이고 본래의 '나'를 찾는 것에도 용기가 나지 않았다. 그래서 내 친형제들과 나는 지금도 성이 다르다.

솔직히 나도 지금의 성과 이름에 너무도 익숙해져 있고 편하다. 평범하지 않았던 삶, 너무 일찍 삶의 쓰고 매운 맛을 본 아이는 또래에 비해 너무 일찍 철이 들었던 애늙은이였다. 나의 그런 환경이 마치 나의 죄인 양 살아왔던 열등감 덩어리. 껍데기는 군중 속에 있었으나 마음은 늘 홀로 외딴섬에 버려졌던 아이, 겉으로는 강한 척, 밝은 척, 주어진 삶을 묵묵히 감수하며 착한 척은 혼자 다 하고 살았던, 평범하고 행복한 가정처럼 보였으나 내면에는 갈등과 상처들이 곪아가고 있던 바람 앞에 촛불. 안간힘을 쓰며 지키려 애쓰던 나의 울타리는 결국 아무것도 가진 게 없었던 내가 가꾸고 이루어 낸 나의 가족이고 자존심이었다. 그 자존심을 지키기 위해 버티고 견뎌 온 시간들을 돌아보면 왜 그렇게 삶을 어렵고 힘들게 살아왔는지 안타깝고 마음이 아프지만 그때는 그것 밖에 몰랐었다. 누구도 내게 살아가는 방법을 가르쳐 주거나 손을 잡아주지 않았다. 혼자 생각하고 결정하고 해결해야 했고 늘 최선을 다해 살고 있다고 생각했고 참고 살다보면 좋아질 거라 애써 위안 삼으며 살아왔던 것 같다.

그러다가 결국 삼 년 전에 또 한 번의 절망이 찾아와 만신창이가 되어 삶에 대한 의욕도 희망도 잃고 실의에 빠져 방황하던 중에 만났던 몸짱. 정말 우연의 만남, 지금 생각해 보면 왜 그토록 시련과 고통만을 주느냐고 원망했던 하늘이 나에게 준 내 인생 최대의 선물이자 기회가 아닐까 하는 생각이 든다.

어느 날 문득 돌아보니 지나간 나의 청춘 시절에 '나는 무엇을 위해 정신없이 살았던가?' 후회의 뜨거운 눈물을 쏟으며 아프고 고통스러웠던 시간들, 늘 명치를 짓누르는 그 무엇이 숨을 콱 막히게 할 때 어디론가 탈출하고 싶은 마음은 간절하나 그럴 용기도 힘도 없었던 시간들, 삶의 끈을 놓고 싶을 정도로 힘들었던 순간들을 간신히, 간신히 버텨내던 어느 날 나에게 찾아 온 우연을 가장한 필연. 지금의 나를 만들어준 '몸짱', 그 몸짱으로 이어준 '고도원의 아침편지'. 그리고 2년.

2년 전 몸짱을 만나기 전의 내 몸과 마음의 건강은 최악이었다. 체력과 면역력이 바닥인 상태로 한 달에 절반 이상은 몸살을 앓았고 해마다 대상포진을 앓았으며, 입은 늘 구열로 헐고 염증이 생겨 쓰라리고 아파서 밥도 편하게 먹지 못하기 일쑤였고 허리 디스크 증상과 무지외반증에 족저근막염으로 다리와 발의 통증은 일상생활에 피로 누적과 고통을 안겨주었다. 온몸 구석구석 통증으로 인해 오후만 되면 무너져버릴 것 같은 무거운 몸을 지탱해내느라 힘들었지만 몸 곳곳에서 보내는 신호가 무엇을 말하는지 그때는 제대로 알지 못했다. 몸이 힘드니 정신적으로도 힘들었다. 기력이 떨어진 몸은 스트레스도 더 잘 받는다는 것을 시간이 지난 후에 알았다. 그저 사느라고 살아내느라고 몸이 무엇 때문에 망가져 가고 있는지 알아채지 못한 채 간신히 버티어 가던 그때 몸짱을 만났다. 정말 우연히 만난 그 몸짱이 지금의 나를 만들었고 몸의 근육뿐만 아니라 마음의 근육까지 단단하게 만들어주었다.

날마다 10분씩 '운동을 놀이처럼, 하루를 건강하게, 저절로 몸짱까지'몸짱 슬로건처럼 즐겁게 운동한 덕분에 30년 가까이 몸에 달고 살았던 디스크 통증이 없어졌다. 심한 무지외반증과 족저근막염으로 병원에서 수술 권유와 30분 이상 걷지 말라는 끔찍한 경고도 받았다. 건강하지 못한 내 몸 상태에 억울한 생각이 들었다. 이제 좀 나를 위한 시간을 가질 수 있는

데 그렇게 하고 싶었던 산행도 하고 걷기 여행도 할 수 있는데 걷지 말라니…. 억울하고 속상하고 몸이 이렇게까지 망가져 가는 것도 모르고 나는 무엇을 하고 살았는지 나 자신이 한심스러웠다. 너무도 미련스럽게 살아왔던 자신이 바보스럽고 답답했다. 4~5년씩이나 그렇게 발바닥이 불이 날 정도로 아프고 고통스러웠는데도 병원에 갈 생각도 못하고 미련스럽게 참으면서 앓던 시간들이 후회스럽고 내 몸에게 미안했다.

그러나 실망하며 한숨만 쉬고 있을 수 없었다. 수술하지 않고 좋아질 수 있는 치료방법을 찾던 중 교정깔창에 대해 알게 되었고 마침내 수술하지 않고 교정 깔창을 착용해 꾸준한 걷기와 산행을 하고 있다. 그리고 꿈에도 그려보지 않았던 마라톤 10km 완주도 4회나 성공했다. 이 모든 것이 몸짱을 알게 되고 몸짱에서 운동을 하면서 가능하게 된 것이다. 몸짱 운동을 만나면서 매일 운동을 하게 되었고 내 몸을 관찰하고 살펴보게 되었다. 그리고 조금씩 변하고 건강해지는 몸을 느끼며 운동 후 기분 좋은 에너지를 즐기게 되었다. 늘 기운 없고 아파 보이는 얼굴, 지친 표정, 힘없는 걸음걸이, 잦은 몸살과 감기, 연중 앓던 대상포진, 입구열과 여러 가지 통증 등 나를 따라다니던 내 건강의 적신호들이 하나 둘씩 완화되고 점차 사라졌으며 얼굴 표정도 걷는 자세도 변하기 시작했다. 나와 같은 시기에 운동을 함께 시작했던 몸짱님들은 입을 모아 칭찬한다. 참 많이 달라졌다고, 무척 밝아졌고 자신감 있어 보인다고. 특히 매달 건강 관리를 담당하고 있는 직장의 위탁 병원의 담당 과장님이 나의 변화에 대해 무척 놀라워하며 칭찬을 많이 해주었다. 어떻게 해서 이렇게 많이 달라졌냐고, 밝아지고 얼굴에 생기가 도는 모습이 너무 좋아졌다고. 비결이 뭔지 궁금해 하는 그 분들에게 몸짱운동 자랑을 신이 나서 했음은 물론이다.

나에게 몸짱은 허약했던 몸을 탄탄하고 건강하게 변화시켜 주었을 뿐만 아니라 늘 주눅

들고 낯가림 심하고 알 수 없는 두려움으로 꿈도 없고 자신감 없었던 소심한 성격도 변화시켜 주었다. 나에게 몸짱은 세상을 향해 나아가기를 두려워하던 우물 안의 아이인 나를 넓은 세상을 향해 날개짓을 하도록 훈련 시켜주는 제2의 인생학교다. 나는 그 학교에서 날마다 조금씩 치유받고 성장해 가고 있다. 무엇보다 자존감을 회복하고 나를 점점 더 사랑하고 나도 마땅히 사랑 받을 자격이 있는 존재라는 것을 가르쳐준 맘짱! 나도 누군가의 귀한 자식이고 형제자매이며, 누군가의 어머니이며 존재할 가치가 충분하고 마땅히 존중받아야 할 귀한 사람이라는 것을 가르쳐 준 몸짱맘짱. 이제 나는 나를 사랑한다. 나를 먼저 생각하고 소중히 생각하며 충분히 사랑받을 자격이 있다고 스스로에게 당당하게 말할 수 있다.

몸의 변화도 크지만 맘짱 과정을 하면서 내면의 상처도 조금씩 치유가 되니 부드럽고 여유로운 마음으로 진짜 나를 보게 되었다. 몸짱을 만나기 전 나의 삶은 오기로 버티고 견디는 삶이었다. 그때는 왜 그렇게 마음에 여유가 없었는지. 주변에 펼쳐진 삶을 왜 즐길 줄 몰랐는지. 무엇이 그렇게 전전긍긍하게 만들었는지. 스스로를 작은 우물 안에 가둬 놓고 숨을 못 쉬게 옥죄며 살았다. 스스로 너무 많은 짐을 어깨에 가득 지고 바둥거렸었다. 그러나 몸짱을 만난 후 나의 삶은 즐기고 누리는 삶이 바뀌고 있다. 몸짱은 내게 새로운 세상이었다. 많은 것들을 경험하게 해주었고 내가 몰랐던 넓은 세상으로 발을 내딛게 해주었다. 삶은 참으로 다양하고 풍부하며 배움과 경험, 그리고 치유와 성장을 할 수 있다는 것을 몸짱 안에서 경험하고 있다.

나의 이런 변화를 가장 크게 느끼는 사람은 나 자신과 가족이다. 특히 아이들은 요즘의 나를 보며 놀라고 있다. 그리고 이런 나를 응원해 주는 아이들이 무척 고맙다. "어머니 하시고 싶은 거 다 하세요." 어느 날 큰아이가 내게 한 말이다. 참 든든하고 힘이 났다. '그래, 남들의 시선을 크게 의식할 필요 없어. 남들은 내게 별로 관심 없어. 나도 남들을 의식하지 말고 더 당당해져야지. 조금은 뻔뻔하게 느껴져도 괜찮아. 내가 가장 하고 싶은 것, 가슴이 뛰는 일이 무엇인지 그 일을 하며 살자'라며 스스로에게 주문을 건다.

지금까지 내 삶의 주체는 내가 아니었다. 내가 없었다. 하지만 이제는 내가 내 삶의 주인이 되고 주체가 되어 살아가고 있다. 그런 내가 되기 위해 밑그림을 백지상태에서 다시 그리기 시작했다. 남들 눈에는 보이지 않겠지만 나에게는 정말 엄청나게 큰 변화이며 내 삶의 터닝 포인트가 되고 있다. 꿈을 찾은 것, 아니 꿈을 꾸며 살아가는 것, 나와는 거리가 먼 딴 세상 이야기라고 여겨왔던 그것을 이제는 하나씩 밑그림을 그리고 하나씩 색칠을 해나가려 한다. 잃어버렸던 꿈을 다시 꾸기 시작했고 그 꿈을 실현하기 위해 첫 발을 내딛었으니 나는 운이 참 좋은 사람이다.

나의 꿈, 몸짱 가족 중 한 분이 내게 물었다.

"희숙님은 꿈이 뭐예요?"

"꿈… 딱히 저는 꿈이 없어요."

"가장 하고 싶은 일이 뭐예요? 무엇을 생각할 때 가슴이 뛰나요?"

그 날 그 분을 만나고 돌아오는 차 안에서 참 많은 생각을 했었다.

가장 하고 싶은 것. 가슴이 설레는 것. 가슴속에 늘 목마름으로 남아 있는 그것.

공부를 하고 싶었다. 고등학교 졸업 후 늘 마음속에 남아 있는 것 중 한 가지가 공부였다. 내 삶에 있어 생이별 이후 두 번째로 불행했던 고등학교 때 나는 대학을 갈 수 없다는 현실에 절망을 하고 공부를 포기했었다. 물론 내가 공부를 제대로 할 수 없었던 이유는 수 십 가지를 들 수 있었지만 그 모든 것은 나의 의지박약을 포장하기 위한 핑계였을 뿐, 정신력이 나약하기 짝이 없었던 나는 너무 쉽게 주어진 환경에 굴복하고 말았고 그때 내가 가졌던 꿈도, 삶에 대한 희망도 모두 포기했었다. 주어진 시련 앞에 당당하게 맞서서 헤쳐 나갈 용기도 배짱도 없었던 그 시절이 살아가면서 가장 미련이 남고 후회 되는 시기였다.

그래서 늘 내 마음 한 구석에는 공부에 대한 미련이 남아있었고 결혼 후에도 늦깎이 공부를 해보려고 생각을 했지만 그때마다 뜻대로 되지 않아서 포기 했었다. 무엇이 나를 그토록 소심하게 만들었을까? 작은 장애물에도 겁을 먹고 쉽게 포기했던 나, 항상 나를 위한 일에는 늘 망설이고 양보하고 포기가 익숙한 나, 이제 그런 소심한 생각에서 벗어나리라.

그것이 학벌에 대한 목마름이라 해도 좋고 허영심이라 해도 좋다. 내가 평소에 관심을 가졌던 분야에 대해 공부를 해보기로 마음먹었다. 그리고 결심이 또 흔들려서 포기하기 전에 고마운 분들의 조언을 얻어서 공부하고자 하는 학과를 지원했다. 고등학교 졸업 후 30년 만에 졸업증명서를 발급받아서 들고 모교 교정을 나오던 날 만감이 교차했다. '이게 뭐라고 이렇게 오랜 시간이 걸렸나...'

나는 비록 힘든 환경에서 버티며 살아내느라 팍팍했지만 겉으로는 밝고 명랑한 아이였다. 힘든 모습을 친구들이나 사람들 앞에서 보이면 그런 나를 더 입방아에 올릴까봐. 티를 내지 않으려고 애썼다. 학교에서 친구들에게 인기도 많았고 체구가 작거나 약한 친구, 어려운 환경에 있는 친구들을 괴롭히거나 하면 늘 앞장서서 해결사 노릇을 하곤 했었다. 친구들에게 읽었던 동화책의 내용을 들려주거나 이야기 하는 것도 좋아했다. 일찍 철이 들어서 그랬는지 모르지만 어른들과도 말이 잘 통하는 아이였었다. 주제넘게 오지랖도 넓어서 힘든 친구를 보면 뭐라도 해주고 싶어서 늘 마음을 쓰는 편이었다. 아마도 내가 그런 힘든 환경에서 자라고 있었기 때문에 그런 친구들의 아픈 마음을 공감하고 다가가려고 했었던 것 같다. 어른이 되어서도 친구나, 지인, 주변 사람들에게 종종 '상담을 하면 잘 할 것 같다' '희숙씨와 이야기를 하고 나면 마음이 참 편해진다.' '사람의 마음을 잘 읽어주는 것 같다' 는 이야기를 들었다.

나 스스로도 관심이 있었고 '공부를 좀 더 했더라면 청소년 상담이나, 마음을 치유하는 치료사가 될 수도 있었을 텐데' 하는 생각을 하기도 했었다. 그렇지만 늘 마음으로만 생각했을 뿐 그것을 실현하기 위한 도전은 감히 용기를 내지 못하고 있었다.

그런데 몸짱과정을 마치고 마음짱 과정에 입문하니 내가 늘 마음에 두고 있던 바로 그 치유자 '운디드 힐러'에 대한 이야기를 하시는 게 아닌가. 오프 수업 때 내 가슴에 가장 큰 울림으로 남았던 '상처 받은 치유자 운디드 힐러' 내가 하고 싶었던 일. 심장이 뛰었던 수업.

나도 할 수 있을까? 나에게도 길고 험했던 시궁창에서의 시간들이 있었는데...
과연 나의 상처를 치유하는데 그치지 않고 누군가의 상처를 치유해 줄 수 있는 힐러가 될 수 있을까? 공부도 많이 못했고 능력도 부족하지만 지금 부터라도 공부하고 배워서 할 수 있다면, 아직 늦지 않았다면... 그 오프 수업 이후 내 마음속에는 '상처받은 치유자' 운디드 힐러가 깊이 새겨졌다. 그래, 나도 할 수 있어. 운디드 힐러가 되기로 했어.
나를 응원주고 격려해주시는 몸짱가족. 코치님들 덕분에 용기를 냈고 도전의 불을 당겼다.
제 머리로 대학공부를 따라 갈 수 있을까요? 또 버릇처럼 자신 없어 하는 나에게
'충분히 할 수 있어요. 하다가 포기하더라도 한 것만큼 배운 거니까 남는 게 있잖아요.'
무조건 할 수 있다고 시작하라고 나의 약한 정신 줄에 불을 확 당겨주신 몸짱님들께 정말 감사한 마음을 전하고 싶다. 내가 어디서 이런 긍정의 인연을 만날 수 있을까.
몸짱 맘짱 덕분에, 몸짱 가족들 덕분에 나는 오랜 세월 내 가슴 깊은 곳에 묵혀 두었던 내 꿈의 상자를 드디어 열었고 이제 그 꿈을 실현하기 위해 늦깎이 공부를 시작하게 되었다.
잊고 살았던 나의 꿈! 바로 그것 내가 몸짱 맘짱에서 치유받았던 것처럼 나도 누군가의 아픈 마음을 치유해줄 수 있는 조력자가 되고 싶다.
나 김희숙은 "상처받은 치유자 운디드 힐러이다."

현재는 내 인생의 하프타임

_김혜경

나는 가벼워졌다. 쓰고 싶지 않은 가면들은 던져 버렸기에.

나는 가벼워졌다. 더 이상 붙어 있을 수 없는 지방들이 녹아내렸기에.

나는 탄탄해졌다. 꿀벅지와 강심장이 중심을 잡고 있기에.

나는 탄탄해졌다. 내가 지니고 있는 가능성을 끌어낼 수 있는 제대로 된 몸짱 놀이터를 만났기에.

I Can Do It! 나의 '어나오' 미래 선언

하나, 나는 일상 속에서의 '소확행'을 누리며 살아가는 존재이다.

둘, 나는 성경 위에 손을 얹고 시작한 결혼의 관계를 지켜 나가고 있는 아내이다.

셋, 나는 자녀들의 엄마로서 기도하는 사명을 완수하기 위해 매일 기도를 실천하고 있다.

넷, 나는 내가 하는 일에 의미와 가치를 부여하면서 최선을 다하고 있다.

다섯, 나는 양가 어머니들의 딸 & 며느리로서 적절한 역할을 실천하고 있다.

여섯, 나는 자연 속에서 새로운 에너지를 받아 누리면서 전파하는 사람이다.

일곱, 나는 마음에 소원하는 버킷 리스트를 구체적으로 실현하면서 살고 있다.

여덟, 나는 대인 관계 속에서 편안하고 안정된 주파수를 보내며 힐링을 주도하고 있다.

아홉, 나는 관계의 달인을 양성하는 일로 사회에 공헌하는 사람이다.

열, 나는 다가오는 기회를 선택하여 성장의 디딤돌로 삼는 혜안을 가지고 있다.

나는 위로 세 살 많은 오빠와 아래로 두 살 적은 남동생 사이에서 자랐다. 그 당시 오빠는 다음 달이면 국민학교에 입학해야 해서, 동생은 모유 수유 중인 아기라서, 내가 적임자였다는 밀양역 사건은 유아가 경험하기에는 너무나도 가혹하고 잔인한 초기 기억이 되었던 것 같다.

그 사건은 이렇다. 지병이 있었던 나의 아버지가 돌아가신 후, 어린 조카 셋을 데리고 살아갈 제수씨가 측은해 보이셨던 대구에 사시던 나의 큰아버지께서 우리 가족들을 당신 곁으로 이사 오라고 하셨단다. 20대 과부가 된 어린 엄마가 달리 선택할 바는 별로 없었기에 부산역 화물열차에 얼마 되지 않는 세간살이를 실어 놓고, 아이 셋을 데리고 아주버님이 오라는 대구로 올라갔다. 일주일을 못 지내고, 주일을 하루 앞둔 토요일에 다시 부산으로 돌아오면서, 대구에서 부산으로 이동 중이던 완행열차가 밀양역에 닿을 때쯤 갑자기 나에게 내려서 역전 얼마쯤에 소재하는, 큰이모가 침모로 지내고 있던 시설에 찾아가라는 것이었다.

엄마의 지시에 얼떨결에 내린 나는 파출소를 찾아 들어가서, 순경 아저씨에게 나를 이모에게 데려다 달라고 했고, 그 순경 아저씨는 딸랑딸랑 소리 나는 자전거 뒷자리에 나를 앉히고 어린 아이가 말하는 대로 이모가 계신 곳으로 데려다 주셨다. 갑자기 나타난 조카를 보신 이모가 놀라면서도 환한 웃음으로 반기면서 "겨~이 아이가~" 하고 입을 크게 벌려 말씀 하실 때 내 눈에 보였던 반짝반짝 빛나던 금색 치아가 아직도 눈에 선하며, 이때 들었던 이모의 음성은 사막에서도 나를 찾아내어 안아 주실 것 같은 든든한 믿음을 갖게 해 주셨다.

그렇지만, 이 밀양역 사건이 나의 무의식에 굵직하게 어떤 치명적인 흔적을 남긴 것 같다. 나는 다양한 심리 영역의 학습과 치료 과정을 거치게 되었다. 그러면서 사람의 내면세계에 관심을 갖게 되었고 참으로 오랜 시간 동안 답을 찾을 수 없는 나의 과거에 머물러 있게 되었다.

40대 초반쯤이었다. 다양한 심리 치료 과정을 거친 후, 왜 하필 나였냐고 엄마에게 질문해 보기까지, 막연히 혼자서 두근거리는 가슴을 부여잡고 몸부림쳤던 시간들. 그냥 질문해 보면 되는데, 의문을 품고도 선뜻 물어보기가 쉽지 않았던 엄마와의 관계. 3살에서 4살의 발달 단계를 지나는 유아기에 겪었던 나의 경험은 나를 온전히 존중하며 소중한 존재로 나 스스로를 받아들이기에는 너무나도 크나큰 걸림돌이 되었고, 결혼 후 부부 관계, 자녀들과의 관계에 있어서도 엄청난 인생 수업료를 지불하게 하였다.

2003년 12월 마지막 주일, 어린 시절부터 너무나도 즐겁게 다녔던, 그래서 호호백발이 될 때까지 계속 머물고 싶었던 교회를 떠나게 되었다. 평신도였기에 배우자로 선택했던 남편이 사역자가 되어 새로운 사역을 위해 그곳을 떠나야 했을 때 내가 받은 상실감은 그 어떤 것으로도 대체 불가한, 도저히 회복될 수 없을 정도로 암흑 같은 느낌이었다. 아마도 그 교회에서 나는 안정적인 애착을 재경험하고 있었던 것 같다. 마치 엄마 품과도 같은.

나는 그 이후, 마치 탈진한 사람처럼 삶의 방향과 목표 없이 어슬렁어슬렁 힘 없이 걷는 속도로, 특별히 열심을 내어 이루고픈 꿈도 없이 열정도 사그러져 가는 밋밋한 삶의 시간을 보냈었다. 아니 엄밀히 말하면 생각 없이 버틴 시간이었다. 그리고 작고 크게 찾아오는 슬럼프로 인하여 나의 삶은 물기를 가득 머금고 바다 깊숙이 계속 가라앉고 있었다. 그리고 그러한 삶이 계속 이어질 거라 생각했다.

광야에 내던져진 고아 같은 허전한 마음으로 지내던 어느 날 마음의 비타민 '고도원의 아침편지'를 만나게 되었다. 우울감이 깊어서 아침에 눈을 뜨기도 힘들었지만, 엉금엉금 기어서 컴퓨터 본체의 스위치를 누른 후 책상 위로 산을 오르듯이 힘겹게 옮겨 앉아서 하루를 견뎌 낼 힘을 얻었던 고도원의 아침편지. 이런 과정 중에 우연히, 한 달만 해 보자는 마음으로 발을 들여놓은 몸짱.

나는 몸짱의 방대하고도 풍성한 소프트웨어에 대해 전혀 모르는 상태에서, 정말 단순하게 한 달 동안만, 하루 10분 내장 지방을 조금이라도 불태워 그 달 하순경에 예정되어 있던 아들의 결혼식에서 조금이라도 날씬한 엄마가 되어 주고픈 아주 단세포적인 목표를 가지고 몸짱에 입문하게 되었다.

그랬던 내가 몸짱을 믿고 몸짱에서 도전하는 기회를 받아들이며, 적극적으로 행동으로 옮기는 사람으로 변화될 수 있었던 힘은 일일이 한 분 한 분 언급할 수 없을 만큼 많은 몸짱 가족분들의 섬김과 사랑 덕분이었다. 탄탄한 씨실과 날실로 잘 짜여진 몸짱 운영진들과 코치님들, 조장, 멘토, 몸짱 선배님들과 함께 했기에 가능한 일이었다.

2017년 12월. 제주도에서 지준반의 오프 수업이 진행되었다. 나는 그 당시 고급반이었는데, 묻지도 말고 따지지도 말고 그냥 그곳에서 그들과 함께 하고픈 강렬함이 나를 이끌었다. 생애 첫 눈 덮힌 한라산 산행을 몸짱 가족과 함께 하며 난 그 자리에 그냥 누워 버렸다. 포근한 엄마 품에서 느꼈을 법한 사랑을 한라산 정상 눈밭에서 온전히 채울 수 있었다. 두 번째 몸짱 여행으로 참여한 백두산 트레킹 때 천지연 앞에서 바라보는 장관은 그 어떠한 감격을 넘어섰고 성장기에 누렸을 법한 싱그러움과 즐거움을 대신 가득 담아 주었다. 생애 처음으로 스킨스쿠버도 경험해 보았고 생애 처음으로 마라톤 10Km 코스 완주도 했다. 나에게 몸짱은 생애 첫 경험들을 만들어 주는 곳이 되었다. 그런 경험이 하나둘 쌓여 가면서 나도 모르는 사이에 나와 나의 관계는 서서히 회복되었고, 나는 사랑받기에 충분하며, 원하는 것을 해 볼 수 있는 자신감 있는 사람이 되어 갔고, 여유롭고 따뜻한 자아로 리셋되었다.

앞만 보고 달려오느라 생각해 보지도 않았던 것이 내가 다른 사람들과 어떻게 다른가, 하는 부분이었는데, 얼마 전부터 생소하지만 신중하게 들여다보고 있다. 나를 움직이게 했던 결핍의 근원들이 일반적인 길을 가기보다는 독특한 나만의 길을 선택하게 했으며, 그 당시에는 주변에서 크게 호응을 받지 못했던 나에게로의 여행이라는 선택의 결과들로 인하여 지금은 감사한 나날들을 선물받은 것 같다. 나와의 참 만남을 위해 고군분투했던 여정들은 그대로 내 속에 마음의 근육으로 자리 잡아 있으며, 상담사로서의 역할에 얼마나 좋은 약재료가 되었는지 지금도 자신에 대하여 제대로 알지 못한 채 방황하면서 살아가고 있는 수많은 사람들을 훼손되기 전인 원래의 모습으로 회복시키는 여정에 아주 효과적으로 활용되고 있다.

내 직업의 분야에서 추구하는 목표 또한, 몸짱에서 배우고 훈련한 의미와 가치라는 새로운 옷으로 갈아입으면서 나는 키우고 싶은 꿈을 가슴에만 머물게 하는 사람이 아닌 행동으로 옮겨 심는 사람이 되어 가고 있다. 나는 마음에 소원하는 버킷 리스트를 구체적으로 하나씩 실현할 것이고, 나와의 관계를 가장 먼저 회복하여, 너와의 관계, 우리와의 관계 회복으로 더욱 발전시켜 나아갈 것이다. 그래서 내가 먼저 겪었던, 뼈를 깎는 듯한 아픔을 통과하면서 얻게 된 작지만 매우 의미 있고 소중한 경험들을 나누기를 희망하며 혹시 관계의 어려움 속에서 말하지 못하고 타들어 가는 분들의 심장에서 들려주는 이야기에 귀를 기울이며 이들의 손을 꼭 잡아 주어 조심히 일으켜 줄 수 있는 인생의 동반자가 되어 주고픈 새로운 꿈이 나를 춤추게 만든다.

지난 과거를 돌아보면 나에게 요구되어진 역할을 해내느라 참으로 다양하고 무거운 가면을 쓰면서 보내온 듯하다. 나의 인생은 이제 하프타임이다. 이제부터 시작이다. 나이로는 100세 시대를 향하여 가는 50대 중반이지만 그동안 누리지 못했던 마음에서의 편안함과 여유로움을 장착하게 되었고 무엇보다 나를 소중하게 여기고 사랑할 수 있는 힘은 그 어떤 친구보다도 든든하다. 후반전 인생을 잘 달리기 위하여 나는 다양하게 준비하면서 숨 고르기를 하고 있다. 매우 신난다. 기대도 된다. 전반전 인생은 좌충우돌하면서 달려왔다면 하프타임의 인생은 기술적으로 후반전까지 멋지게 완주할 수 있는 세련된 열정으로 장착시켜 줄 것 같다. 마치 수영을 개울가에서 배우면 깡으로 버틸 수밖에 없겠지만, 국가 대표 코치님에게 배우면 보기에도 멋진 영법으로 긴 레이스를 자신의 속도에 맞게 펼칠 수 있는 차이가 있듯 몸짱은 나에게 그런 의미와 인생 기술을 가르쳐 주는 곳이다.

몇 년 전에 방송됐던 〈선덕여왕〉이란 드라마에서 어린 시절의 선덕여왕이 사막 한가운데에서 불어닥치는 모래바람을 뚫고 꼬물꼬물 살아 움직이던 장면이 내 기억에 남아 있다. 아마도 나를 보는 듯한 느낌을 받았었던 것 같다. 그렇다. 나는 굴복될 수밖에 없는 환경에서도 살아남았다. 이제는 그러한 아픔과 상처를 주었던 지난날의 밀양역 사건으로부터 다양하게 펼쳐진 과거의 시간들에게 고맙다고 말해 주고 싶다. 그리고 지금 나에게 애정 어린 사랑의 표현을 가득 담아 전해 주고 싶다. "잘 살아 주어서 고마워!"

몸짱에서 맘짱으로 한 걸음 한 걸음 뚜벅뚜벅 걸어오면서, 자칫 갱년기와 빈 둥지 증후군으로 우울감에 빠질 뻔했던 내가 새로운 꿈의 씨앗을 마음에 심고, 떡잎을 벌리며 자라나는 꿈의 모습을 지켜보면서 나도 모르게 덩실덩실 춤을 추고 있다.

아직 몸짱을 경험하지 못했지만 지금 이 글을 읽고 있는 분이 계신다면, "귀하는 행운을 잡으셨군요. 그림으로만 감상하는 떡을 경험하기보다 맛을 음미하는 경험을 이곳 몸짱 바다에서 누려 보세요. 이왕 누려 보실 거라면 몸짱 바다로 첨벙 빠져 보세요!"라고 말하고 싶다.

0% 불가능에서 1%의 가능으로

_김진영

나는 태어난 순간부터 다른 이들과 달랐다. 머리부터 세상과 마주하지 않고, 몸을 접고 팔은 든 채 거꾸로 태어났다. 태어나서 9개월까지 다리가 들린 채 내려오지 않아 걸을 수 없다고 했던 작은 아이는 어느덧 걸을 수 있고, 달릴 수 있고, 인라인을 즐겨 탈 수 있는 어른으로 성장했다. 물론 몸짱 운동을 해 나가는 지금도 발목과 무릎 부상이 찾아와 신경이 많이 쓰이지만 나의 속도에 맞춰 건강한 나로 만드는 중이다.

I Can Do It! 나의 '어나오' 미래 선언

하나, 나는 하나님의 뜻에 따라 나아가려고 노력하는 사람이다.

둘, 나는 모래놀이를 하는 동안 곁을 지켜주는 운디드 힐러이다.

셋, 나는 아이들과 같이 성장하는 사람이다.

넷, 나는 나만의 기도의 방이 있는 사람이다.

다섯, 나는 몸짱과 함께 마레닉을 즐기는 사람이다.

여섯, 나는 여행을 통해 잠깐 멈춤을 하는 사람이다.

일곱, 나는 내 사람들에게 사랑을 전하는 사람이다.

여덟, 나는 밝은 빛으로 세상을 바라보는 사람이다.

아홉, 나는 책을 통해 사람들과 소통하는 사람이다.

열, 나는 한 쪽 문이 닫혔을 때, 다른 쪽 문을 찾는 사람이다.

고2 때이다. 어릴 적부터 안경과 함께 생활하며 그저 눈이 좋지 않구나 했었는데, 형광등 불빛이 따갑게 느껴졌다. 세상의 불을 모두 끄고 싶었다. 그렇게 병원을 찾았고 절망적인 소식을 접했다. "시력을 잃을지도 모른다."그 말을 듣는 순간 모든 것이 멈추어 버렸다. 공부를 더 이상 할 이유가 없었다.

고3 어느 봄날, 공부를 해야 하는 이유를 잃은 채 방황하던 나는 다시 살아보기로 결심했다. 나를 사랑하는 사람들을 위해 살아가자. 먼 훗날 나의 이야기가 들릴 때, 안타까운 마음보다는 행복한 마음이 들기를 바라는 마음에 전진하기로 했다.

특수교육과. 어린 시절부터 선생님이 꿈이었고, 나의 종착지는 특수교사였다. 봉사 활동을 하면서 만난 아이들이 어느새 내 마음에 자리 잡았고, 눈을 잃는다 하더라도 내가 할 수 있는 일이 있을 것 같았다.

스물, 꿈에 그리던 특수교육과에 진학하여 지금의 나를 만든 대학 생활을 시작했다. 감옥에도 있다는 창문이 고시원에는 없었지만, 그 공간이 나에게는 최고로 안락한 곳이었다. 공부하면서 학비와 생활비를 벌며 지내던 그 공간은 지금도 내게는 감사한 공간이다. 늘 부족한 학비를 마련하고 생활비를 줄이기 위한 나의 대학 시절 목표는 조기 졸업이었다. 한 학기 동안 임용 시험을 준비할 경제적 여건과 시간을 마련하고 싶었다.

스물넷, 아이들과 만날 날을 꿈꾸며 예비 교사로서 임용 시험을 준비하던 가을이었다. 경북 경산으로 내려와 공부를 하던 중, 오른쪽 눈의 갑작스런 통증으로 눈을 뜰 수가 없었다. 불안감에 대구의 안과로 가서 망막 사진을 찍었다. 대구에서는 확인 어렵다며 나를 큰 병원으로 보냈다. 서울에서 받던 정기 검진 날짜는 아직 멀었는데, 다시 예약을 하고 기다리는 시간동안 두려움과 불안감으로 가득 차 있었다. 고2때 내가 들은 약속과 다르다며 나의 눈이 좀 더 버텨주기를 간절히 바랄 뿐이었다.

결국 나는 책을 내려놓아야 했다. 나의 삶을 지탱해준 친구였는데, 한순간에 원망이 대상이 되고 말았다. 30살에 눈을 잃을 수도 있다는 말에 희망을 걸고 대학에 진학 후, 임용 준비를 했는데 이른 24살의 나이에 받은 진단을 믿을 수 없었다. 다시 더 큰 나락으로 곤두박질쳤고 말로 표현하기 어려운 깊은 좌절을 경험했다. 그리고 오랜 시간 동안 내 가슴을 뜨겁게 했던 특수교사의 꿈은 저 멀리 보내야 했다. 실명 확률이 단 0.1%라도 나에게 일어나면 100%가 되기에 무턱대고 책을 보며 공부를 할 수는 없었다. 그렇게 나는 꿈을 포기해야만 했다.

스물다섯, 최선을 이룰 수 없게 되자 차선을 고민해야 했다. 방향을 잃고 헤매던 기간에 학교 아침 돌봄 교사로 근무하게 되었다. 아침과 방과 후에 맞벌이 가정의 아이들이 홀로 있는 시간이 많은 것을 보고 내가 하고 싶은 일들을 찾았다. 나는 학교 안이 아닌 학교 밖에서 아이들과 같이 나아가기로 결심했다.

나의 어린 시절을 떠올려 보면, 옆집 아저씨가 술에 취한 날에는 술병을 던지고, 욕을 하고, 아저씨의 엄마였던 할머니를 때렸다. 그럴 때마다 나와 동생은 모든 집안의 불과 TV를 끄고 아무도 없는 것처럼 조용히 있었다. 동시에 나는 두려움을 누르고, 동생에게는 괜찮을 거라고 말하는 든든한 누나로 남았다. 이후 초등학교 4학년이 되어 이사를 하면서 어린 시절의 기억이 사라져 버렸다.

그러다 중학교 때, 아빠가 술을 드시는 모습과 술병들을 보자 잊혀진 나의 어릴 적 기억이 떠오르기 시작했다. 어릴 적 겪었던 일들과 오버랩이 되기 시작한 이후로 낮은 중저음, 술자리, 큰 소리가 들리면 여전히 두렵고 힘들다. 어릴 적 바쁘신 부모님 대신 동생을 돌보고, 때론 두려움에 떨며 아파했던 시절의 나와 같은 아이들이 없길 바라며, 닷토리 공부방을 마련했다.

닷토리는 다섯(닷) 가지(꿈, 배움, 놀이, 믿음, 휴식)가 자라나는 땅(土理)이라는 뜻이다. 모든 사람들이 같이 살아가며 모든 아이들에게 동네 누나, 형, 동생들이 생겼으면 좋겠다는 마음으로 시작하였다.

스물여섯, 닷토리를 호기롭게 시작했지만, 낯선 장소, 낯선 환경, 낯선 사람들을 만나는 일은 결코 쉽지 않았다. 하나만 바라보며 나아가는 성격이라 아이들을 우선순위에 둔 채 2년 동안 나를 돌보지 못하면서 건강이 많이 나빠졌었다. 아이들과 같이 하는 삶이 내가 진정 좋아하는 일인지 헷갈리기 시작하였다. 이 길을 계속 나아가도 되는지에 대해 고민하며 심신이 지쳐 있던 때에 '깊은산속 옹달샘'으로 휴가를 떠났다. 그곳에서 링컨학교에 참여한 한 아이의 웃음에 이끌려 그해 겨울 재능 기부 O.T에 참가하였다. 나의 2분 스피치를 쓰면서 내가 자라온 시간들을 돌아보았다. 아이들의 향한 마음이 바뀐 것이 아니라 체력이 다 하였다는 것을 알았다. 잠깐 멈춤의 시간이 필요하다는 것을 그때서야 깨닫게 되었다.

닷토리를 운영하는 순간들이 감사와 행복이었지만, 한편으로는 나를 돌보지 않았음을 이때 알았다. 그리고 나의 초심을 돌아보게 되었다. 다른 아이들이 나의 어린 시절과 같은 시간을 걷지 않기를 바라는 나의 마음을, 아이들이 좋은 어른으로 성장할 때까지 곁을 잠시 지켜 주기로 한 나의 꿈과 꿈너머꿈을 확인하는 계기가 되었다.

링컨학교 재능 기부 샘으로 6박 7일 동안 옹달샘에 있으면서 나는 아이들과 함께할 때 행복한 사람이라는 걸 온전히느꼈다. 많은 사람들이 모인 곳에서는 큰 소리가 나기 마련이다. 그때부터 나의 마음은 불안해진다. 그렇지만 100여명의 아이들이 모인 링컨학교에서는 무섭고 두려운 마음이 들지 않았다. 자그마한 키로 나를 바라보며 환하게 웃어 주는 아이들의 모습을 보고 있으면 세상 가장 행복한 사람으로 변하여 무장해제 된다. 아이들과 같이 나아간다면 무섭고 두려운 순간은 존재하지 않는다. 아이들을 위한다고 시작했지만, 결국 나에게 큰 위로가 되었다. 아이들은 나에게 있어 삶을 지탱하며 열심히 살아가게 해 준 고마운 내 사람들이기에 거쳐 온 시간을 함께 나눈 것에 감사함이 가득하다. 아이들에게 온전한 '경청'과 '공감'을 하려면, 나의 심신을 돌보는 것이 먼저라는 생각이 들었다. 재활 P.T를 끝내고 난 후에도 끊임없이 발목을 다쳐서 마음껏 운동하기가 어려웠다. 발목 부상으로 고민하던 차였지만 옹달샘의 긍정에너지를 믿고, 일단 해보자라는 생각으로 2017년 9월 몸짱에 발을 내디뎠다. 그러다 겨울 어느 날 계단에서 헛디뎌 중급반에서 나는 운동을 멈추어야 했다. 민폐인 것 같아 그만 두려는 순간에 천천히 가도 된다고 힘을 주셔서 잠시 쉬고, 계속 나아갈 수 있었다.

사실 사람들과 이야기를 나누고 나의 삶을 나누는 것을 조심스럽게 생각했다. 또한 눈을 위해서 나의 출석 글만 올리고, 몸짱 운동장에 오래 머물지 않았다. 그러다 고급반에 올라오자마자 기초반 부조장을 덜컥 맡았다. 무엇을 해야 할지 어떻게 해야 하는지 몰라 몹시 당황했던 기억이 난다. 처음부터 다시 하고 싶은 마음에 새싹반 부조장으로 운동장을 옮겼다. 심기일전. 조장님을 힘껏 돕고, 조원 분들을 섬겨야겠다고 생각했다. 조장님의 무한 칭찬으로 무럭무럭 성장하였다. 조장님이셨던 분들이 지도자 준비반으로 옮기시면서 나도 가고 싶어졌다. 발목을 다시 다친 시점이었지만 무조건 조장에 도전해 보기로 했다.

서른의 여름, 어린 나이의 첫 조장에 중압감이 컸다. 몸짱 특유의 힘으로 조원 분들께서 서툰 조장에게 오히려 힘을 주셨다. 조장을 맡으면서 조원 분들께 드린 것보다 받은 게 훨씬 많은 시간들이었다는 걸 이제야 알게 되었다. 또한 조장 홀로 해나가는 것이 아니라 부조장님과 멘토님의 따뜻한 격려가 함께 하기에 무사히 잘 마칠 수 있었다.

　서른의 가을, 나는 고대하던 몸짱 지준반에 들어와 오프모임에서 운디드 힐러에 대해 함께 이야기하고 나누기 시간을 가진 적이 있다. 상처 받은 치유자. '그렇구나! 나만 아픈 것이 아니었구나.' 그 곳에 모인 모든 분들은 각자의 시간을 잘 건너온 분들이었다. 나 역시 거쳐 지나가는 길이라는 생각이 들었다. 한 분 한 분에 받은 따뜻한 사감포옹에는 시간이 지나면 괜찮을 거라는 응원이 담겨 있었다. 아직 성장하고 있으니 잘해 낼 거라는 그런 강력한 믿음을 전해 받았다.

　그 이후, 몸짱맘짱을 만나 나의 꿈이 자라나고 있다. 나는 여전히 지금 당장 실명을 해도 이상하지 않다. 그래서 그래서 새로운 일을 할 때에 머뭇거림이 많았다. 반면에 오늘이 내가 세상을 밝은 빛으로 바라보는 마지막 날일 수도 있기에 모든 순간 순간들에 나의 진심이 전해지기를 바라고 있다. 이제는 두려움을 잠시 내려두고, 꿈을 키워보기로 했다. 몸짱맘짱에서 만나는 분들 덕분에 나의 길을 힘차게 나아가고 있다. 거리적으로 떨어져 있더라도 '연결'이 된다는 것을 몸짱을 통해서 배웠다. 성공보다 행복한 성장을 함께해 나갈 수 있는 닷토리 공동체를 만들어 나가는 것이 나의 꿈너머꿈이다.

　나는 이제 30대이다. 몸짱 상위반에서 사실 내가 가장 핫하고 어리다. 몸짱 운동 때마다 늘 쓰고 있는 모자와 선글라스는 빛으로부터 눈을 보호하기 위함이었지만 어느덧 몸짱에서 나의 정체성을 나타내 주는 상징이 되었다. 또한 처음 몸짱을 시작했을 땐 몰랐다. 내가 사랑받고 있다는 것을. 하지만 지금은 안다. 격하게 사랑받고 있음을!

받은 사랑을 나도 다른 방법으로 전해주고 싶었다. 우연히 기회가 닿아 또 하나의 소중한 경험인 새싹반 관리조장을 하였다. 첫 조장을 맡은 것보다 훨씬 떨리고 부담스러운 자리였지만, 한 달간 섬김의 자리에 있으면서 참 놀라운 시간이었다. 많이 표현하고, 관심과 애정을 주며, 있는 그대로 바라봐 주며 응원 보내는 그러한 마음 마음들…. 이러한 따뜻한 시간을 몸짱에서 함께 나눌 수 있어 행복하다. 이러한 순간들이 참 좋다. 혼자 걸어가는 공간이 아닌 우리가 함께 걸어가는 몸짱의 길이 많은 위로가 되고 희망이 되어 준다.

몸짱맘짱에서 나는 나를 사랑하는 방법을 배워 나가고 있다. 사진을 찍지 않던 내가 몸짱에서 첫 셀카를 찍었고, 아이들과 운동도 하며 거침없이 영상을 찍고 있다. 온라인을 넘어 오프라인에서 만나 사감포옹으로 따뜻한 시간들을 채워 나갔다. 또 하나 매우 크게 변화된 점은 긍정적인 사람으로 변해 가고 있다는 것이다. 한 때 내려놓았던 공부를 다시 시작하고, 여행을 다니며, 새로운 만남을 즐거워하고 있다. 과거는 과거일 뿐이다. 상처는 상처일 뿐이다. 나에게는 이제 성장과 도전과 행복을 누릴 오늘과 내일이 기다리고 있다. 세상은 살아볼 만한 충분한 가치가 있는 곳이다. 지금 힘들고 아픈 시간을 보내고 있는 누군가가 있다면 전해 주고 싶다. 반드시 지나간다. 긍정적인 믿음을 갖고 다시 일어서 천천히 나아가다 보면 차선의 길이 최고의 길이 되었음을 고백하는 날이 올 것임을 말이다.

그렇다. 운디드 힐러는 누구에게 무엇을 주는 사람이 아니다. 온전히 그 사람을 지지하고 보듬어 주는 것이라 생각한다. 그저 곁에 있어 주고, 경청해 주고 공감해 주는 것만으로도 큰 위로가 된다. 같은 상처, 같은 고민을 해온 사람이 위로를 해 줄 때 더 큰 감동이 된다. 나는 그런 사람이 되어 주고 싶다.

마지막이라고 느껴지는 순간이 있다면 나를 떠올려 주기를 바란다. 그 순간 잠시 곁에 머물러 따스한 위로를 주는 운디드 힐러가 되고 싶다. 마치 내가 그러한 위로를 받고 지금 이 순간에 서 있는 것처럼.

덤으로 얻은 인생 최선을 다해

_장정애

산골 마을에서 태어날 때부터 병약하여 2년 동안 호적에도 오르지 못하고 비실거리다 지금까지 살아왔다. 어릴 적 기억은 온통 병치레로 혼자 누워 있거나 학교에서 수업이 끝나면 친구들이 가방을 들어다 주고, 체육 시간이면 운동장 한쪽에 앉아 친구들이 뛰어노는 모습을 하염없이 바라만 봐야 하는 어린 소녀였다. 그랬던 소녀가 달라졌다.

I Can Do It! 나의 '어나오' 미래 선언

하나, 나는 '운디드 힐러'로서 국내외 의료 봉사 활동을 한다.

둘, 나는 몸 상태를 최상의 적정한 수준으로 유지한다.

셋, 나는 마음의 상태를 행복하고 편안한 상태로 유지한다.

넷, 나는 충분한 경제력으로 생활하며 일정하게 나눔을 실천한다.

다섯, 나는 매년 해외여행 및 국내여행을 2회 이상 다녀온다.

여섯, 나는 매일 108배 절 및 참선(명상) 수행을 실천한다.

일곱, 나는 내 자신을 진심으로 사랑하고 더 나은 삶을 살고자 최선을 다한다.

여덟, 나는 직장에서 내 몫을 할 수 있는 능력을 키우면서 발전한다.

아홉, 나는 무소유를 실천하여 간결하고 쾌적한 환경에서 생활한다.

열, 나는 매년 계획한 내용과 목표에 도달하고자 최선을 다한다.

태어날 때부터 유난히 병치레가 심했던 나는 호적에도 2년 동안 오르지 못하고 있다가 비실비실거리면서도 생명줄을 유지하니 2년이 지난 연초, 호적에 내 이름을 올랐다. 진짜 생년과 호적의 생년이 다름을 알게 된 것은 중3 때 고등학교 원서 접수를 할 때였다. 학창 시절에는 할머니께서 매일 나를 등에 업어서 등·하교를 시켜 주셨고 책가방은 반 친구들이 들어주었다. 나는 간신히 고3까지 학교 수업을 들으러 다니는 학생으로 학창 시절을 마쳤다. 특히 고등학교는 우리 집에서 다닐 수가 없어 자취 생활을 하였는데 툭하면 몸이 아파 간신히 수업만 받을 수 있었고, 야간 자습은 꿈도 꾸지 못해 나라는 사람은 쓸모가 없다는 생각에 자살을 생각한 적도 있었다.

그런데 인생의 터닝 포인트가 된 결정적인 사건이 있었다. 내가 매일 제대로 수업도 못받을 정도로 아프니까 담임 선생님이 부모님을 호출하였다. 그때만 해도 시골 동네에 전화기가 딸랑 한 집밖에 없었는데 담임 선생님이 엄마와 통화를 해 주셨고 엄마가 놀란 가슴을 안고 다음 날 첫 차를 타고 달려오셨다. 엄마와 병원에 갔지만 뚜렷한 병명을 듣질 못했다. 나는 그저 자취방에서 누워 있을 수밖에 없었다. 그렁그렁 눈물이 맺힌 눈으로 자취방에 누워 있는 나를 계속 뒤돌아보며 떨어지지 않는 발걸음으로 가시는 엄마의 어깨가 축 늘어져 있었다. 내가 이 세상에 없으면 엄마의 시름이 없어질 거라 생각했던 나는 뒤통수를 크게 한 대 얻어맞은 것처럼 정신이 번쩍 들었다. 그 순간 나 대신 아파해 줄 수 없는 엄마의 절절한 마음이 온전히 나에게 전해진 것이다. 난 그날 이후 생활 태도를 180도 바꾸었다. 매사에 부정적이고 짜증과 원망을 가득 품었던 마음에 보란 듯이 "우리 엄마가 나를 잘 키웠다고 꼭 들을 수 있게 멋진 딸이 일단 되어 보자, 최선을 다해 보자." 하는 뜨거운 오기와 희망이 생긴 것이다. 힘들고 외롭고 어려웠지만 누워서라도 책을 보며 공부하기 시작했고, 노력 끝에 나는 간호학과에 진학할 수 있었다. 간호대학에 진학한 것이 나에게는 또 한 번의 엄청난 터닝 포인트가 되었다. 간호학과에서 내 건강을 지킬 수 있는 기초 지식을 익혔고, 여러 가지 건강을 위한 나름의 노력을 할 수 있었다. 가끔 나를 아는 동창들을 만나면 안부 인사가 아직도 아프냐였다. 하지만 어느 순간부터 내 얼굴을 보면서 너무 건강한 모습에 다들 놀란다.

직장 생활을 할 때다. 여러 가지 힘든 일을 겪고 있어 몸과 마음이 만신창이가 되어 갈 무렵, 나에게 실낱같은 희망의 빛을 밝혀 준 '몸짱' 단어…. 직장 생활에서 위기가 찾아왔을 때 마음 추스르는 것은 세월과 시간이 약이라 위로했지만 몸이 망가지면서 오는 위기감은 더욱 고조되었다. 이럴 때일수록 몸까지 망가져서는 안 된다는 절체절명의 위기의식이 나를 몸짱으로 향하게 만들었다. 주저 없이 새싹반에 등록하고 정말 혼신을 다해서 매일매일 하루 10분씩 운동하며 출석 체크를 이어 나갔다. 어려운 일을 당할수록 굳건하게 버텨야 한다는 생각으로 매일매일 조금씩 운동하는 시간을 늘리다 보니 점차적으로 마음도 안정을 찾아가고 있었다. 참 신기한 일이었다.

처음에는 기계치라는 말을 들을 정도로 스마트폰으로 뭔가를 하는 것에 익숙하지 않아 적응하기가 쉽지 않았지만 하나하나 친절하게 가르쳐 주시고 이끌어 주시는 코치님들이 계셔서 큰 어려움 없이 따라 할 수 있었다. 그렇게 기초반, 중급반, 고급반, 지도자 준비반, 맘짱2단계까지 한 계단 한 계단 올라오다 보니 너무나 어두컴컴하여 앞이 도무지 보이지 않던 긴 터널을 어느새 빠져나오고 있었다. 이제는 뒤돌아보며 웃을 수 있다. 어두운 터널을 보며 감사하다고 말할 수 있는 지금의 나로 성장함에 감사함이 가득하다.

나에게 기적과 같은 경험이 있다. 매년 실시하는 직장 체력 검사에서 몸짱 운동을 하면서 근력을 키운 내가 처음으로 만점을 받는 쾌거를 이룬 것이다. 체육 시간이면 운동장 한쪽에 앉아 친구들이 뛰어노는 모습을 하염없이 바라만 봐야 했던 그 어린소녀가 말이다.

나는 어릴 적 병치레를 많이 겪다 보니 조급함이 심했고, 사소한 일에도 쉽게 짜증을 냈으며 불쑥불쑥 올라오는 화를 참기 어려웠다. 내 몸이 내 맘대로 되지 않으니 무슨 일을 하려 해도 도전할 수가 없었다. 무심코 옆 사람들에게 화풀이를 했고, 왜 나만 이렇게 아파야 되는지 참 많은 원망을 달고 살았음을 고백한다. 매사에 짜증과 원망 속에서 살다 보니, 악순환은 계속되었다. 그런데 묘하게 몸짱 운동을 시작하면서 한 단계 한 단계 올라가기 위해 노력하는 새로운 내가 되어 갔고 몸짱 안에서 헌신적으로 활동하시는 코치님들을 보면서 끈을 놓으면 안 되겠다는 간절함이 생겼다. 그래서 이왕 인연을 맺은 거 끝까지 한번 도전해 보자는 열정이 피어오르기 시작하였고, 지도자 준비반과 맘짱 단계를 거치면서 내 마음을 엿보고 진지하게 들여다 보면서 이전에 원망했던 마음에서 조금씩 감사로 변화시킬 수 있는 나로 성장해 가고 있다. 몸짱 프로그램을 알게 된 것이 얼마나 다행스럽고 감사한지 요새 더욱 절실하게 느낀다. 몸이 건강해지면 마음도 건강해짐을 이제는 안다. 나는 몸짱에서 진행되는 몸맘동(몸짱맘짱 동아리)도 적극 참여하며 열심히 활동하고 있다. 몸짱을 통해 그동안 내가 우물 안 개구리처럼 살았구나를 느껴 가고 있고 이러한 신세계, 시야를 넓혀 주는 몸짱 무대가 소중하다.

건강을 잃으면 모든 것을 다 잃는 것이다. 건강할 때 건강을 돌보지 않으면 100% 원 상태로 되돌리기가 쉽지 않다. 원래상태가 된다고 해도 그만큼 노력과 시간이 많이 소요된다. 뭐든지 예방이 최고이다. 나는 그 건강을 되찾기 위해 간호학을 전공하고 내 몸을 실습 삼아 노력하여 건강을 되찾았다. 병원 간호사 시절 아픈 사람들을 보면 마치 내가 아픈 것처럼 동질감이 생겨서 성심을 다해 그들을 간호했다. 지금은 다른 직종으로 이직하여 새로운 직업을 가졌지만 한순간도 간호사라는 사명감을 버린 적은 없다.

아침에 출근해 하루 업무를 시작하기 전, 10여 년 동안 고도원의 아침편지를 받아 보고 있다. 책 읽는 것을 좋아하는 나에게 같이 근무하는 분이 매일 아침 마음의 비타민을 받아보라며 추천해 주셨는데 지금까지 감사한 마음으로 마음의 비타민을 복용하고 있다.

충주 '깊은산속 옹달샘' 건축 회원으로 가입해 직접 벽돌에 내 이름을 새기는 행사도 참여했고, '꽃피는 아침마을'에서 좋은 먹거리도 자주 애용하고 있다. 거기에 몸짱 운동장으로 인해 몸과 마음에 긍정적인 에너지도 가득 채우고 있으니 든든하다.

지금은 이렇게 선포한다. 나는 누구보다도 행복하고, 운이 좋은 사람이고, 늘 긍정적이고, 부지런하게 하루하루를 소중하게 사는 사람이라고 말이다.

삶의 문턱 중간중간 생사의 고비를 넘기면서 병마와 싸웠던 지난 시절을 생각하면 앞으로의 나의 인생은 덤으로 얻은 감사 인생이라고 생각한다. 나는 하루하루 최선을 다하면서 살 것이다. 우물 안 개구리에서 벗어나 몸짱 무대에서 내 뜻도 원 없이 펼치고 혼자가 아닌 몸짱 식구들과 더불어 다양한 꿈도 이뤄 나갈 것이다.

퇴직 후 이루고 싶은 꿈이 있다. 혼자의 힘으로는 어렵겠지만 의료 봉사 활동을 하고 싶다. '운디드 힐러'로서 나처럼 건강을 되찾기 위해 몸부림치는 전 세계 다양한 사람들을 만나 그들에게 좋은 힐러가 되어 주고 싶다. 나는 자신 있게 다른 사람에게 '몸짱'을 추천한다. 나의 변화된 모습을 본보기 삼아 한번 도전해 보라고 말이다. 그러기 위해서 나는 앞으로 더욱 노력할 것이다. 건강한 삶을 넘어 많은 이들에게 희망을 줄 수 있는 힐러가 될 것이다. 내 인생 최고의 혜택을 누린 희망찬 에너지를 커넥터가 되어 가득 퍼 나를 수 있는 내가 될 것이다.

10년 후 나의 '어나오 선언'에서처럼 행동으로 옮기는 내가 되기를 희망하며….

"나는 할 수 있다. 꿈은 기필코 이루어진다!"

3장

오늘보다 나은 내일

Before I die I Want
Before I die I Want to
enroll to Harvard
university!
Before I die I want

미래의 노후를 위해

_김배식

나는 시골에서 5남매의 장남으로 태어나 어머님의 학구열로 대학까지 마치고 어머님의 소원대로 서울에서 취업을 하고 하얀 와이셔츠에 넥타이를 매고 근무하게 됐다. 60평생을 살아오면서 왜 크고 작은 상처가 없었겠냐마는, 특별히 뼈에 사무칠 만큼 큰 아픈 상처 없이 순탄하게 살아온 것에 감사한다.

I Can Do It! 나의 '어나오' 미래 선언

하나, 나는 매일 아침 5시에 기상해서 큐티(QT)와 성경 읽기를 하고 하루를 시작하는 사람이다.

둘, 나는 매일 아침 하루 일과를 시작하기 전에 몸짱 운동을 20분 이상 하고 출근하는 사람이다.

셋, 나는 일주일에 2회 이상 런데이 달리기를(5Km 이상) 하고, 월 1회 이상 마라톤 공식 대회에 출전해서 나의 체력을 체크하는 사람이다.

넷, 나는 맘짱을 통해서 마음의 여유를 배우고 나 자신을 사랑하는 법을 배우는 사람이다.

다섯, 나는 그동안 직장 생활로 해외여행을 못 했는데, 2019년에 몸짱에서 추진하는 해외여행에 참석하여 몸짱 가족들과 꿈 너머 꿈을 공동 목표로 하는 사람이다.

여섯, 나는 앞으로 아내와 함께 건강한 몸으로 매년 1회 이상 해외여행을 통해 인생의 행복과 식견을 넓히고 같이 노후를 즐기는 사람이다.

일곱, 나는 2019년에 인생 2막을 위해 취미로 할 수 있는 자격증 취득을 목표로 도전하는 사람이다.

여덟, 나는 한 달에 한 권 이상의 책을 읽어 마음에 양식을 쌓는 사람이다.

아홉, 나는 직장 은퇴 후 2020년에 대학원에 진학해서 하고 싶은 공부를 하는 사람이다.

열, 나는 직장 은퇴 후 인생 2막의 꿈을 잘 설계해서 건강하고 아름다운 노후를 즐기며 사는 사람이다.

나는 나 스스로 생각해 봐도 성실한 편이며 모나지 않은 성격의 소유자인 것 같다. 한 직장에서 33년 이상 근무하고 정년퇴직을 눈앞에 두고 있으며 내면에 승부욕은 있지만 남을 시기하거나, 질투하지 않으니 말이다.

시골에서 독실한 기독교인이었던 부모님 밑에서 5남매의 맏이로 태어나 자라왔다. 아버님은 너무 성실하셨고 말씀이 없으신 분이셨다. 직장에서 정년퇴직을 하시고, 다른 직장에서 10년을 더 일하셨다. 그 후에도 이런저런 소일거리를 찾아 일하셨고, 동내 노인정에서 노인회 회장도 5년 동안이나 하셨다. 내가 봐도 아버님은 참 성실하셨고 자신은 돌보지 않으시고 가족을 위해서 일만 하신 것 같다. 한편, 독실한 기독교 신자이신 어머님은 자녀들에 대한 학구열이 높으셨다. 집안의 의사 결정은 어머님이 다 하셨던 것 같다. 특히 장남인 나에 대해서는 큰아들이 잘돼야 집안이 편안함을 동생들에게 강조하고 학업에도 적극 지원하셨다. 그런 나는 어머님의 기대에 어긋나지 않으려고 나름 열심히 노력했다. 순박한 시골 소년이었던 나는 어릴 때 뭔지 몰라 큰 욕심도 없었고 특별한 큰 꿈보다는 어머님이 시키는 대로 순종하며 올곧게 자라왔던 것 같다.

그런 나였지만 고집은 좀 있었던 같다. 고등학교에 진학할 무렵, 아버님이 시골에서 가정

형편이 어려우니 고등학교는 상업고등학에 진학해서 일찍 취업해야 한다고 했을 때, 나는 대학에 가고 싶으니 인문계 고등학교에 진학하겠노라 고집을 부렸다. 그때 어머님이 나의 의견에 적극 찬성하셨고, 아버님이 그렇다면 좋은 인문계 고등학교에 가야 한다고 하셨는데 그만 지원했던 학교 시험에서 낙방을 했다. 인생의 첫 도전에서 실패한 나는 사기가 떨어져 기가 푹 죽어 있었다. 그때 군산에 사시던 고모부님이 때마침 나의 소식을 듣고 고모부님 댁 근처의 좋은 후기 인문계 고등학교를 소개해 주셨고 다행히 그 학교에 합격해 다니게 됐다.

내 인생의 시련은 이때부터 시작됐다. 집을 떠나와 처음에는 고모님이 해 주시는 밥을 먹고 고모네 집에서 학교에 다니기 시작했다. 하지만 욕심이 생긴 어머님이 내가 다니던 고등학교 근처에 방을 얻어 중학생인 여동생과 초등학생인 남동생을 시내로 전학시켜 같이 공부하게 한 것이다. 동생들은 어머니와 떨어지는 것을 싫어했다. 특히 주말에 시골집에 왔다가 주일날 저녁에 돌아가려면 남동생은 안 가려고 울고불고 난리를 쳤다. 나 때문에 동생들이 고생하는 것 같아 미안했다. 당시에는 괜히 내가 부모님 말씀 안 듣고 고집 피워 이렇게 됐나 하는 생각도 했지만, 그 후 열심히 노력해서 대학에 들어가게 됐고, 서울로 취업을 하게 돼 현재 서울에서 34년째 살고 있다.

두 번째 시련은 남동생과의 사별이었다. 나는 네 명의 동생들과 우애하며 살아왔다. 그런데 2018년 2월에 갑자기 남동생이 하늘나라에 먼저 가 버린 것이다. 청천벽력 같은 소식에 말을 잃었다.

남동생은 나보다 5살이 아래인데, 2015년 초 다니던 직장에서 구조 조정을 해 조기퇴직을 하게 됐다. 3년 동안 새로운 직장을 구하려고 백방으로 노력했지만 취업하기가 어려웠다. 이런저런 유혹에 오히려 있던 돈도 까먹게 돼 제수씨와 다툼이 잦았다고 한다. 평소 B형 간염 보균자였던 동생은 지인이 운영하는 스크린 야구장에서 밤에만 근무하게 됐다. 이렇게 낮과 밤이 바뀐 생활을 하던 동생이 몸이 아프다는 소식을 들었고 조카 결혼식장에서 만났는데 얼굴색이 안 좋아 보였다. 그래서 동생에게 병원에 가서 진찰을 받아 보라고 했다. 한 달쯤 지났는데 동생이 형제들 카톡 방에 간암 4기라는 판정이 나왔다고 올렸다. 믿고 싶지 않아서 동생한테 전화해서 서울대병원이나 큰 병원에서 진단을 받아 보자고 했다. 지인들을 수소문해서 어렵게 서울대 병원에 입원시키고 진단을 받았는데 의사가 늦었다고 하며 방법이 없다고 했다고 한다. 그래서 내가 쫓아가서 담당 의사를 만나서 세계적인 서울대 병원인데 어떻게든 치료 방법을 찾아 달라고 사정을 했지만 소용이 없었다. 간암 말기 판정을 받고 40일 만에 의사의 예측대로 동생은 하늘나라에 갔다. 믿기지 않아 병원으로 달려가서 동생의 모습을 확인하고는 너무 큰 참담함에 온가족이 넋을 잃고 말았다. 집안의 어른인 내가 중심을 잡지 않으면 안 되겠기에 무너지는 가슴을 추스르며 동생네 가족과 조카들, 여동생들을 달래며 장례 준비를 했다. 장례 절차를 진행하면서도 동생의 죽음에 대한 이해할 수 없는 현실을 곧이곧대로 받아들이기가 너무 어려웠다. 다행히 온 집안이 기독교인이라 동생이 먼저 천국에 갔음을 신앙적으로 받아들이기는 했지만 마음으로는 극에 달한 슬픔이 가득했다. 오빠이기에 여동생들을 달래며 간신히 마음을 추스르고 있는데 더 큰 시련이 나를 덮쳤다. 동생이 하늘나라로 간 지 8개월이 채 지나지 않을 무렵 병석에 계시던 나의 아버님도 동생이 보고 싶으셨는지 하늘나라에 가신 것이다.

　너무나 큰 충격이 연타로 찾아와서 그랬을까? 동생 때 받은 충격이 너무나 커서인지 아버님 소천 때는 동생들과 나는 약속이나 한 듯 담담하게 받아들이게 되었다. 그래, 아버님 연세도 있으셨고 지병도 있으셨으니 그럴 수 있다며 스스로 위로하며 아버님을 보내드렸다. 상주가 된 나는 남동생의 빈자리를 더욱 크게 느꼈다.

우리나라는 1958년 개띠 출신이 유별나게 많다고 한다. 나도 58년 개띠이다. 이제 환갑을 맞은 나이가 됐지만, 베이비부머 세대에 속한 우리 세대는 대부분이 나라를 위해서, 직장을 위해서, 가정을 위해서 앞만 보며 쉬지 않고 달려왔다고 해도 과언이 아니다. 잠깐 멈춤을 누려 보지 못했다. 나 자신을 위한 작은 사치스러운 시간도 보낼 여유가 많이 없었다. 그렇게 산업 역군으로 일해 왔지만 직장이 어려울 때면 가차 없이 구조 조정으로 직장을 떠나야 했다. 나는 운 좋게도 좋은 직장에서 정년까지 일하게 돼 얼마나 감사한지 모른다. 이제 정년 후의 나의 삶은 나 자신을 위해서, 또 옆과 뒤를 돌아보며, 잠깐 멈춤과 삶의 여유를 느끼면서, 의미 있게 살고 싶은 생각이 간절하다.

얼마 전 직장에서 은퇴 예정자들을 위한 '은퇴 후 인생 2막을 어떻게 준비할 것인가'에 대한 교육을 받았다. 나이가 들면 가장 절실하게 필요한 것이 '건강, 돈, 친구'라고 한다. 인생 2막을 설계해 나가는 데 위 3가지는 내가 생각해도 필요충분조건인 것 같다. 그중 가장 중요한 것 한 가지를 꼽으라면 '건강'이라고 생각한다.

내가 몸짱을 만난 것은 2017년 어느 날이었다. 일찍 출근해 컴퓨터를 켰는데 그날따라 '고도원의 아침편지'가 눈길을 사로잡았고 우연찮게 그날 몸짱 운동 내용이 실려 읽게 되었다. 하루 10분 운동으로 튼튼한 허벅지를 만들고 식스팩을 만들 수 있다고? 웃긴다고 생각했지만 밑져야 본전이라는 마음으로 한 달만 해 보자 하고 몸짱에 입문하게 된다. 하지만 한 달만 하자던 처음의 계획과는 달리 나는 현재 1년 6개월째 몸짱에 몸담고 있다. 매일 10분씩 운동하는 것을 1년 이상 하루도 빠짐없이 해 왔다. 때로는 정말 하기 싫을 때도 있었다. 그러나 몸짱 운영 시스템인 조별 관리에서 나의 조장님이 기다리실 것 같아 미안한 마음에 운동하고 출석했고, 같이 운동하는 나의 동기들에게 기운 빠지게 하고 싶지 않아 또 운동하고,

고급반에 올라와 몸짱 리더가 되고 나서는 조장이어서 조원들에게 본을 보여야 해서 열심히 운동할 수밖에 없었다. 그랬더니 이제는 완전한 습관이 돼서 매일 밥 먹듯이 운동을 하고 있는 것이 아닌가? 운동을 하니 가장 득을 보는 것은 나 자신이다.

이제는 마라톤의 '마'자도 모르던 내가 마라톤 마니아가 되었다. 몸짱에서 마라톤을 피크닉처럼 놀아 보자는 취지로 마레닉 동아리가 진행되었을 때 주저 없이 참여했서 10km를 50분대에 거뜬히 주파할 수 있는 나로 성장하였고, 올해에는 새롭게 하프도 도전해 보려는 목표도 생겼다. 10km를 50분대에 뛸 수 있는 체력을 만들게 된 것은 몸짱 덕분이었고 나에게는 큰 행운이 아닐 수 없다. 이제 꾸준한 운동으로 체중도 요요 현상 없이 표준을 계속 유지하고 있다. 지금은 희미해졌지만 고급반 때는 식스팩을 복근에 그려 보는 영광도 누려 보았다.

몸이 건강해지니 저절로 마음에도 자신감과 여유가 생기는 것 같다. 전에는 무언가 늘 마음이 편치 않은 것들이 있었는데 지금은 그 마음을 객관화하여 바라보며 때로는 내려놓는 여유도 생겼다. 맘짱 과정을 마칠 때쯤 마음의 '어나오'도 매우 풍성해질 것 같다.

몸짱은 외길을 걷고 있는 현대인들에 꼭 필요하다고 생각한다. 그런데 많은 사람들은 아직 그 이유를 모른다. 특히 젊은 사람들은 더욱 그렇다. 몸짱에 입문하고 끈기 있게 붙어 있지 못하고 중간에 쉽게 포기하는 사람들을 보면 안타깝다. 1년만 몸짱에서 운동해 보면 떠날 이유를 찾지 못할 것이다. 하루에 10분! 말처럼 시간 내서 매일 운동하기는 쉽지 않다. 하지만 마음만 먹으면, 우선순위에 넣으면 그리 또 어려운 일도 아니다. 게다가 건강한 몸을 만들며 건강한 마음을 유지하는 몸짱 식구들을 만날 수 있다는 것이 인생에 있어서 얼마나 큰 자산이고 행복인지 누려 보지 못한 사람들은 이해하기 힘들 것 같다. 과연 이 가치를 돈으로 계산한다면 얼마나 될까? 현재 나에게는 누가 인정하든 말든 100억 이상의 가치가 있다고 자신 있게 말할 수 있다. 온라인에서의 몸짱 가족이지만 몸짱 오프 모임 때 만나 보면 그 가치를 길게 말하지 않아도 느낄 수 있을 것이다. 내 인생에서 가장 적당한 때 몸짱을 만나게 되었고, 도전하게 해 주었으며, 새로운 꿈을 꿈틀거리게 했고, 희망과 자신감도 장착시켜 주었다.

몸짱을 통해 새로이 생긴 꿈을 공유하고 싶다. 몸짱과의 인연 전에는 직장을 은퇴하면 편하게 푹 쉬면서 산에나 다녀야지 생각했다. 직장에 매여 가족들의 생계를 책임져야 하기에 하고 싶은 것은 거의 포기하고 오로지 직장에서 안 잘리고 끝까지 살아남는 게 내 삶의 목표였다. 그래서 사실 운 좋게도 정년까지 오게 됐지만 말이다. 그러나 몸짱을 만난 지금은 건강과 체력에 자신감이 생기면서 새로운 꿈을 만드는 중이다.

그 중 은퇴를 앞두고 몸짱에서 2019년에 실시하는 해외여행(2월 이집트, 5월 산티아고, 8월 노르웨이 트레킹)을 과감하게 다 신청했다. 이 3개의 굵직한 몸짱 여행을 다 가려면 직장에서 지금 맡고 있는 지점장 자리를 내려놓아야 한다. 주변에서는 유종의 미를 거두어야 한다며 극구 만류했지만 나는 결심했다. 지금의 1년보다 앞으로의 30년이 더 중요하기에 여행에 참여하는 것으로. 회사에는 지점장 보직에서 제외시켜 달라고 요청했다.

나는 앞으로 30년 이상의 세월에 자신감이 있다. 인생 2막을 준비하는 시점에서 그동안 아들로, 남편으로, 부모로, 상사로서 소임을 다하며 앞만 보고 달려왔지만 이제는 내가 도전해 보려는 것에 과감히 투자해 보려 한다. 청년의 기백을 가슴에 품으며 60부터의 인생 2막을 멋지게 그려 나갈 것이다. 분명 여행을 통해 새로운 영감과 방향 그리고 쉼과 힐링 그 이상의 것을 가득 채워 오리라 난 확신한다. 그리고 아내와 함께 하는 인생 2막도 새롭고 멋지게 구상해 갈 것이다. 이런 나의 꿈의 소망을 혼자 갖기에는 너무나도 아까워 세상에 알리고 싶어 글을 쓴다.

'~때문에'가 아니라 '~에도 불구하고'

_이인권

나는 지방 소도시에서 지극히 평범한 가정에서 태어났다. 고등학교까지 부모님과 같이 지내고 대학 진학 후 집을 떠나 하숙, 자취를 통해 결혼 전까지 독립적인 생활을 하였다. 부모님으로부터 주어진 '성실과 정직'이라는 신념 덕분에 그렇게 지내려고 노력하고 있다. 타인과는 협력적이고 우호적이다. 잘못되었다고 생각하지는 않지만 무언가 주도적이지 못한 느낌은 있다. 만약 내게 주어진 신념이 '자유와 책임'이었다면 어땠을까? 상상해 보기도 한다.

I Can Do It! 나의 '어나오' 미래 선언

하나, 나는 나 자신이 완벽하지 않다는 것을 인정하고 용서한다.

둘, 나는 꾸준한 운동, 절제된 식생활과 적절한 휴식으로 늘 몸과 마음을 건강한 상태로 유지한다.

셋, 나는 다른 사람을 대할 때는 봄바람같이 부드럽게 대하고 나 자신에게는 가을서리같이 차갑게 대한다.

넷, 건강 유지와 소셜네트워크 유지의 일환으로 2019년 중 마라톤 하프 코스(서브 2시간)와 풀 코스(서브 5시간)에 도전·달성한다.

다섯, 시골에 계신 어머님과 장모님에게 효도를 실천하는 모습을 아이들에게 보여 그들로 하여금 따라 배우게 한다.

여섯, 나는 행복한 노년을 보내기 위한 일환으로 형제간의 우애를 중요시하고 가족 모임을 꾸준히 갖는다.

일곱, 평생 학습을 목표로 배우는 것을 게을리 하지 않고 한 달에 2권 이상의 독서와 독서록 작성을 꾸준히 실천한다.

여섯, 다양한 이문화 체험을 위해 중국어 학습을 꾸준하게 하고 영어 TS 등급을 높인다.

일곱, 아내, 두 딸과의 소통을 위해 일주일에 최소 한 번은 개별 외식을 하고 가족 전체 식사는 1번 이상 한다.

여덟, 성찰을 통한 마음 근육을 키우기 위해 매일 일기쓰기와 10분 명상을 실천한다.

아홉, 지혜롭게 나이 들면서 적극적인 사회 활동을 통해 나의 성장을 도모하고 남의 성공을 돕는 사람이 된다. 이를 위해 몸짱맘짱 동아리 활동에 주인의식을 가지고 적극 참여한다.

열, 워라벨을 실천해 몸과 마음이 행복한 삶을 추구한다. 일할 수 있음에 항상 감사하고 휴식, 놀이에 균등한 시간을 배분하고 균형을 이룬다.

부유하진 않았어도 평범했던 집안 환경이 고1 때 갑작스럽게 경제적으로 어려움을 겪으면서 나는 새벽 신문 배달을 하면서 학업을 유지했다. 그러나 2학년 때는 담임 선생님의 적극적인 후원으로 지역 기관 단체에서 선정하는 장학생에 선발되어 수업료 걱정 없이 공부할 수 있었다.

대학은 나의 적성에도 맞고 학비도 들어가지 않는 사관학교, 경찰대학에 지원하려 했으나 신체적 결격사유로 원서조차 쓸 수가 없어 큰 좌절을 맛보았다. 먼 장래를 내다보라는 담임 선생님과 선배님의 조언으로 당시에는 생소했던 특수어를 전공하였는데 졸업 당시에는 그 전공을 살려 내로라하는 대기업에 입사할 수 있었다. 그리고 이 회사에 현재 29년째 다니고 있다. 운 좋게도 회사에서 지금의 아내를 만나 사랑하고 결혼했다. 결혼하기까지 장모님의 극구 반대를 어렵게 극복했고 지금은 두 딸과 함께 나를 반대했던 장모님을 모시고 살고 있다. 한국전쟁 때 간호장교로 참전하셨던 장모님은 지금까지도 시사에 밝으시고 결혼을 반대해서 그런지 나에게는 미안하다는 말씀을 자주 하신다. 하지만 딸아이 둘을 둔 지금 돌이켜 보면 당시 시골 출신으로 키도 작고 아무런 기반도 없던 나를 반겨 맞이할 이유가 없었던 장모님의 마음이 헤아려진다. 그땐 몸은 비록 건강했지만 마음은 황량한 들판같은 시기였던 것 같다.

직장인들이 대체로 그러하듯 젊었을 때는 젊다고 나이 들면 바쁘다는 핑계를 찾듯이 나역시 직장인으로서 건강관리가 쉽지 않았다. 일반적인 인간관계에서 생기는 스트레스 외에업무 성과, 승진, 음주, 흡연 등 나이 들어감에 따라 몸과 마음이 더 과로해지고 힘들어지는현실은 더욱 가중된다. 특히 나처럼 유전적인 건강의 어려움을 더 많이 지니고 태어난 경우에는 제대로 된 예방과 치유가 무엇보다 필요하다. 나의 친가와 외가 모두 고혈압, 당뇨, 암등으로 고생하고 계시거나 세상을 이미 떠나신 분들이 많다. 아버지는 이미 지병으로 소천하셨고 어머니께서는 20년 넘게 혈압과 당뇨 때문에 고생하시며 희귀한 세포 암으로 수술을 받은 지도 30년 가까이 되어 간다. 다행히 관리가 잘 되어 곁에 계시지만 늘 걱정이 된다.

2002년부터 '고도원의 아침편지'를 구독한 나는 내면을 터치하는 마음의 비타민을 통해내 자신에 대한 희망과 긍정의 불씨를 얻게 되었다. 하지만 머리로 아는 것과 행동으로 실천하는 것 사이에 갭이 있듯이 선뜻 작은 다짐 하나부터 온전한 나의 것으로 만드는 일은 결코쉽지 않았다. 그러는 사이 4년 반의 인도 주재원 근무 경험은 건강에 대한 경각심을 불러일으키는 절호의 기회가 되었다. 한여름에는 섭씨 45도를 넘나드는 날씨에 몸속의 진이 다 빠져나가는 느낌을 받았고 더위 때문에 냉방을 하게 되니 체온 조절이 뜻대로 되지 않는데다가 문화적 특성으로 인해 식단도 영향을 받게 되어 한국에서처럼 싱싱한 채소와 다양한 동물성 단백질 섭취도 제한을 받았다. 게다가 한국보다는 덜 춥고 길지 않은 겨울이지만 독가스실 수준에 가까운 오염된 공기와의 싸움은 몸과 마음을 더 힘들게 했다. 더욱이 차도와 인도가 제대로 구분되지 않는 열악한 도로 환경 때문에 거주지 인근에서 조깅을 하거나 산책을 할 수 있는 여건도 되지 않아 주말에 골프 라운딩 때 걷는 것이 그나마 누릴 수 있는 호사였다. 다행히도 큰 질병에 걸리지 않고 가족들과 함께 무사히 한국에 돌아온 것 자체가 감사한 일이었고 이로 인해 평소 건강관리가 얼마나 중요한지 절실히 깨닫게 되었다.

한국에 복귀한 뒤 해외에서의 생활로 재정비가 필요했던 건강에 있어 일이 바쁘고 많다는 핑계로 당장 시작하지 못하는 이런저런 이유를 찾고 핑계를 대며 1년 반 가까이 고민만 하다가, 2017년 10월 스스로 몸짱 운동장에 등록하고 입문했다. 몸짱 운동을 통해 마음 근육까지 성장시킬 수 있다는 가능성을 보고 나는 더욱 설레었다.

새싹반 시작 후 2~3개월 동안은 몸의 변화를 느끼기 어려웠다. 그러다 기초반을 이수하고 중급반 '디톡스 다이어트(디다)' 과정을 경험하면서 실제적인 몸의 변화를 느꼈다. 인바디 검사를 통해 이전의 골격근량 수치가 높아졌고, 내장 지방이 줄어들면서 체지방률은 상대적으로 줄어들었다. 수치만 긍정적인 결과가 아니었다. 대사증후군의 하나인 혈당 수치로 애를 먹었는데 그 혈당 수치가 세상에나 거의 정상 수준 가깝게 내려온 것이었다. 게다가 안색에 생기가 돌았고 몸도 가벼워짐을 느끼게 되었으며 늦은 회식이나 피로감이 과중되었을 법한 상황에서도 이전만큼 몸이 고단하지 않음을 몸이 말해 주고 있었다. 건강에 대한 자신감이 조금씩 높아지면서 나의 내면의 안정감도 점점 높아져 갔다.

몸짱을 통해 생활 습관화된 나의 무기들이 있다. 중급반 필독서를 통한 실천 항목을 내 스스로 정하였고 머리가 좋아하는 음식이 아닌 세포가 좋아하는 음식을 구분하여 장의 환경을 좋게 만드는 식습관을 지키기 위해 매일 노력하고 있다. 또한 매일 앉아서 근무하는 사무실 환경에서도 서서 일하는 시간을 되도록 많이 만들어 내고 있고, 계단을 보면 계단 오르내리기, 출퇴근 때, 해외출장길 비행기 기내 복도에서도 호텔방에서도 장소, 시간에 구애받지 않고 몸짱 동작 수시로 하기 등 몸을 움직이는 생활 습관을 유지하고 있다. 더욱 고무적인 것은 고급반에 진입한 시점부터 마라닉 동아리를 통한 달리기 운동을 더하게 되면서 혈당 약을 먹지 않고서도 혈당이 정상치 수준으로 유지되고 있다는 점이다. 이것은 나에게 가족력으로부터 오는 위험 유전자 영향에 있어서 기적과도 같은 엄청난 변화이다. 처방 약을 먹지 않는다는 그 자체를 넘어, 내가 스스로 선택한 몸짱 운동을 통해 꾸준히 운동하며 생활 습관화한 것들로 이러한 변화를 이뤄 낼 수 있다는 자신감이 더욱 중요한 가치로 다가온다.

흔히 우리는 무언가를 얻기 위해 무언가를 포기해야 한다고 생각한다. 하지만 몸짱맘짱에서는 '~때문에'가 아니라 '~에도 불구하고'의 정신으로 성공한 사례가 다양하게 있다. 나 역시도 직장 생활 때문에 건강 유지를 못 했다가 아닌 직장 생활과 건강 유지를 동시에 이루어 나가는 성공 사례 중 한 명이라 자부한다. 몸짱에서는 몸과 마음이 따로 분리되지 않음을 가르쳐 준다. 건강은 모든 행복의 근원이다. 몸이 건강하면 마음도 건강한 방향으로 저절로 따라오게 됨을 배웠다. 몸의 독소를 키우는 가장 큰 원인이 스트레스인데 스트레스는 마음을 정화 시키는 명상을 통해 통제가 가능함을 터득하게 되었다. 또한 고급반 몸짱 리더 조장으로 활동하면서 타인을 이해하고 배려하며 응원과 사랑의 에너지를 전달하는 역할을 하면서 마음의 근육을 키우는 밑거름이 되었다. 남들이 나를 싫어할 권리가 있음을 마음으로 받아들일 수 있는 여유도 갖추게 되었고 그들도 나와 같이 스스로가 잘되기를 바라며 행복하길 원하고 그들도 그들의 인생에 대해 배우고 있는 중이라는 것을 깊이 공감하게 되었다. 내게도 분노할 권리는 있다. 하지만 타인에게 잔인하게 대할 권리는 없음을 안다. 웬만한 자극에도 이제 나는 긍정적으로 대할 수 있는 넉넉한 마음의 품이 생겼다. 좌절했다가도 금새 원상태로 돌아올 수 있는 회복 탄력성을 키우고 있으며 그것들을 실천할 수 있는 나만의 노하우를 하나하나씩 터득해 가고 있다. 머리로만 계획하는 것이 아닌 실제 삶에서 행동으로 옮기며 실천해 나가고 있는 나의 이런 모습이 자랑스럽다.

이렇듯 몸짱 운동을 통해 실제로 실행하는 방법을 배우게 되면서 이제는 그 움직임으로 인해 새로운 활력을 부가적으로 얻고 있다. 주변에서 흔히 찾아볼 수 있는 피트니스 센터와는 다른 '그 무엇'이 몸짱 운동장에는 분명하게 있다. 몸짱은 우리 모두가 주인공이며 멘토이자 멘티가 된다. 그리고 진정한 사랑을 느낄 수 있는 진짜배기 감정들이 살아 움직인다. 운동을 의무화하여 시키지 않는다. 운동을 재미있게 할 수 있게 앞뒤 양옆에서 이끌어 준다. 그리고 가장 핵심적인 것은 '혼'을 느낄 수 있는 공간이라는 것이다. '혼이 담긴 시선'으로 서로를 바라보고 응원해 주는 건강 공동체 몸짱! 몸짱이 있어 감사하다.

인생은 배움의 연속이다. 태어나서 죽을 때까지 배워야 한다고 한다. 학사, 석사, 박사 학위를 다양하게 갖고 있다 하더라고 내면의 아름다움을 가꾸는 배움은 평생 해 나가야 한다. 맘짱에 입문하며 이너뷰티를 가꿀 수 있는 기회가 내게도 주어져 든든하다. 최근 회사에서 새로운 업무로 인해 무거운 마음으로 잠깐의 지침이 있었다. 누가 뭐래도 직장인에게 있어 승진은 가장 큰 동기부여가 되는데 승진 문제로 나 자신을 절망과 선망의 감옥에 가두고 한때 힘들어 한 적도 있었다. 하지만 나는 몸짱에서 배운 '어제보다 나은 오늘' 정신으로 잘 이겨낼 것이며 보다 더 좋은 길이 열릴 것이라고 희망한다.

평범하지만 위대한 일상을 살아가고 있는 몸짱 가족들과의 교감을 통해 편협한 자신을 오픈하게 되는 자리이타를 실천할 수 있는 몸짱 운동장은 100세 장수 시대에 걸맞은 인생 대학이다. 난 몸짱 인생 대학이 생기면 내가 경험한 인생을 후배들에게 전해 주는 멋진 인생 선배가 될 것이다. 나는 참 운이 좋은 사람이다. 그리고 "시궁창 같은 환경 속에서도 나는 참 운이 좋은 사람입니다."라고 자신 있게 말할 수 있는 내가 되도록 오늘도 노력한다.

모든 행복의 출발은 건강이다. 당신도 행복을 키울 수 있다. 그리고 이렇게 외쳐 보길 바란다. "I'm Great! You're Great! We're Great!"

건강한 가장이 행복한 가정을

_신동운

나는 예쁜 가정을 갖고 싶다던 소망을 이루었다. 딸 하나, 아들 둘 그리고 아내, 어머니, 무엇 하나 부러울 것 없는 삶을 살아가고 있다. 한 가정의 가장으로 부러울 것 없는 삶을 유지하며 지탱해 주는 것은 다름 아닌 '건강'이라 생각한다. 나이가 들면 얼굴에 주름지고, 머리카락이 빠지고 몸의 근육은 감소된다. 자연스러운 현상이지만 근육은 나이가 들어도 스스로가 지킬 수 있다. 그래서 선택한 것이 몸짱 운동이다.

I Can Do It! 나의 '어나오' 미래 선언

하나, 나는 몸짱맘짱의 긍정의 기운으로 재정적 기반을 이룬다.

둘, 나는 몸짱맘짱에서 주관하는 외국어를 통하여, 외국인과 소통하는 사람이 된다.

셋, 나는 몸짱님들과 마레닉을 통한 건강한 삶을 영위한다.

넷, 나는 유년기에 꿈꾸었던 시인의 꿈을 이룬다.

다섯, 나는 몸짱맘짱에서 이룬 꿈들을 나누는 몸짱맘짱 강사가 될 것이다.

여섯, 나는 가곡으로 나의 삶에 활력을 준다.

일곱, 나는 달리는 명상가다.

여덟, 나는 최고의 몸짱맘짱 아들, 아버지, 남편이 될 것이다.

아홉, 나는 생각이 바른 사람을 키워 내는 명상가가 될 것이다.

열, 나의 남은 생애 동안 위의 9개의 어나오 선언을 이루며 시 쓰고, 노래하고, 달리며 웃음

넘치는 삶을 살아갈 것이다.

어린 시절부터 나는 앞에 나서기를 좋아했다. 무엇을 하라면 손들어 하겠다던 적극적인 소년이었다. 초등학교 3학년 때 그림을 그렸는데 선생님께서 잘 그렸다고 게시판에 붙여 주며 칭찬해 주셨던 기억이 난다. 선생님의 칭찬에 용기가 샘솟았다. 그리고 5학년 때 연극으로 읍내 초등학교 대회에 나갔던 경험, 6학년 때 동시를 멋지게 썼던 기억이 새록새록 떠오른다. 중학교 시절에는 글짓기 반에 들어가 활동도 하고 웅변도 했었다. 그러다 교생 선생님이 들려 주셨던 가곡『비목』,『동그라미』에 흥미를 갖게 되었다. 고등학교 시절에는 중학교 때 활동했던 웅변을 이어 나갔고 길 문학회 회장이 되어 시화전을 주최했었다. 다양한 끼와 예술적 감각이 있었던 나는 대학은 전혀 상관없는 전자공학을 전공했다.

아버님은 아들이 안정된 직장을 갖기를 원하셨다. 문학은 험한 세상을 살아가기에 힘든 직업이기에 전자공학을 전공해서 공기업에 취직하기를 원하셨다. 나 또한 안정된 직장을 원했기에 한국전력공사에 입사했다. 1997년 IMF가 터졌던 해였다. 한국전력공사에서 SCADA(전력설비를 원격에서 조작할 수 있도록 설비를 관리해 주는 역할)을 수행하며, 22년째 근무하고 있다. 회사 생활을 하면서 시대의 변화에 맞춰 신기술을 습득하기 위해 대학원에 진학해 '변전소 전력 제어 설비 IEC61850 적용 방안에 관한 연구'로 석사 학위를 취득했다.

2016년 5월 충주로 출장을 가게 되었다. 설비 점검 중 '깊은산속 옹달샘' 이정표가 눈에 띄었다. 마음에 담아 두었다가 인터넷으로 웹페이지를 검색해 보았다. 그때 마주한 몸짱 프로젝트! '바로 이거다.'라는 생각에 6월 1일부터 참여하게 되었다. 그 후 지금까지 끊임없이 몸짱 운동으로 건강을 지키고 있다. 그러면서 마레닉을 시작했고, 현재 하프에 도전할 만큼의 체력도 쌓았다. 그리고 맘짱 1기로 합류 중에 있다.

몸짱을 하고부터 나는 매달 인바디 검사를 한다. 인바디를 측정해 보면 어떤 신체 변화가 있는지 알 수 있다. 몸의 전체적인 변화는 운동과 식습관이 좌우한다고 본다. 몸짱 입문 후 1년 넘게 나는 스쿼트를 매일 100개씩 생활화했다. 그리고 중급반을 통해 식습관을 전면 바꾸고 머리가 좋아하는 음식이 아닌 장이 좋아하는 음식으로 변화시켰다. 그랬더니 적정 몸무게 유지, 체지방 감량 그리고 근육량 증가라는 선물을 얻을 수 있었다.

그리고 2018년 1월부터 몸짱 안에서 마레닉(마라톤+트레킹+피크닉)을 시작했다. 런데이 앱을 통해 하루에 30분씩 쉬지 않고 달리는 습관을 만들었다. 처음에는 숨이 가쁘고 힘이 들었는데 점점 가뿐해 지면서 30분에 달리는 거리는 점점 늘어났다. 매일 5km~10km를 달리면서 자신감이 생겼고 각 지역에서 주최하는 마라톤대회에도 출전하게 된다. 첫 마라톤 대회에 10km를 1시간 안에 들어오는 기분 좋은 경험을 했다. 그 이후 몸짱 가족들과 서울 한강 나이트 마라톤에 참여하게 되었고 기록을 앞당겼다. 청원 생명쌀 대청호마라톤 대회에서는 하프(22km)를 달려 완주했다. 2018년 10월 춘천국제마라톤은 몸짱 가족 40여명이 함께 단체 출전하여 전원 완주하는 쾌거를 이루기도 했다.

2019년 3월 17일 동아마라톤 대회 드림팀즈가 단체출전을 기획하여 50여명이 출전 하였다. 나는 풀코스(42.195 km)신청, 나의 한계를 시험해 보았다. 달리면서 1년 여간 달렸던 기억이 파노라마처럼 스쳐지나갔다. 더운 여름 25km 이상 달려 방전된 나를 픽업하기 위해 선뜻 와준 아내, 동계훈련기간 나태해져가는 나를 다시 일으켜 세워준 드림팀즈님들의 사랑이 42.195km를 완주하게 했다. 4시간28분56초 훈련 시 페이스를 유지하며 달렸기 때문에 그리 힘들지 않았다. 그것은 몸짱 운동으로 하체근력을 튼튼하게 단련시켜준 덕분인 것 같다. 나는 도전하고 싶다. 인생 100세 시대에 매년 1회 풀코스를 도전하는 것이다.

한 가정의 가장으로 아이들은 커 가고 교육비며 생활비며 들어가야 할 돈은 많아지고 수입은 한정되어 있고 많은 고민이 있을 나이이다. 2016년 정기 검진을 받았는데 아내가 갑상선 암을 선고받았다. 남들은 갑상선 암을 대수롭지 않게 생각했지만 본인이 느끼는 심적인 혼란은 이루 말할 수 없었다. 그때부터 식습관을 바꾸고, 규칙적으로 운동하면서 무사히 수술에 성공해 현재까지 무탈하게 보내고 있다. 수술을 위해 수많은 검사를 받고 수술 후 회복실로 옮길 때 소독약 범벅이 되어 나오던 아내의 모습에서 안도의 눈물이 핑 돌았다. 매 순간 만족하며 살아가는 아내, 공부하는 아이들에게도 건강의 소중함을 피부로 느낄 수 있는 계기가 되었다.

가장이 건강해야 가정이 행복하다는 것을 알기에 운동하는 남편, 아빠의 모습으로 매일 본을 보이며 지내왔다. 그러자 언제부턴가 아내도 아이들도 나의 도전에 관심을 갖기 시작했다. 거실에서 아빠가 몸짱 운동을 하면 따라 하더니 이제는 본인들의 방에서 공부하다가도 틈틈이 운동하는 모습이 보인다. 가장 큰 변화는 무엇이든지 꾸준히 하면 성과를 얻을 수 있다는 모습을 아이들이 보고 배우는 것 같다. 뱃살 빠진 아빠 모습, 꾸준히 실천하는 아침 단식, 규칙적인 몸짱 운동, 맘짱 활동 독서실천. 무엇이든지 열심히 노력한다면 어제보다 나은 오늘 '어나오'정신으로 하루하루 도전하다 보면 못할 것이 없다는 것을 내 자녀들에게도 행동으로 직접 가르쳐 준 귀중한 시간들이었다. 나는 오늘도 되뇌인다. "나태해지지 말자. 가정을 화목하게 하려면 가장이 가장 건강해야 한다."

나의 장점은 무언가를 꾸준히 하는 것이다. 맘짱을 하면서 책을 읽는 방법, 책을 음미하는 방법 등을 체득했다. 언제부턴가 마음만 먹으면 한 달 또는 하루에 한 권의 책을 읽을 수 있는 끈기를 갖게 되었다. 그리고 글 쓰는 훈련도 더불어 성장했다. 요즘 하는 것은 많이 읽고 쓰는 것이다. 말을 많이 하다 보면 주워 담지 못할 말을 해서 실수를 하게 된다. 하지만 글은 정제된 언어로 표현하게 하는 지혜를 가져다준다. 한 번 더 생각할 수 있는 것이다. 몸짱 시작과 동시에 읽은 책을 헤아려 보니 50여 권이다. 2016년 중반부터 시작했으니 1년에 약 15권 정도 책을 읽은 셈이다. 그 중 『마음교정』(오원교 저)은 몸짱맘짱의 32개월을 모두 정리해 주는 것 같다. 용어의 정의부터 진일보된 전문적인 용어를 읽히고 마음에 새김으로써 지도자의 길을 가는 데 도움이 되는 것 같다. 제일 와닿은 부분은 '기도와 명상하기를 통해 에너지를 보존하고 뇌에 쉼을 주는 법을 터득한 사람은 쉽게 방전되지 않는다.'는 것이다. 몸짱맘짱을 통해 배운 명상과 일맥상통하는 부분이었던 것 같다. 몸짱에 이어 맘짱을 정리하는 시간 속에서 『마음교정』 한 권의 책이 나의 남은 인생에 지혜의 힘을 더해 줄 것이라 생각된다. 앞으로 한 달에 2권의 책을 읽는 습관을 가지려 한다. 그리고 한 편의 에세이 형식의 글을 쓰는 습관도 키우려 한다.

꿈은 현실이라고 말하고 싶다. 현실을 춤추게 하기 위해서는 꿈이 꼭 필요하다. 나이 오십에 무슨 꿈이 있냐고 묻는다면, 나의 어나오 선언처럼, 꿈이 있기에 지금의 현실이 살 만한 가치가 충분히 있다고 말하고 싶다. 말하는 대로, 꿈꾸는 대로 이루어진다는 사실을 몸짱맘짱을 통해 알게 되었다. 그리고 나의 꿈도 여실히 실현되어 가고 있는 중이다.

행복의 허브 '드림팀즈'에서 만들어 가는 행복의 조각, 꿈의 조각 퍼즐들이 모아지고 있다. 매우 다채롭고 개성이 넘치며 오묘한 컬러의 퍼즐들이 한 데 모이는 위대한 예술이 되어가고 있고 멋진 하모니를 이루고 있다. 그 조각 퍼즐 중에 나의 것도 있음에 감사하다. 그 꿈의 조각에 사랑하는 가족과도 함께 퍼즐을 맞추길 원한다. 나의 사랑하는 아내도 자신의 꿈을 실현하기 위해 오늘도 노력하고 있다. 나는 그녀의 꿈을 돕는 조력자이며, 공동의 꿈을 이루기 위해 노력한다. 어쩌면 아내는 꿈을 이루었는지도 모른다. 꿈의 공방을 차리고, 본인의 재주를 맘껏 뽐내며 좋아하는 일을 하는 것을 옆에서 지켜보는 것만으로도 행복하다. 큰아이도 꿈을 이루는 중이다. 간호사의 꿈을 위하여 간호학과에 진학하여, 새로운 세계로의 출발을 준비하고 있다. 둘째는 피아노과를 생각하다가 다른 꿈을 펼치기 위해 공부에 더욱 전념하고 있다. 모르면 알 때까지 파고드는 그 녀석의 정열에 박수를 보내고 싶다. 셋째는 끈기가 남달라 모든 것을 꾸준히 하는 장점을 갖고 있다. 최근 태권도 지도자를 할 수 있는 4품 자격도 취득했다. 우리 부부는 세 그루의 나무를 정성스럽게 키우고 각 그루의 나무들이 가장 그 나무답게 견고히 뿌리를 내리며 많은 이들에게 그늘을 제공해 주는 이타적인 삶도 이뤄 내는 사람이 되도록 조력할 것이다. 우리 가족에게는 이미 꿈 너머 꿈이 있다. 이러한 모든 과정이 즐겁고 행복한 것은 몸짱맘짱의 행복과 긍정 기운이 함께하기 때문이다.

많은 사람들이 간 길이라면 믿고 따라가 보는 것도 의미가 있을 것이다. 몸짱 운동장에 펼쳐진 다양한 몸짱 스토리를 읽고 길 헤매이지 않고 시행착오를 덜 겪는 현명한 분들이 많이 생겨났으면 좋겠다. 그리고 나와 같이 몸짱을 넘어 맘짱으로 건강한 자신의 모습을 소개할 수 있기를 희망한다. 10분의 운동이 시시하다고 생각될 수 있지만 이는 모르고 하는 이야기이다. 하루 10분의 시간을 꾸준히 실천하다 보면 어느새 말 그대로 몸짱이 되어 건강하게 변화된 나를 발견할 수 있다. 지금 이 글을 쓰면서도 내 삶에 다양한 도전을 이루게 해 준 몸짱맘짱의 일원이 된 것에 감사하다.

나는 매일 매일이 행복한 사람이다. 어제보다 나은 미소를 짓는 나를 매일 아침 대면한다. 천천히 더디게 가더라도 몸짱과 함께라면 그 무엇이라도 반드시 이루어지며 그것이야말로 참되고 아름답고 의미 있는 꿈이 아닐까 생각한다. 오늘도 열심히 운동하고 명상하며 나의 귀중한 시간을 내 몸과 마음에 저장한다. 몸의 근육도 커져 가고 마음에도 성장하는 근육을 통해 내가 있는 가정, 직장, 몸짱 운동장에서 웃음꽃 피는 행복 바이러스를 오늘도 전한다.

주변의 시선보다 나에게로의 집중

_김경희

앞만 보고 열심히 사는 것이 잘 사는 삶이라고 생각한 사람, "운동해야지." 하면서 수없이 시작만 했던 사람, 넉넉해 보인다는 말을 혼자만 좋게 해석했던 사람, 나는 운동할 시간이 없는 사람이라고 애써 부정했던 사람. 인생 후반전을 살고 있는 내게 '삶의 질'을 변화시켜 준 몸짱맘짱에서 나는 새로운 꿈을 다시 꾼다. 100세 시대를 준비하며 더욱 건강하면서 에지 있는 생활 습관과 성장과 도전을 통해 긍정적인 변화를 만들어 내는 이곳에서 나는 매일 매일 젊어지고 있다.

I Can Do It! 나의 '어나오' 미래 선언
하나, 나는 말씀 묵상, 기도, 명상으로 하루를 여는 아침형 인간이다.

둘, 나는 몸짱 운동으로 BMI지수 정상 범위를 유지하는 사람이다.

셋, 나는 남편과 아들, 딸의 모습을 있는 그대로 사랑하며 기쁘게 돕는 사람이다.

넷, 나는 몸짱 동아리 사람들과 함께 마라닉을 즐기는 사람이다.

다섯, 나는 생활에서 물건은 단순하게, 정신에서는 풍성한 삶을 사는 사람이다.

여섯, 나는 몸짱맘짱 모든 단계를 이수하여 다른 사람을 돕는 건강한 힐러이다.

일곱, 나는 지금의 공동체, 결연 아동에게 지속적으로 후원하는 사람이다.

여덟, 나는 연 1회 이상 피정, 여행으로 잠깐 멈춤을 하는 사람이다.

아홉, 나는 고전, 외국 서적을 읽고 글쓰기로 나누는 사람이다.

열, 할 일을 지혜롭게 선택하고 집중하여 소속한 공동체에 기여하는 사람이다.

　100세 인생에서 후반기를 넘어 어느덧 50대 중반이 되었다. 우리 아버지는 외아들이라 등 떠밀려 일찍 결혼하였고 나는 4남매의 맏이로 태어났다. 나는 거의 부모님과 떨어져 할배, 할매한테서 양육되었고 외로움을 묻은 채 무던한 아이로 자랐다. 겉보기로는 사회에서 정해진 단계로 정규 학과 과정을 마쳤고 무난하게 살아왔다. 사범대학을 졸업하고 중등 교사로 경북에서 교직을 시작하여 경기도로 옮겨 지금까지 근무하고 있다. 2012년부터 교육법으로 새롭게 도입된 수석교사로 임명받아 동료 교사들의 수업 성장을 지원하는 역할을 8년째 수행하고 있다. 또, (사)좋은교사 수업코칭연구소 교사공동체와도 함께 공부하고 성장하는 훈련을 했다. 학교에서 주어진 새로운 위치의 역할이 나의 교직 생활에 있어 다양한 성장과 고통을 주었다. 25년간 학생들을 가르쳤던 경력과는 달리, '관계와 역할'에서 좌충우돌하는 경험도 했다.

　2008년 1월, 60대셨던 부모님의 교통사고 소식은 나의 생활에도 큰 변화와 고난의 시간으로 이어졌다. 어머니는 그 자리에서 하늘나라로 가시고, 아버지는 코마 상태가 되었다. 이때부터 나는 4남매의 맏이로 나를 키워준 80대 후반의 노할매와 60대 아버지를 간병하는 생활이 시작되었다. 직장 생활을 하면서 수원에서 안동으로 오가는 생활이 9년간 지속되었다. 엎친 데 덮친 격이라고 했던가. 2013, 2014년에 다시 연이어 교통사고가 생겼다. 이번에는 노할매와 나의 아들의 큰 교통사고였다. 병원을 오가는 생활이 또다시 시작되었다. 아들의 중상을 대면하고는 직장 생활을 내려놓고 병원 간호에만 몰두해야 하나 일생일대의 심각한 고민을 하기도 했다. 하지만 인생의 깊은 좌절과 상실감, 불쑥불쑥 복받쳐 올라오는 감정들을 받아내며 끝까지 직장 생활을 해냈다. 아니다. 버텼다는 말이 정확한 표현일 것이다. 이것은 마치 내가 감당하고 해야 할 일이라고 생각하며 불어 닥친 맞바람을 온몸으로 맞으며 버틴 것 같다. 가까이서 지켜보는 분들이 어떻게 감당하고 있는지 놀랍다며 많이들 위로해 주었다. 하지만 정작 내 몸에는 신경 쓸 여유가 없었다. 몸이 힘들다고 수없이 아우성을 쳐댔지만, 그런 소리를 들어주기에는 내 삶이 팍팍하여 해결해야 할 역할과 과업이 도리어 사치스럽게 여겨졌다. 족저근막염 치료, 대사증후군 경고를 받고 몸이 가려워지는 것을 심각하게 느껴갈 때쯤 몸짱 운동이 내게 찾아왔다. 몸짱 운동을 발견하여 선택한 것은 진심 행운이었다. 2016년 10월 어느 날. 그날따라 '고도원의 아침편지' 밑글에 눈길이 갔다. 10분만 투자하면 된다는 말이 믿기진 않았지만 우아한 몸짱 댄스 영상을 따라 하면서 무언가 나를 끌어당기는 듯한 묘한 '끌림'을 느꼈다. 그렇게 만난 몸짱! 약 10여 년 간 저점으로 바닥을 치며 치열한 생활로 버텨 왔던 내게 몸짱 운동장은 '오아시스' 그 자체였다. 그동안 앞만 보고 살았던 내게 몸, 마음, 영의 세계를 정비하는 시간을 가져다주었다.

약 5개월간은 몸짱 운동장 안에서의 적응기가 필요했다. 사실 모든 것이 어설펐다. 준비운동 없이 운동하다가 부상을 입기도 했고, 바쁜 마음으로 안내 영상을 어설프게 보고 내 맘대로 동작하기, 사진 및 동영상 올리는 부분에 대한 거북함 등... 하지만 천천히 아주 천천히 10분이라는 시간이 내 몸에, 내 세포에 스며들게 되었고 몸짱 가족분들의 응원에 큰 힘을 받으며 유지해 나갔다. 혼자라면 분명 작심삼일로 끝났을 법한 불가능한 일이 내게 가능함으로, 기적으로 다가왔다. 전문가로부터 지도를 받거나 헬스장 회원 등록을 해야만 운동이 가능하다는 고정관념을 바꿀 수 있었다. 무엇보다 나 스스로 내 몸의 코치가 될 수 있다는 것, 그리고 그 진짜 경험이 다른 사람에게 멘토가 되어 줄 수 있다는 것을 체험했다. 나의 성장이 다른 이의 희망이 되어 주는 곳! 그곳이 바로 몸짱 운동이다.

누구나 삶의 우선순위가 있다. 나는 항상 일이 우선순위에 놓여 있던 사람이었다. 운동하는 10분, 그 짧은 시간조차 만들어 내기가 쉽지 않았다. 마음먹고 운동을 시작했음에도 채 3분도 지나지 않아 머릿속에서 해야 할 다른 일이 떠올랐고 일이 우선순위였기에 나는 운동을 멈추는 일이 종종 생겨났다. 이래선 안 되겠다 싶어 10분씩 타이머를 맞추어 놓고 온전히 몸짱 운동에만 전념하기를 시도했다. 이수 조건에 맞추어 출석하며 작심삼일이 되지 않도록 마음을 다잡으며 진행해 나갔다. 흐트러질 것 같은 상황이 오면 주변 사람들과 몸짱 가족들에게 말과 글로 선포하며 매일 하루 10분 몸짱 운동을 빠지지 않기 위해 애썼다. 이렇게 몇 개월이 지나니 운동에 대한 재미를 느끼게 되었고, 더군다나 실질적으로 몸의 변화까지 경험하니 완전히 달라졌다. 운동이 나의 활동 우선순위에 들어온 것이다. 생활 속 자투리 시간이 주어지면 가장 먼저 하는 것이 운동이 되었고, 내가 좋아하는 몸짱 동작들을 언제 어디서든 하게 되었다. 나에게 몸짱 운동에서 변화를 가져다준 터닝 포인트는 두 가지이다.

첫째는 2017년 5월, 1주년 몸짱 오프모임에 참석하기 위해 혼자서 '깊은산속 옹달샘'을 방문한 일이다. 1997년부터 '고도원의 아침편지'를 받아 오다가 언젠가 한 번은 꼭 방문하고 싶었는데 몸짱 운동이 나를 처음으로 안내했다. 여기서 맞이한 아침 공기, 아카시아 꽃향기가 코끝으로 다가오는 곳에서의 냉온욕 스파, 온라인 몸짱 가족들과 처음 대면했지만 마치 10년 지기를 만난 것 같은 편안함 등 그날 내가 경험한 모든 순간을 통해 나는 그 이후 몸짱 운동을 더욱 적극적이고 열심히 하게 되었다. 얼굴을 대면한 '좋은 만남'이 나를 더욱 도전하게 하는 비타민이 되어 준 것이다.

둘째는 몸짱 중급반에서 디톡스 다이어트(디다) 단식을 경험한 것이었다. 내 생애에서 생활 속 10끼 단식은 꿈도 꾸지 않던 일이었다. 그런데 몸짱 가족들은 하는 것이 아닌가! 몸짱 가족이 한다면 나도 할 수 있겠다 싶어 주변 가족, 동료들에게 먼저 선포하고 도전하였다. 안내문을 천천히 읽고 메모하며 먼저 한 분들의 경험담을 바탕으로 따라 했다. 2017년 7월의 무더위에 근무하면서 안내대로 단식을 완료하고 단식보다 더 어렵다는 보식까지 했다. 단식과 보식 이후의 몸의 변화를 확실히 경험하니 몸짱 운동에 대한 믿음은 확고해졌다. 인바디에서 말해 주는 수치의 변화는 나를 더욱 고무시켰고, 그 확고한 믿음을 행동으로 꾸준히 실천하게 하는 원동력이 되어 주었다. 그동안 나는 체지방 과다로 중등도 비만까지 진입한 단계였는데 2년간 두 번의 10끼 단식으로 조금씩 변화하여 체지방을 몸짱 운동 시작 전의 절반으로 내렸다. 무엇보다도 놀라운 사실은 수치보다도 가벼워진 몸으로 인해 내가 느끼는 마음의 가벼움, 일상생활에서 오는 자신감이 뿌듯하고 자랑스럽다. 그리고 몸에 대한 새로운 인식, 특히 장 건강에 대한 생각이 완전히 바뀌게 된다. 내 의지대로 소화 기관을 일년에 한두 차례는 쉬게 해 주고픈 나만의 선물을 내 몸에 줄 수 있는 깊은 단전의 힘이 생긴 것이 가장 반가웠다. 앞으로도 1년에 한 번 정도는 단식을 스스로 경험하며 보식으로 지혜롭게 내 몸을 쉬게 해 줄 것이다. 장이 쉬어야 내 몸이 쉴 수 있다는 것을 경험을 통해 배웠다. 몸짱 중급반을 이수할 때쯤, 변화된 나를 보고 주변 사람들이 비결을 물어왔다. 건강해진 나의 몸의 변화가 다른 사람에게 관심 대상이 되었다는 것이 또 다른 운동의 묘미가 되었다. 나는 신나서 몸짱 운동을 소개하고 친구 추천 기회를 적극 이용했다. 함께 같은 동작으로 운동하는 내 지인들을 보는 것도 또 다른 동기부여가 되었고 댓글로 사랑과 관심을 가득 담아 독려했다. 하지만 처음에 신나게 시작했던 분들이 몇 개월 못 가서 그만두는 것이 아닌가. 운동의 필요성, 몸의 변화를 원하긴 했지만 실제 삶 속으로 습관화하지 못하는 여러 이유를 내게 말해 주었다. 가만히 관찰하면 운동이 생활에서 우선순위가 되기까지는 본인의 의지와 노력, 그리고 결정적인 몸의 변화를 경험해야 하지 않을까 한다. 거기에 주변 제반이 도와주면 더욱 더 좋을 것이다. 그래서 나는 몸짱운동장의 조별 시스템, 이수 조건, 몸짱 과정별 커리큘럼 등을 인정한다. 작심삼일로 끝날 수 있는 운동을, 혼자 해야만 이뤄낼 수 있는 따분함을, 생활의 우선순위에 밀린 운동이 습관화가 될 때까지 앞뒤로 도와주며 체계적으로 이끌어주는 몸짱 시스템이 참 좋다. 중간에 포기한 지인들도 다시 새롭게 중급반까지는 꼭 도전해 보라고 전하고 싶다. 내 몸의 건강은 그 누구도 만들어 줄 수 없는 것이니까! 건강할 때 더욱 건강한 삶을 가꾸고 살아가는 것, 그것이 행복한 삶의 바탕이 아닐까 한다.

몸짱 단계로 올라가기 위해 고군분투했던 험한 산 하나가 있었다. 바로 '플랭크'였다. 고급반에서 지도자준비반(지준반)으로 향하기 위해 무던히 연습했던 플랭크를 나는 장장 8개월 동안 조금씩 연습했다. 처음에는 15초 하고도 헉헉거렸다. 1분을 목표로 매주 5일은 플랭크 연습을 했다. 그 후 매일 1초씩 늘여가기 위한 나만의 '어나오' 계획이 생겼다. 드디어 2분이 되고 또다시 한 참 머물다가 3분, 최종 4분이 되었을 때의 그 희열은 지금 다시 생각해도 미소가 지어진다.

지준반에 올라오니 새로운 세계가 나를 이끌었다. 지준반에서는 독서, 마음을 돌아보기, 내가 살아온 인생에 호흡을 정돈하며 정리하는 시간, 명상법 등을 배우면서 그동안 몸의 근육을 만들었다면 마음의 근육을 새롭게 점검하고 정비하는 시간이었다. 나는 지준반에서 마음이 자라나는 성장과 더불어 성숙을 장착할 수 있었다. 마음, 나도 모르던 때부터 양육되어온 환경, 그 속의 기억들이 지금 나에게 보이지 않은 영향을 끼치고 있었다. 현재의 시선, 판단이 나의 살아온 경험과 연결되어 있다는 것을 느낀다. 나를 있는 그대로 봐 주는 혼이 담긴 시선 훈련을 지준반부터 했다. 이제 50대 중반에 접어들면서 글쓰기를 통해 나의 내면 정리를 하고 있다. 상담 심리 대학원과 여러 집단 상담 경험 등이 있던 나는 이전에 많은 것을 풀어냈다고 생각했는데 맘짱 과정을 통해 들여다보았던 나의 내면을 마주하며 또 내가 힘들었던 상황에 그대로 머물러도 보며 온전히 나를 수용해주는 것이 얼마나 큰 편안함으로 다가오는지 새삼 감사하다.

　이전의 나는 정해진 숙제를 제시간에 못하면 조바심이 심했다. 초등학교 때부터 그랬던 것 같다. 덕분에 준비는 잘 해갔지만 내 성에 차지 않을 때면 나를 아주 들들 볶으며 못살게 굴었다. 성인이 되고는 교사 연수로 많은 시간을 보내면서 나를 들볶는 부분들이 열등감, 착한 사람 콤플렉스, 양육 환경이었다는 것을 대상 심리 공부를 하면서 강하게 느꼈다. 머리로만 채웠던 지식으로 막상 변화시키지 못했던 그것을 지준반 이상에서 나를 있는 그대로 드러내 놓으면서 못난 모습, 잘난 모습, 그저 그러한 모습 등 나를 그대로 조금씩 만났다. 그러면서 참 열심히 살아온 나를 내가 안아주며 정말 잘했다고 칭찬해 주었다. 진심으로 말이다. 이제는 깨닫게 되었다. 더 새로운 것을 채우는 것이 중요한 것이 아니라 지금 나의 환경에서 가지고 있는 것을 통해 온전히 누리면서 다듬고자 한다. 내가 하는 일, 나의 가족, 주변 사람에게 감사하고 사랑의 마음을 전달하며 나누는 것에 나의 에너지를 모은다. 지난여름, 지준반에서 만난 『순례자』(파올로 코엘료)에서는 말해준다. '지금 내 삶에 조금만 귀를 기울이면 신이 내가 할 수 있게 예비된 것, 내가 할 수 있는 것을 발견하게 한다고. 그리고 그것으로 내가 행복해 질 수 있는 길을 가도록 이끌어 준다고.'

　나는 이른 아침에 눈을 뜨면 천천히 몸을 움직이고 물 한 잔을 마신다. 30여 분 몸을 깨우는 몸짱 운동 스트레칭을 한다. 그리고 1시간 정도 나만의 묵상 기도 시간을 갖는다. 마지막은 근력 운동을 하며 마무리 짓는다. 이렇게 아침 시간을 보내고 출근하다 보면 그동안 보이지 않던 것들이 눈에 들어온다. 아침 공기, 출근하는 사람, 가로수 길, 보이는 모든 것들이 참으로 아름답다. 내가 가야 할 곳이 있어 감사한 마음도 가득 생긴다. 수업으로 학생을 만날 수 있고 동료를 만날 수 있는 나의 환경이 참 좋다. 변화된 나의 아침 생활 습관이다. 그동안 열심히 내 뜻으로 내 최선으로 살았지만 하루의 시작은 늘 시간에 쫓기듯 바빴고 마음의 여유가 없었다. 불과 2년 전의 과거와 비교해 볼 때 변화되었음을 느낀다. 소소한 변화이지만 그 힘은 매우 크다. 그리고 따라다니는 나의 감정에 있어서도 매우 큰 차이를 보여주고 있다. 지금 내가 하고 있는 일에 감사하며, 매월 몇 군데 후원 나눔을 실천하고 있다. 나는 내 몸을 위해 운동할 수 있는 시간을 만들어 내는 사람임이 자랑스럽다. 내가 실천 할 수 있는 생활의 목표를 세우고 실천하는 사람이 되었다. 한때 체지방, 체중, 콜레스테롤 지수 등 여러 가지가 고위험군에 속했던 수치들이 이제는 많이 내려와 있다. 앞으로 정상 범위까지 가도록 꾸준히 내 몸에게 귀를 기울이며 또 때로는 말을 걸어가며 운동을 해 나갈 것이다. 얼마나 좋은가? 생각만 해도 기쁘고 감사하고 고맙다. 몸짱맘짱의 시선이 어느덧 나의 삶에, 나의 생활 패턴에 깊숙이 들어와 있다. 10분 몸짱 운동으로 만나 내 몸을 움직이며 만들어 낸 습관이 이제는 규칙적인 독서, 마음의 근육까지도 건강하게 키워주는 이곳에서 오늘도 하루를 활기차고 기쁘게 시작할 수 있어 행복하며 설렌다. 많은 사람들에게 "삶은 참 좋다!"는 것을 이야기하고 나누고 싶다. 몸짱에는 몸짱 가족이 있다. 각자의 분야에서 최선의 삶을 살면서 긍정의 에너지를 발산하며 사랑을 키우고 나누는 사람들이다. 나는 지천명(知天命)을 몇 해 지나고 난 뒤 이곳에서 지금까지와는 전혀 다른 새로운 사람들을 만났다. 언제, 어디서 만나도 몸짱 가족이 모이면 함께 몸짱 동작을 하며 웃고 깊은 교제와 나눔을 공유할 수 있다. 2018년 5월에는 이들과 함께 백두산 트레킹 여행을 했고, 친구 초대로 같이 운동하고 있는 여고 동기와 산티아고 순례길을 함께 걸어갈 약속을 하였다. 그곳을 걷는다는 꿈을 꾸며 나는 오늘도 생활 속에서 허벅지 근력 강화 운동 동작을 수시로 한다.

이제는 인생 후반전을 잘 만들어야 할 때이다. 꿈이 있는 사람에게 나이는 숫자에 불과하다는 말을 몸짱에서 경험한다. 인생의 다양한 선택 가운데 '몸짱'을 만나고 그 가치를 누릴 수 있었던 것이 내게 선물한 가장 근사한 선물이 되었음을 고백한다. 하루 10분씩을 투자해서 1개월 넘기고, 3개월, 6개월을 넘겼던 지난 날. 어제보다 더 나은 오늘이 되기 위해 1분씩 발전해 나가며 몸의 소리에 귀 기울인 지 이제 2년이 되었다. 이제는 스스로 시간을 정해, 생활 속에서 운동과 명상을 하는 사람으로 발전해 나아가고 있다. 인생 2막을 준비하며 내가 지금까지 경험한 것, 좌절한 것, 성장한 것들을 다른 사람과 나눌 수 있는 이곳 꿈의 공장 '몸짱'이 참 소중하다. 힘들어 주저하는 사람들 옆에서 그냥 보조를 맞추어 걸어 줄 수 있어서도 참 좋다. 맘짱에서의 필독서를 밑줄 그으며 한 권 한 권을 깊이 있게 만나면서 나의 시선을 새롭게 매일 정화한다. 상한 마음의 상처를 내어 놓고 진짜 나를 만나는 훈련을 하여 나를 넘어 우리 가족, 타인에게 희망과 사랑을 전할 수 있는 내면의 힘을 키우는 사람이 되고자 한다.

100세 시대를 향한 건강한 생활 습관을 만들어 내는 이곳 몸짱에서 나는 다시 꿈을 꾼다. '나는 몸짱맘짱으로 날마다 더욱 젊어지고 있다.' 사랑합니다. 감사합니다.

인생 2막을 준비하며

_김준미

2015년 12월 말, 30년간의 직장 생활을 마무리한 후 인생 2막을 위해 3년은 무조건 안식년을 갖는 것을 목표로 원 없이 휴식하며 나를 위한 힐링 시간을 누리고 있다. 그 기간에 선물처럼 친구가 소개해 준 몸짱과의 인연. 지금은 맘짱 과정에서 진짜 나를 만나는 시간을 누리고 있고 너를 생각하며 더 나아가 우리를 생각하는 몸짱 공동체에서 좋은 성장의 길을 함께 걷고픈 마음으로 사랑하는 소속감을 갖고 오늘 하루도 '어나오'를 위해 노력하는 사람이다.

I Can Do It! 나의 '어나오' 미래 선언

하나, 나는 몸과 마음과 영혼이 건강하고 평안한 사람이다.

둘, 나는 몸짱맘짱의 훌륭한 리더십을 가진 사람이다.

셋, 나는 부수입으로 월 200만 원은 버는 사람이다.

넷, 나는 훌륭한 바느질 솜씨로 예쁜 옷을 짓는 사람이다.

다섯, 나는 해외여행을 연 2회 이상 즐기는 사람이다.

여섯, 나는 타인의 내면의 상처를 회복하도록 돕는 최고의 힐러이다.

일곱, 나는 아름다운 자연 속 힐링 공간에서 노후를 즐기는 사람이다.

여덟, 나는 내가 속한 공동체에서 좋은 인간관계로 성공한 사람이다.

아홉, 나는 매일 말씀과 기도로 하나님과 동행하는 그리스도인이다.

열, 나는 평생 사랑만 하다 떠날 사람이다.

누구의 자녀이며, 아내이며, 엄마라는 등의 정체성도 중요하겠지만 "나는 나다."라고 표현하고 싶다! 이 세상 누구와 비교할 필요 없고 나를 지으신 그분의 뜻에 맞게 나에게 주신 달란트를 잘 사용하면서 나와 더불어 이웃을 건강하게 지키고 사랑하며 살 수 있는 존재!

나는 어렸을 때부터 반듯한 가치관을 가져야 한다는 생각을 많이 하며 자랐다. 20대의 직장 생활은 무난한 시작이었으나 이후 평범한 여인네의 삶은 나의 길이 아니었다. 결혼을 하고 아이를 낳고…. 이런 일련의 과정은 내가 가는 길이 아니지만 문득 그렇게 살지 않는 내 인생이 잘못된 건가? 질문은 하지만 스스로 잘못이라는 생각은 들지 않았다. 남들과 다르게 사는 것일 뿐, 틀린 것은 아니라는 믿음으로 살았다.

인생 중반을 지나며 가끔 나는 결혼을 안 한 건가? 못 한 건가? 스스로에게 질문할 때도 있다. 하지만 역시 그보다 중요한 건 '나의 인생을 나답게 살자.'라는 생각이 들뿐이었다. 살아오며 진심으로 불안하거나 실패자라는 느낌이 없었다는 게 스스로 나는 다른 사람과 뭔지 모르게 참 다르다는 느낌을 받는다.

나는 인생에서 현재가 가장 소중하다고 생각한다. 그리고 현재야말로 가장 젊고 가장 건강한 시간이다. 살아온 날과 남은 날을 헤아려 본다면 얼마나 더 살 수 있을까? 하는 생각이 들 때가 있다. 평균수명을 운운하며 이만큼의 시간은 있으니 미래 계획을 세워 보자는 생각이 들기도 했었다. 그러나 어느 날 불현듯 뇌리를 스치며 깨닫게 된 건, 미래, 내일이라는 시간이 모두에게 확실하게 보장된 시간이 아니라는 것과 그러기에 지금 할 것을 나중으로 미루는 것은 지혜롭지 못하다는 생각이 들었다. 지금! 여기!! 모든 면에서 이 순간을 잘 살아야 한다는 깨달음이 있었다. 삶, 관계, 모든 면에서 지금에 최선을 다하는 것에 집중하게 되었다.

　2015년 12월 말이었다. 30년 직장 생활을 마무리할 때쯤 몸 상태가 매우 좋지 않았다. 체중은 인생의 최고점을 찍고 있었고 매일매일 찌뿌둥한 컨디션으로 의욕 없는 나날을 보내기 일쑤였다. 한 직장에서 내가 하는 일에 대한 나름의 자부심과 보람도 느끼며 행복한 직장 생활을 했었다. 하지만 중간 관리자가 되고 나니 위로나 아래로나 인간관계가 쉬운 일이 아니었다. 나의 진심과 다르게 자신들의 이해관계에 따라 나를 원망하고 부정적으로 변해 가는 아래 직원들…. 위로는 알게 모르게 요구되는 청탁과 그것을 거절하면 고지식하고 융통성이 없는 사람으로 치부되고 합리적 의견을 말하는 것보다는 윗사람의 의견에 충성해야 하고 반대 의견을 내면 주 라인에 설 수 없고, 직원들의 합당한 주장을 대변하면 무능력한 상사가 되는 등 불합리의 세계에 적응할 수도 없고 그냥 내 주관대로 살자니 고단했던 시간들…. 정정당당하게 선한 양심대로 살려고 노력하며 견디던 시간이 한계에 다다랐고, 나는 미련 없이 정리하기로 하였다.

　퇴직하여 힐링 시간을 누리던 중 내 인생 베프의 초대로 몸짱과 인연을 맺었다. 사실 '고도원의 아침편지'를 초창기부터 매일 받아 읽으며 하루하루 새로운 마음으로 살려고 노력하였는데 몸짱 프로젝트 소개에는 그다지 마음이 움직이지 않았다. 하루 10분 운동이 뭐 그리 효과가 있을까 반신반의하던 중 열심히 몸짱 프로젝트에 빠져 몸이 변하고 건강을 되찾아 가던 나의 베프가 여러 면에서 증언을 해 주니 호기심이 살짝 동했다. 그녀의 긍정적인 몸의 변화에 내심 궁금증이 높아졌다.

　그렇게 시작된 몸짱 운동! 초기는 숙제하는 기분으로 매일매일 운동하고 출석하기가 목표였고, 100일을 하면 운동이 습관으로 장착될 거라는 충고를 믿고 꾸준히 이어 가기로 마음먹었다. 그런데 서너 달이 지나도 크게 변화 없는 내 몸…. 원래 근육량이 많은 체질이라 그랬는지 몸의 변화는 크게 느껴지지 않았다. 게다가 주변에서 여러 몸짱님들이 성인병을 극복하고, 더군다나 희귀병으로 힘들어하던 베프마저 체력이 좋아지다 보니 상대적인 부러움이 생겨났고 의욕 저하로 그만둘까도 고민했다.

그러나 그만두기에는 더 어려운 상황이 있었다. 사랑하는 베프가 있는 이곳 몸짱이기도 했고 나의 출석 글에 사랑과 응원으로 함께하는 조장님, 멘토님, 몸짱 가족들의 고마움도 컸고 몇 번의 몸짱 오프 모임을 통해 좋은 사람들이 함께 가꾸는 공동체임을 내 눈으로 직접 확인하니 몸짱에 오래 머무르고 싶은 마음이 들었다. 그렇게 1개월이 지나고 3개월이 되어 갈 때쯤에는 매일 운동하지 않으면 뭔가 허전한 것이 할 일을 다 하지 않은 듯 편치 않은 마음이 생기게 되었다. 이렇게 운동이 자연스레 습관이 되어 갔고 이후 이어진 중급반 디톡스 다이어트(디다) 과정에서는 신기한 경험을 하게 된다. 한 끼만 걸러도 두통으로 고생했고 금식은 내 생에 있을 수 없는 일이라며 '단식'은 꿈에도 꾸지 않았는데 생전 머리털 나고 처음으로 3일 단식을 경험했다. 체중이 감량되었고 보식을 통해서는 안정적인 장의 상태를 몸으로 느꼈다. 이후에는 스스로 16시간 공복을 지키며 아침 식사는 야채, 과즙 등의 간단한 식사로 변화하게 되었고 몸짱의 시스템대로 순순히 믿고 따라가기로 마음 먹게 된다. 다른 분들보다 몸의 변화가 더디게 일어나긴 했으나 차츰 몸이 가벼워지는 느낌이 참 좋았고 무엇보다 운동하는 것이 즐거워지고 나를 보는 친구들로부터 얼굴이 좋아졌다는 피드백을 받는 것만으로도 나에게는 만족스런 변화를 가져다 준 몸짱이었다.

안식년을 그 누구보다 멋지게 힐링하고픈 나의 바람과 더불어 몸짱에서 국내외 여행이 진행되었다. 운동이 습관으로 자리매김하면서 체력도 좋아지는 흐름에 맞추어 일반 여행과는 차별화된 몸짱 여행으로 견문도 넓힐 수 있었고 무엇보다 함께하는 몸짱 가족과 좋은 관계를 이어 나가게 되었다. 이뿐인가? 마라닉 동아리와 일본어 동아리도 생겨 마라톤 대회에도 참가하고 20대에 잠시 하다가 중단했던 일본어 공부도 다시 하게 되고 중국어까지 현재 몸짱에서 배우고 있다. 할 것들이 많고 또 모든 일을 놓치고 싶지 않은 욕심이 꿈틀거린다. 행복한 비명이다. 이 외에도 맘짱에서 나를 다시 대면하는 시간을 경험하고 나에서 너로, 우리로 향하는 이타적인 시각을 통하여 세상을 아름답게 만들어 가는 한 사람이 될 것이라는 기대감도 충만해지고 있다.

지금 내 인생에서 몸짱은 '헤어나올 수 없는 늪'과도 같다. 처음엔 "이게 뭐가 되겠어?" 하는 의심으로 시작된 몸짱이 "요거 묘하네!"라며 매력을 느끼다가 슬며시 휘몰아치는 몸짱의 열정에 따라가기 버거워 한숨 돌리며 나만의 여유를 가지나 했더니 이제는 아예 발을 뺄 수 없이 자꾸 빨려드는 것이 아닌가. 신비한 몸짱 매력이 분명히 있다. 몸짱 내에 말만 던지면 그 일이 성사되고, 몸짱 행사를 하기로 한 날이면 궂은 날씨였다가도 화창해지고, 몸짱 가족으로 있는 사람들은 또 어디서 이런 열정과 끼가 넘치고 선하고 착한 사람들만 모아 두었는지…. 헤어 나올 수 없는 늪, 이곳 몸짱을 떠난다는 건 왠지 내가 큰 손해를 보는 것 같은 마음 탓에 떠날 엄두도 못 낸다. 아니 내지 않는다.

몸짱 과정 이후 만나게 된 맘짱 과정은 나에게 생소한 것은 아니었다. 원래 치유에 관하여 관심도 있었고 교회에서도 내적 치유학교 스텝을 경험하면서 무엇보다도 나 자신에 대해 잘 알아야 한다는 생각을 이전부터 갖고 있었다. 맘짱 과정을 통해 먼저 나 자신에 대해 알아 가고 내 속의 감정들에 대해 깊게 들여다보는 시간과 나를 이루게 한 가족에 대해 알아차리는 시간을 통해 한 층 더 깊어진 경험을 했다. 특히 내 감정의 그 무엇들을 정화시키는 방법을 배우고 감정을 다스릴 수 있는 방법과 안정감을 편안하게 회복시킬 수 있는 기본기를 배워 나가는 시간들이 의미 있었다. 가장 좋았던 것은 명상을 통하여 호흡을 조절할 수 있는 힘을 키울 수 있다는 것이었다. 배움으로 그치지 않고 내 생활 속에서도 늘 실천할 수 있는 습관화를 만들기 위해 오늘도 맘짱 배움을 계속 이어 나가는 중이다.

온라인상의 운동? 10분만 투자? 몸짱의 첫 발걸음부터 지금의 맘짱 과정 한 단계 한 단계를 거쳐 오면서 내 건강은 내가 지키겠다는 포부도 이루어 가고 있지만 운동 못지않게 중요한 인적 몸짱 네트워크의 매력를 한 번 더 강조해서 논하고 싶다. 긍정과 열정이 넘쳐 나는 이곳! 때때로 그 에너지에 기가 눌려 감당하기 어려운 시기도 있었지만 분명한 것은 선하고 긍정의 에너지가 충만한 이런 공동체를 어디서 또 만날 수 있을까에 대한 확실함은 내 안에 있다. 2016년 9월부터 만난 몸짱을 통해 인생 2막의 인생을 계획하는 나의 현 주소는 매우 차분하고 단단하게 깊이 있는 준비를 하고 있다는 느낌을 받는다. 이렇기에 몸짱맘짱과 쭉 함께하고 싶다는 소망이 오늘의 나를 또 움직이게 만든다!

"아직 몸짱에 입문을 머뭇거리시는 분이 있나요? 일단 발을 담가 보세요. 그리고 몸짱의 엄청난 기운을 느껴 보세요!" 권면해 드리고 싶다.

일류 인생으로 가는 내 삶의 터닝 포인트 몸짱

_안옥란

2019년 2월 초등학교 수석 교사로 41년 5개월의 교직 생활을 끝내고 정년퇴임을 했다. 부모님과 지내던 어린 시절, 미래를 위해 열심히 공부하던 인생 1막. 결혼하고 가정을 이루어 가족들과 치열하게 살던 인생 2막을 지나고 오롯이 나의 인생이라 할 수 있는 인생 3막이 시작되었다.

I Can Do It! 나의 '어나오' 미래 선언

하나, 나는 말씀에 붙잡힌 '비전의 사람'으로 매일 말씀을 묵상한다.

둘, 나는 나와 다른 사람의 지금 여기, 있는 그대로의 모습을 받아들인다.

셋, 나는 주변 사람들에게 선한 영향력을 주는 '운디드 힐러'이다.

넷, 나는 '청아원' 원장으로 사람들의 이야기를 들어주어 그들의 답답함을 비우고 좋은 것으로 채울 수 있도록 도움을 주는 사람이다.

다섯, 나는 '회복적 생활교육'의 전도사이며 학교 폭력 해결을 위한 '갈등 조정가'로 관계 회복에 도움을 주고 '평화적 공동체'를 만드는 데 기여하는 사람이다.

여섯, 나는 가족들에게 아내, 엄마, 할머니로서 행복을 선사하는 사람이다.

일곱, 나는 1년에 두 번 남편과 해외여행을 한다. 그를 위해 영어 공부를 열심히 한다.

여덟, 나와 남편은 퇴직 후 우리나라 구석구석 마음 가는 곳에서 한두 달 살아 보는 여행을 한다.

아홉, 마당에 텃밭을 가꾸고 우리들의 간단한 먹거리는 자급자족한다.

열, 나는 몸짱맘짱으로 건강한 몸과 마음을 가꾸어 나간다.

어린 시절부터 오늘 하루를 최선을 다해 살면 그 하루가 모여 멋진 인생이 된다는 신념으로 '모든 일에 최선을 다하자. 그리고 결과에 감사하자.'를 모토 삼아 나 자신을 채찍질하며 쉼 없이 달려왔다. 그 달리기가 어느 정도 끝나가는 나이이다. 이제 좀 속도를 늦추어 건강한 몸과 마음으로 주위에 선한 영향력을 끼치며 의미 있는 삶으로 후회 없는 건강한 Well-dying을 꿈꾸며 그것을 실천할 수 있겠다는 자신감도 생겼다.

나는 '나 자신에게 부끄럽지 않은 사람'이 되려고 노력하는 사람이다. 자신에게 부끄럽지 않은 사람일 때 누구에게나 당당할 수 있다고 생각하기 때문이다. 남이 보지 않을 때의 나의 행동과 생각은 나 말고는 다른 사람은 잘 모른다. 나 스스로 나의 내면을 들여다보아도 부끄럽지 않은 나로 완성해 나가기 위해 오늘도 '어나오'를 실천하고 있다.

나에게는 나만의 그릿(Grit, 지속적인 끈기와 열정)이 있다. 옳은 일이고 다른 사람에게 피해를 입히는 일이 아니라면 끝까지 밀고 나가 보는 성격을 가졌다. 설령 지금 조금 부족해도 내 페이스에 맞게 포기하지 않고 열심히 꾸준히 해 나가다 보면 언젠가는 목표치에 다다를 수 있다고 믿는다. 그래서 현재의 상황에 크게 안달복달하지 않는다. 시작한 어떤 일은 끈기 있게 해 나감이 나의 큰 강점이라 말할 수 있겠다. 첫 예로, 정글 같은 학교 현장에서 교사로서 인간으로서 자존심 상하는 일도 많았고 몸이 힘들어서 그만두고 싶다는 생각도 많았지만 끊임없는 수업 방법 개선을 위한 연구를 통해 아이들과 즐거운 수업을 진행하였고, 아이들도 나도 행복한 관계 형성을 위한 회복적 생활교육 지도 방법을 적용하면서 좋은 선생님으로, 좋은 동료로 인정받으며 2019년 2월 정년을 맞았다.

　아이들을 사랑하며 아이들과 즐거운 수업 시간을 가졌고, 수업 방법 개선을 위한 연구 활동의 결과를 선생님들에게 나누어 주는 수석 교사로 7년 동안 충실히 역할을 해내어 나의 삶의 모습이 다른 선생님들께 롤 모델이라는 이야기를 들었을 때는 그 어떠한 보람보다 컸다. 10여 년 전에 시작한 문인화 그리기 취미도 현재까지 이어 오고 있다. 취미를 넘어문인화 작가로서 2018년 12월 21일~24일 진해 구민회관 전시실에서 은퇴 기념 개인전도 가졌다. 더불어 2016년 10월부터 시작한 몸짱도 여전히 계속하고 있으며 맘짱으로 나아가고 있다.

　장성한 딸과 아들, 두 자녀를 두었고, 그들도 각 가정을 이루어 최선을 다하여 하루하루를 살아가고 있다. 나와 남편 부부 둘만 남아 살게 된 세월이 16년째가 되어 간다. 어느덧 내 나이가 건강을 걱정해야 하는 시점에서 '고도원의 아침편지'를 통해 몸짱에 입문하게 된다. 열심히 따라 하며 운동이 습관이 되어 갈 때 내 몸의 변화를 감지한 내편인 남편이 고맙게도 먼저 "당신 몸이 많이 단단해진 것 같다."는 말로 나의 운동을 격려해 주었다. 그도 처음에는 저녁마다 운동하는 나를 구경하며 우습게 생각하더니 2018년 4월에 몸짱에 입문하여 현재 고급반에서 열혈 운동 중이다. 어떤 면에선 나보다 더 열심히 운동하고 있다. 몸짱을 함께 하다 보니 아침 운동을 남편과 함께 할 수 있어 매우 좋다. 새벽 기도 후 이전에는 잠을 보충했던 그 시간을 몸짱 운동으로 채운다는 것이 변화된 생활 리듬이다. 정년 후 자칫 생활 리듬이 깨어지면 어떡하나 하는 걱정이 있었는데 몸짱 운동장은 나의 생활 패턴을 아침형 인간으로 유지할 수 있게 해 주는 고마운 생활의 틀이 되어 주었다.

　몸짱은 내 삶의 터닝 포인트가 되어 주었다. 그 첫 번째로 '되찾은 건강미'이다. 나이가 들수록 '건강을 잃는 것은 모두를 잃는 것이다.'란 말의 의미를 더욱 실감하며 늘어나는 살과 함께 줄어드는 자존감으로 힘들 때에 몸짱 운동으로 진짜 '몸짱'으로 거듭날 수 있어 자존감을 회복한 것은 큰 행운이다. 몸무게가 감소되면서 저절로 뱃살이 줄었고 체지방률도 상대적으로 낮아졌다. 혈압과 콜레스테롤도 호전되었고 골근격량은 높아졌다. 건강의 첫 시작은 운동과 식습관이다. 그것부터 잡기 시작하면 나머지는 부수적으로 좋아진다. 나의 경우 비만이라는 소리는 듣지 않았고 다른 사람들도 보기에 딱 좋으니 빼지 않아도 된다고 했지만 옷을 입었을 때 어딘가 '띤띤하다'는 느낌을 떨칠 수 없었다. 거울 앞에서 '조금만 빠지면 좋을 텐데…'라고 생각하며 50kg을 희망했는데 몸짱을 시작하고 나서 10kg 정도 감량해 47kg이라는 숫자에서 현재 왔다 갔다 한다. 덕분에 20년 전 거금을 투자해 사서 즐겨 입다 버리지 못하고 애장한 니트 원피스를 최근 다시 꺼내 입는 호사를 누리고 있다. 주변에서 새로 산 옷이냐며 물어본다. 신나는 일이다.

두 번째로는 '운동의 생활화'이다. 생활 짬 시간(엘리베이터를 기다리는 시간, 타고 내려가는 시간, 복사기 앞에서 복사되는 동안 등)을 이용한 스쿼트 등의 운동으로 다리 근육이 탄탄해짐을 느낀다. 하체 근력의 자신감에 슬슬 마라톤도 도전해 보고자 트레킹부터 시작하여 3km 걷기를 시작으로 매일 100m 늘려가기를 작정하고 마라톤을 위해 워밍업을 하고 있다.

세 번째로는 '마음교정'이다. 교육대학원 상담심리학과를 졸업하면서 나 자신을 치유하는 데 도움을 받아 상담 공부한 것을 고마워하였으나 일상에 묻혀 상담 공부한 것을 잊고 힘들어하던 차에 맘짱을 통하여 내 안의 나를 들여다보고 쌓여 있던 찌꺼기들을 내보내고 나쁜 기억들을 지우며 나 자신을 정화하는 습관을 가지게 되었다. 이제 웬만한 일이나 상황에서는 화를 내지 않게 되었으며 무엇보다도 남편과의 일상이 훨씬 편안해지고 서로의 마음을 더 깊이 교감하며 나눌 수 있게 되었다. 불편한 상황이나 사람과 마주했을 때 '사랑합니다, 미안합니다, 용서해 주세요, 감사합니다'의 주문을 통해 정화되어 평안한 마음으로 생활하게 되었다. 마음이 교정되고 나니 밤에 숙면도 취할 수 있게 되었고 누구에게나 좋은 기운을 전해 줄 수 있는 사람이 되어 가는 느낌이다.

맘짱 1단계의 필독서인 『호오포노포노의 비밀』은 읽을수록 공감되면서 좋은 책이란 생각을 더 가지게 하는 책이다. 이미 나이가 들어갈수록 모든 문제의 해결은 '사랑'이라는 것을 깨닫기 시작했고 사랑만이 치유의 열쇠임을 깨달아 생활 지도 컨설팅에서의 마지막 멘트는 "가장 사랑하고 싶지 않을 때가 사랑을 줄 때이다."란 말로 마무리할 때가 많았다. 책을 읽고 달라진 점은 모든 일의 책임은 나에게 있다는 것을 깨닫게 되었다는 것이다.

일의 책임이 나에게 있음을 알았으니 나만 바꾸면 되는 것이다. 남을 바꾸는 것보다 나를 바꾸는 것이 훨씬 쉬운 일임을 알게 되니 나의 일상을 스스로 가꾸어 가는 힘이 생겼다. 나 자신의 치유를 스스로 할 수 있게 한 경험이 나를 평안하게 만든다. 아직 상황을 통제하려고 애쓰는 나를 더러 발견하지만 다시 '사랑합니다. 미안합니다. 용서해 주세요, 감사합니다.' 정화하며 나를 온전히 기다려 준다.

나는 일류 인생을 사는 사람이 되고 싶다. 몸과 마음의 병만 잘 고치면 이류 의사이다. 일류 의사는 명의로 몸과 마음도 잘 고치지만 의미 있는 일도 하는 사람이다. 나는 내 꿈이 나에게만 머물지 않고 다른 사람의 삶에 행복을 전해 주며 함께 성공으로 나아갈 수 있는 사람이 되고프다. 그것이 내가 생각하는 일류 인생이다. 갈등 조정가, 학부모 교육 담당자, 청아원(나의 호를 딴 상담 및 문인화 연구원) 원장 등 다양한 역할을 하고 있는데 이타적인 행복과 성공을 전하고픈 꿈이 담겨 있다. 나아가 웰다잉 강사로도 성장하고 싶다. 나도 보람되어 행복하지만 내가 전달한 꿈이 그들에게도 행복이 되고 도전이 되고 꿈이 되길 희망한다. 꿈이 아름다운 사람, 아름다운 인생의 주인공이 되고 싶다!

'다음 생에 다시 태어나도 울 엄마 자식으로'. 2018년 11월 나의 62번째 생일 가족 모임에서 자녀들이 내게 준 생일 케이크의 문구에 잔잔한 감동으로 울컥했다. 내가 최선을 다해 살아온 삶을 자녀들이 고스란히 이해해 준 것 같아 그간의 보람이 헛되지 않았음을 느낀 시간이었다.

또한 은퇴 기념 개인전 오픈식에서 남편에게 받은 깜짝 선물 '수고하였습니다. 참 고맙습니다. 사랑해, 여보'란 글귀와 함께 전해 준 100송이의 장미는 힘들었던 결혼 생활의 여정들을 보상받는 느낌으로 기쁨과 감동, 감사의 마음이 들게 하였다. 어제보다 오늘, 오늘보다 내일, 하루하루가 더욱 행복한 가족이 될 것이다.

우리 부부는 건강한 몸을 기초로 풍요로운 삶을 준비하고 있다. 느긋한 아침 시간 덕에 새벽 기도 시간에 쫓길 필요 없으며 맛을 음미하며 식사할 수 있을 것이고 몸짱 운동도 쫓기면서 하는 것이 아니라 하고 싶은 만큼 하게 될 것이다. 가끔씩 내 인생 3막의 장이 될 청아원에서 방문한 손님과 한담을 즐기고 있을 것이다. 그 방문객 중에는 내 편도 있겠지? 시간의 여유가 생겼으니 시간을 맞추기 어려워 그동안 하지 못한 여행들을 내편과 함께 하게 될 것이다. 또한 손자, 손녀들이 돌봄을 원하는 시간에 그들을 위해 달려갈 수 있을 것이다. 몸과 마음이 건강하고 여유있음이 풍요로운 삶이라고 말할 수 있지 않을까?

매일의 힘과 조금씩의 힘은 정말 위대하다. 30초부터 시작한 플랭크를 매일 1초씩 늘리는 방법으로 5분을 쉽게 견디며 겨우 10번에 무너졌던 팔굽혀펴기와 윗몸일으키기는 하루 1개씩 늘려 30번을 거뜬히 할 수 있게 되었다. 매일 조금씩은 누구나 할 수 있는 일이지만 아무나 할 수 있는 일은 아니다. 자기 자신을 이기는 사람만이 가능한 일이다. 몸짱 운동장에서 우리 부부가 체험하고 경험한 '매일 조금씩'의 놀라운 기적을 모두가 느껴 보길 소망한다.

굽은 나무가 선산을 지키듯

_전연순

어나오! 어제보다 나은 오늘.

 몸짱을 만난 후 하루하루가 새롭고 매일 매일이 기대된다. 어제보다 조금씩 나아지는 오늘을 실감하며 있는 그대로의 나를 사랑하게 되면서 항상 부족하다고 느꼈던 자존감이 충만해짐을 느낀다. 꿈에도 생각해본 적이 없었던 마라닉을 해보겠다고 런데이 앱을 깔고 8주간의 트레이닝 후 30분 달리기를 무난히 성공했으며, 달려보기 전에는 관심조차 없었던 동아국제마라톤대회에 출전해서 10키로를 완주했고 2020년에 진행된다는 동경마라톤을 꿈꾸면서 일본어도 공부하고 있다. 돌이켜보면 늘 지난날을 후회하며 다시 그때로 돌아간다면 다르게 살 거라고 생각했지만 지금은 누가 과거로 돌아가고 싶은 순간이 있느냐고 묻는다면 난 오늘이 좋고 다가오는 내일이 기대되고 하루하루 나아져 가는 내가 자랑스럽다고 자신 있게 말할 수 있다.

I Can Do It! 나의 '어나오' 미래 선언

하나, 나는 날마다 몸짱 운동으로 건강을 유지하고 있다.

둘, 나는 있는 그대로의 나를 사랑하고 그 사랑을 주변 사람들과 나누고 있다.

셋, 나는 마라톤 10km를 거뜬히 완주하는 사람이다.

넷, 나는 『로마인 이야기』를 완독한 사람이다.

다섯, 나는 내가 미처 알지 못했던 재능을 발견하고 발전시키며 어제보다 나은 오늘을 실현하고 있다.

여섯, 나는 집안 청소 및 정리 정돈을 잘하며 유지도 잘하는 사람이다.

일곱, 나는 대화가 잘되는 남편, 보기만 해도 즐거운 자녀들이 있다. 우리는 모두 행복하고 평화롭다.

여덟, 나는 영어, 일어를 자유롭게 구사하며 1년에 1회 이상 해외여행으로 새로운 문화를 배운다.

아홉, 나는 하루 관리를 잘하는 시간 부자이다.

열, 나는 날마다 일기를 쓰면서 내 꿈을 실현해 가는 사람이다.

오십 중반의 나이에 딸, 아들 두 자녀를 두었고 정년을 앞둔 남편과 무탈하고 평온한 삶을 살고 있다. 삼십대 후반 남들처럼 애들 키우며 정신없이 살다가 애들 크고 여유가 생기니 뭔가 의미를 찾고자 방송대 국문과에 입학했다. 방송대에 다니면서는 월차 내서 동기들과 문학기행 가고 스터디하느라 바쁘다 보니 남들보다 조금 열심히 산다고, 이 정도면 잘 사는 거라고 자위하며, 뭔가 허기가 채워지는 기분이었다. 졸업하고 나니 다시 웬지 모를 허기로 이곳저곳 기웃대면서 사십대를 보내고 오십대가 되고 나니 아무런 생각 없이 평온한 일상에 젖어 슬금슬금 붙기 시작한 나잇살이 걱정되기 시작했고 스피닝 하는 재미로 열심히 하던 헬스도 시들해져 그만두고 속수무책으로 불어나는 뱃살이 감당이 안 될 즈음, '고도원의 아침편지'에 소개된 몸짱 프로젝트 후기를 읽고 "설마 10분 운동으로 뭐가 달라지겠어?" 반신반의하면서도 다양한 사람들이 올린 후기를 보며 그래도 한번 해 보자는 생각으로 2017년 7월 몸짱 프로젝트에 입문했다. 처음엔 하라는 것도 많고 정신없었지만 시키는 것은 잘하는 평소 성품대로 따라 하다 보니 어느 순간 내 몸의 변화를 느끼고 친구도 끌어들여 같이 열심히 했는데 친구는 매일 출석하는 게 부담스럽다며 중급반 입성을 포기했다. 중급반에서 닦식을 끝내고 마무리될 즈음 항아리가 되어 가던 허리 라인이 조금씩 살아나고 안 채워지던 재킷 단추가 넉넉히 채워지는 기쁨도 맛보게 되었고, 고급반에서는 미약하나마 식스팩까지 장착하며 말 그대로 몸짱의 기본을 닦았다. 그 후 몸 근육만 키우는 게 아니라 내 마음의 근육을 키우고자 나를 대면하고 대화하는 지준반까지 도전했다.

지준반에서의 마지막 용서 화해를 하는 나와의 대화 시점에 여러 가지 복잡한 일로 허둥대어 다른 몸짱님들처럼 나를 제대로 마주 대한 건지 자신은 없지만 확실히 자존감은 높아짐을 느꼈다. 나를 책망하고 괴롭히는 건 줄어들고 나를 위로하고 이해하면서 마음이 한결 편해졌다. 몸이 건강해지고 나와의 대화를 하면서 방치했던 나를 알아가며 그대로의 나를 사랑하게 되자 뭐든지 할 수 있을 것 같은 자신감과 더불어 자존감도 회복되면서 마음까지 건강한 맘짱단계까지 배우고 있다.

지준반 오프수업을 들으러 광복절에 새벽 기차를 타고 서울 경희대를 갈 당시 직장에서 말이 안 통하는 사람 때문에 힘들었는데 지준반에서 배운 다양한 스킬을 연습도 하고 내가 옳다고 믿는 신념이 꼭 옳은 것은 아닐 수도 있다는 열린 생각으로 접근하다 보니 갈등도 많이 줄었다. 무엇보다 과거의 일을 털어내는 데 있어 이전만큼 시간이 오래 걸리지 않게 되었고 나를 위해서 그 사람을 용서할 수 있는 용기를 가질 수 있었다. 때때로 이해가 안 되는 상황이나 사람에 대해서 동료나 다른 사람에게 하소연하는 것으로 해소를 했었고, 그것이 고스란히 부메랑이 되어 돌아오기도 하고 내 위주로 말하면서 고착화시키는 경향이 있었다. 그런데 지준반 이후에는 심란할 때 산책을 하거나 달리기를 하면서 스스로 해소하는 연습을 하다 보니 상대를 대할 때도 많이 유연해지고 갈등도 줄어드는 경험을 하게 되었다.

얼마 전 한 TV 프로그램에서 개그맨 이영자 씨가 군부대에서 강연하는 것을 본 적이 있다. "거북이와 토끼의 경주에서 거북이는 질 게 뻔한 경주를 왜 수락했을까?"라는 질문을 먼저 던지고 자신의 이야기를 꺼냈다. 어려서부터 엄마가 생선 장사를 해서 항상 '내 몸에 생선 비린내가 배진 않았을까'하는 걱정에 냄새를 맡는 버릇이 생겼고, 남아 선호 사상으로 한 번도 닭다리를 먹어 본 적이 없어서 닭 한 마리를 온전히 본인이 먹는 게 성공이라고 생각했다고 한다. 그러면서 그 열등감을 극복하기 위해 노력했고 지금은 열등감을 극복했노라는 고백과 함께 군대에 있는 1년 8개월간 동안 본인의 열등감이 무엇인지 제대로 들여다보는 기회를 삼으라고 군인들에게 조언했다. 그러고는 강연 초반에 던졌던 질문인 거북이가 경주에 수락한 이유는 거북이에게는 열등감이 없었기 때문이 아닐까 생각한다며, 그랬기에 지건 이기건 상관없이 자기 페이스로 갈 수 있었고, 결국은 토끼를 이기지 않았느냐는 이야기를 들으면서 나의 열등감은 무엇일까 생각해 보는 계기가 되었다.

실향민인 아버지는 70~80%가 김씨인 동네에 타성받이로 살면서 항상 남의 시선을 신경 쓰며 조심하며 살기를 교육하셨고, 나를 죽이고 튀지 않게 사는 게 일상이 되어 불편함 없이 살아왔지만 늘 무엇인가 채워지지 않는 갈증이 있고 심리적으로 위축되고 자신감 없이 살아온 것 같다. 물론 그 당시 부모님들의 교육은 다 그랬을 거라고 생각하지만 하고 싶은 말 못하고 착하고 반듯하게 내가 하고 싶은 것 먹고 싶은 것들을 누르고 살다 보니 뭘 좋아하는지도 모르는, 자존감이 결여된 채 자신 있게 나서서 하기보다는 그냥 참거나 포기하면서 늘 남과 비교하고 혼자 실망하고 자신감을 잃고 살아왔다. 그런데 몸짱 입문 후 몸이 건강해졌고 나와의 대화를 하면서 나를 대면하고 어제의 나와 비교를 하다 보니 조금씩 무엇이든 나아지는 나를 사랑하게 되는 마음의 변화도 찾아왔다.

추위와 하기 싫은 나를 이기고 런데이를 하는 내가 자랑스럽고, 1년이 넘도록 수영을 계속하고 있는 내가 참 대견하다. 비록 남들보다 잘하는 건 아니지만 굽은 나무가 선산을 지키듯 조금씩 몸과 마음의 근육을 키워 가면서 발전하고 있는 나를 발견하는 기쁨이 주눅들어 살아온 나의 삶에 충분한 보상을 해 주고 있다.

　나에겐 잊었던, 아니 잊고 있었던 꿈이 있다. 어렸을 때 아버지가 저녁이면 옛날이야기를 재밌게 해 주셨다. 동네 친구들이 그 이야기를 들으러 우리 집에 놀러 오곤 했는데 엄마는 옛날이야기를 좋아하면 가난하게 사는 거라고 아버지를 공박하곤 했었다. 텔레비전이 생기면서 아버지의 옛날이야기보다 실감 나는 티비 속 이야기에 더 이상 아버지의 옛날이야기를 들을 수는 없었지만 아버지의 이야기 덕이었는지 나는 학교나 단체에서 실시하는 백일장에 나가면 꼭 상을 받곤 했다. 그래서 막연히 재주가 있는 것 같아 글을 쓰는 작가가 되고 싶다는 꿈을 가진 적이 있었는데 일찍 결혼하고 아이들 키우면서 가족의 건강과 안위가 우선순위였기에 내 자신의 꿈은 까마득하게 잊어버리고 살았다. 아이들이 크고 여유가 생기면서 운 좋게 직장에 다니게 되었고 일이 익숙해지자 일하면서 다닐 수 있는 방송대 입학을 결심하고 어릴 적 꿈이 생각나 국어국문학과에 입학했다. 직장과 가정을 돌보면서 4년간 동기들과 월차 내어 문학기행도 다니고 재밌게 배움의 갈증을 채우면서 열심히 다녔고 졸업 후 전공을 살려 관련 일을 해 볼까 했지만 여의치가 않아 배움과는 별개로 같은 일을 계속하게 되었다.

　겨울이면 한 달간 집에 와서 계시는 엄마랑 이런저런 애기를 하다 보니 불현듯 내가 엄마의 일생을 글로 써서 엄마에게 선물하면 좋겠다는 생각이 들었다. 31년생인 엄마는 일제시대와 해방, 6·25전쟁을 겪으며 온갖 고생을 다 하셨고 인생 고비마다 이야깃거리가 무궁무진했다. 조금 더 생활이 안정되면 제대로 글쓰기 공부를 해서 엄마 일생을 책으로 엮어 엄마에게 선물하는 꿈을 막연히 그렸었는데 뇌출혈로 쓰러져 의식을 잃은 지 6개월 만에 엄마가 갑자기 돌아가시고 더불어 내 꿈도 잊었다. 그러다 지준반에서 지난 나의 꿈에 대한 꿈틀거림이 입 밖으로 나오면서 커지기 시작했다. 선언을 하니 꿈이 점점 자라고 있음을 느낀다. 단지 입 밖으로 꿈을 선포하고 글로 남겼을 뿐인데 지금 '어나오' 공동 저자로 글을 쓰는 벅찬 현실이 꿈은 이루어진다는 말을 실감하게 한다.

뿐만 아니라 생각지도 않았던 일어를 공부하고 달리기를 하면서 2020년 동경 마라톤 대회 참가를 꿈꾸는 등 날로 꿈이 커지는 꿈 부자가 되어 가고 있다. 이 또한 차근차근 이루어지는 기적을 체험할 것이라 확신한다. 40대에 건강검진에서 담낭에 용종이 있다며 이제 반환점을 넘은 나이이니 남은 시간 편하게 지내라며 수술을 권하는 의사의 말에 '이제 반환점이라면 앞으로 40년 넘게 더 살아야 된다는 얘기야?'라고 생각하며 40년을 더 살아야 한다는 걸 갑갑하게 생각한 적이 있었다. 그로부터 십년의 세월이 더 지났는데 지금은 내 미래가 더욱 기대되고 마구 설계하고 싶어진다. 이 변화를 가져온 가장 큰 공로자는 남과의 비교보다는 어제의 나와 비교하면서 성취감을 느끼게 해준 몸짱의 덕이라고 믿어 의심치 않는다.

혹시 이글을 읽으면서 그날이 그날같은 무기력한 중년의 삶을 이어가고 있는 분이 계시다면 몸짱 프로젝트를 한번 시작해봤으면 좋겠다. 아니, 꼭 몸짱 프로젝트가 아니라도 본인이 하고 싶은 일을 찾아서 일단 시작해보라고 권해보고 싶다. 만약 처음부터 마라톤을 목표로 했으면 시작도 안했을 달리기를 처음 1주간은 1분을 달리고 3분을 걷고 다음엔 1분 30초 그담은 2분 이렇게 조금씩 늘려가다가 조금이라도 힘든 거 같으면 다시 되돌아가서 2분을 뛰고 이렇게 석 달 정도 하고나니 30분을 계속해서 달리기가 가능해졌다. 처음 30분을 달렸을 때 나 스스로 너무 대견하고 기특해서 마라닉동아리에 30분 달리기성공이라고 올렸었다. 마라톤 10km를 완주하는 사람들에겐 대수롭지 않았을테니 댓글하나 달리지 않았지만 난 뿌듯한 성취감으로 행복했다.

거창한 목표를 세우지 말고 어제보다 오늘은 조금만 더 하자는 생각으로 하다보면 어느 순간 생각하지도 못한 일을 하는 자신을 발견할 것이다. 한 가지를 이루고 나면 다른 일에 자신이 생기고 도전하고 싶어진다. 그야말로 꿈이 가지를 쳐서 새로운 꿈을 불러오고 꿈부자가 되어 살면서 하나씩 이루어가는 기쁨을 맛보게 될 것이다.

평안한 삶에 안주해서 '이 나이에 무슨'이라는 생각으로 무기력하게 살다가 운좋게 몸짱을 만나서 조금씩 가랑비에 옷 젖듯 내가 달라지고 어제보다 나은 오늘을 지향하면서 생각지도 않았던 마라톤 대회에 나가서 10km를 완주했으며 수영을 일 년이 넘도록 하고, 일본어를 배우는 등 50대 후반에 할 수 있는 일이 더 많고 도전하는 일이 많아졌다. 앞으로 60대, 70대는 어떤 삶이 펼쳐질지 마구 기대가 된다.

특출난 재능을 가지고 잘하는 사람을 보면서 주눅들 건 없다. 어제의 나와 비교하면서 조금씩 나아져 간다면 묵묵히 자기 속도대로 자기 길을 가는 거북이가 경주에서 이겼듯이 내가 가고자 하고, 되고자 하는 것들을 이루는 인생승리를 이룰 수 있을 거라고 믿는다. 설령 이루지 못하더라도 괜찮다. 어제보다 나은 오늘임에 분명하고 새로운 꿈이 계속 가지를 치는 매일 매일이 새롭고 설레는 꿈부자인 지금의 내가 자랑스럽고 새로운 꿈을 향해 나아갈 수 있어서 행복하다.

스스로! 더불어! 즐겁게!

_김은정

이른 새벽 여명의 대자연을 사랑하여 자연 운동장에서 뛰어놀며 일출 찍는 게 취미이다. 몸의 평화를 위해 약 2년여간 몸짱 운동을 하며 달려왔고, 지금은 탄력적 바디 라인을 위해 몸짱 운동과 마레닉(마라톤과 트레킹을 피크닉처럼 즐겁게) 달리기도 열심히 하고 맘의 평화를 위한 맘짱에도 열심이다. 빨강머리 앤을 사랑하여 윤슬을 매일 보는 대자연 속 초록 지붕 아래에서 라일락 향기가 넘치는 아름다운 정원도 가꾸고 사랑하는 사람들과 어울려 웃으며 행복하고 건강하게 살 것이다. 매 순간 생각하는 대로 살지 않으면 사는 대로 생각하게 된다는 명언을 가슴에 품고 치열하게 지금을 살고 있다.

I Can Do It! 나의 '어나오' 미래 선언

하나, 나는 미니멀리즘을 실천하는 사람이다.

둘, 나는 딸과 가장 좋은 친구이다.

셋, 나는 옆지기의 든든하고 사랑스런 아내이다.

넷, 나는 몸짱, 맘짱, 머리짱인 짱짱짱한 사람이다.

다섯, 나는 영어, 중국어로 자유롭게 여행하며 즐길 줄 아는 사람이다.

여섯, 나는 신독(愼獨)을 실천한다.

일곱, 나는 스스로! 더불어! 즐겁게! 웃으며 해님처럼 따뜻하고 열정적으로 산다.

여덟, 나는 악기를 연주하고 예쁜 정원을 가꾸며 예술을 사랑하는 풍성한 삶을 산다.

아홉, 나는 늘 기도하며 사감미용을 실천한다.

열, 나는 내 부족함을 받아들이고 좋은 질투로 발전하는 사람이다.

나는 딸 부잣집, 그러나 너무나도 가난한 집에 다섯 번째 딸로 당당히(?) 태어났다. 엄마의 아들 소원 100일 기도에도 불구하고 외국 아이처럼 머리도 노랗고 얼굴의 반이 눈인 아이로, 언니들과도 다르고 동생과도 다른 독특한 아이로 태어났다. 사랑이 고픈 아이처럼 8명의 대식구 중 유일하게 하나님의 사랑을 받으며….

어린 시절, 힘든 환경에도 멋진 상상력으로 웃음과 희망을 잃지 않고 평생 함께할 단짝 친구 다이애나와 잘생긴 길버트까지, 무엇보다 자연의 아름다움을 맘껏 느끼고 열정과 노력으로 똘똘 뭉친 빨강머리 앤을 만나면서 마치 내가 앤처럼 느껴졌다. 초록지붕 2층 창문에서 설렘 가득 찬 동그란 눈으로 바라보는 앤. 나도 주근깨도 많고 머리색도 빨갛고 그래서인지 더욱 앤이 좋았다. 그래서일까, 나의 영어 이름은 with "e" Anne이고, 옆지긴 Gilbert, 딸은 Diana이다.

2017년 9월 말, 직장 생활과 함께 20여 년을 산 서울을 떠나 부산으로 이사하게 되었다. 엄마가 계시는 내 고향 대구와 가까워 부산에서 앞으로 쭉 행복하게 지낼 부푼 꿈을 안고... 드넓은 푸른 바다, 그 위로 수줍은 듯 얼굴을 내미는 해님을 보는 순간 도시 촌놈처럼 사랑에 빠져 버렸다.

그러나 그 행복도 찰나 청천벽력과도 같은 엄마의 병환 소식을 부산에 온 지 5일 만에 알게 되었다. "부산에 이사 오면 1주일만 너거 집에 가서 살자. 좀 쉬고 싶네."라던 엄마의 그 말씀이 진짜 너무 아파서 나온 말씀일 줄이야…. 1주일 놀러 오시면 여명의 푸른빛 해변에서 손잡고 거닐며 운동도 같이 할 꿈에 부풀었건만 신은 허락지 않았다. 그 후론 엄마를 살려 달라고 매일 새벽 신과 독대하며 해님 너머 화살기도를 쏘며 울고 웃고 희망에 부풀기도 좌절하기도 했던 그 9개월의 시간들…. 어느 날 해님이 만들어 낸 신과 독대하는 듯한 우연에 얼마나 눈물을 흘렸는지 모른다.

가장 나를 잘 알아주던 사랑하는 엄마를 잃기 하루 전인 2018년 6월 말, 정말 기적처럼 만난 맘짱. 몸짱이 나에게 몸의 평화를 가져다주었다면 맘짱은 포근한 엄마처럼 맘의 평화를 안겨 주었다. 그 맘짱에서 서로 나눔을 통해 우리는 모두 상처받았지만 또한 모두에게 위로를 줄 수 있음을 알게 되었다. 사감미용 인사만으로도, 단지 서로에게 사랑의 눈빛만으로도 우리는 맘의 정화를 느끼고, 그 너머 평화를 가져오는 이미 운디드 힐러가 되어 가고 있었다.

나는 매일 새벽 경침과 니시운동, 릴렉스, 유연 체조로 몸을 풀고 대자연속 나만의 운동장에서 몸짱 운동을 하고 일출을 보고 출근을 한다. 2018년 10월에는 바다 마라톤과 춘천 국제 마라톤 10km를 2번 뛰고도 그동안의 꾸준한 운동 덕에 일상을 무리 없이 지낼 수 있었다. 또한 '먹는 것이 곧 나다(I am What I eat!).'라는 모토 아래 식습관을 절제하려 늘 노력하고 있다.

몸짱과 맘짱은 내 인생에서 몸의 탄력과 맘의 평화가 넘치는 사람이 되도록 노력하게 만드는 영원한 나의 트리거! 그래서 나도 몸짱을 만나고 가장 사랑하는 언니들과 동생, 옆지기 총 6명을 먼저 몸짱으로 초대했고 모두 중급반까지 이수하였다. 요즘도 만나면 체조도 같이 하고 댄스도 함께 추곤 한다. 앞으로도 몸을 아끼고 운동하는 아름다운 모습으로 계속 함께

할 것이다. UBUNTU!

지준반, 맘짱 과정의 다양한 활동을 통해 계속 성장하고 있지만 가장 감사한 것이 필독서이다. 워낙 책 읽는 것을 좋아해서이기도 하지만 속독 위주로 읽던 내가 한 줄 한 줄 밑줄 그으며 읽은 수많은 책들. 그중 『어린 왕자』는 메마른 내 맘에 단비처럼 위로를 주었다. 읽으며 얼마나 많은 눈물을 흘렸는지 모른다. 조그마한 동화 같은 책. 보아뱀, 모자, 길들인다, 사막여우, 어린 왕자, 별, 장미 어른…. 익숙하던 것들이 다시 내 맘속으로 들어왔다. 어느 단어 하나 놓칠 수 없을 만큼.

남들과 달라 힘들었다. 무엇보다 100배 1,000배 남들보다 느끼는 감정이 커서 늘 사랑에 목말라했다. 그래서 힘들었다. 하지만 어린 왕자가 왜 하늘을 보고 해님을 보고 별을 보고 뭉클해하는지 이유를 알려 주며 내가 잘못된 게 아니라고 위로해 주는 것 같았다.

비행사와 이별을 준비하는 부분에선, 내내 엄마가 떠올랐다. "내 맘의 해님 별님 달님이 되어서 지금 이 슬퍼하는 감정이 사라지면 엄마와의 모든 추억 소환이 아프지만은 않겠지." 이제는 엄마와의 이별 슬픔이 조금 가라앉았다. 그렇다고 해서 깨끗이 잊을 수 있는 건 아니다. 내 삶 속에서 엄마를 잊을 수는 없겠지만 더 이상 슬프지만은 않으리라.

길들임 부분에선, 난 옆지기에게 길들여졌지만 옆지기는 그렇지 않음을 알았다. 그래서 난 더 계속 사랑과 관심을 바라고 어린 왕자를 통해서 나에게 길들여지지 않은 옆지기를 조금 더 이해하게 된 것이다. 또한 내가 사랑한 만큼 시간을 투자한 딸. 비록 내가 바라는 대로 길들여지진 않겠지만 무한 사랑을 보낼 수밖에 없음을 안다. 하지만 딸이 나에게 아직 그만큼 시간을 안 쏟았으니 한 방향의 사랑일 수밖에 없음을, 그저 넉넉한 미소로 응원하며 딸이 나를 길들일 시간을 고대해 본다.

밀레니엄 베이비, 하나밖에 없는 완소 딸은 중학교 2학년에 조기 졸업을 하고 기숙사 고등학교로 가면서 더욱 서로를 이해할 수 있는 시간이 부족했다. 지금은 점점 서로가 맘을 열어가고 있지만 고3까지도 내 신념으로만 통제하려 든 것 같다. 내가 시간을 쏟은 만큼 나에게 길들여지기만을 바란 것임을 이제는 안다. 물론 아직도 불쑥 부정적 생각이 든다. 너무 소중하니까 안전하기만 바라는 것이다. 하지만 그것은 내 신념의 통제일 뿐, 내 딸이 좀 더 진취적으로 세상에 뛰어들길 이제는 바란다. 현재 자기 삶을 주도적으로 살아가고 있는 딸의 용기와 믿음을 응원해야겠다.

내 딸도 당연히 스스로 잘 되기를 바라고 있고, 스스로가 행복하기를 원하며, 외롭고 슬픔과 절망을 겪으며, 실수를 하며 두려움을 느끼고, 원하는 것을 찾고 있으며, 인생에 대해 배우는 중임을 안다. 절대 내 기준에 맞지 않다고 나랑 다르다고 대충 사는 것이 아님을 안다. 이렇게 다시 한 번 지준(몸짱지도자준비반) 수업의 깨달음을 되새기며 우리는 다름을 받아들이고 가장 좋은 친구가 될 것이다. 그리고 나의 소중한 딸! 늘 잘하고 싶고 칭찬받고 싶어했던 딸에게 꼭 해 주고 싶은 이야기가 있다.

"일등은 많단다. 누구를 밀어낼 것이 아니라 새로운 자리를 만들어 일등을 하면 된다. 어떤 이는 머리가 좋고 학문에 뜻이 있으면 깊이로 일등을 하고, 또 어떤 이는 관심이 다양하니 폭넓게 접목해서 넓이로 일등을 하면 된단다. 다 똑같은 모습으로 살아야 하는 것은 아님을, 각자의 성격과 가치관에 따라 자기만의 삶을 살아가면 각자의 삶에서는 모두가 일등임을. 스스로! 더불어! 즐겁게! 살아가렴."

"몸짱! 맘짱! 머리짱! 짱짱짱!
   웃는거야!
   스스로! 더불어!즐겁게!

엄마같이 좋은 해님처럼

매일해도 좋은 몸짱운동!"

매일 새벽 몸짱 운동장에서 외치는 나의 구호이다. 대자연의 운동장에서 '스스로'운동하고 몸짱 운동장에서 '더불어'함께 응원하며 매일 해님을 나누며 하루하루 더 '즐겁게'! 한결같이 어느 곳에나 똑같이 비추는 따뜻함과 붉고 뜨거운 열정의 해님처럼 살고 싶다. 짙은 먹구름 뒤에 가려 있을 때도 있지만 묵묵히 세상에 빛을 선사하고 찬란히 떠오를 때에도 푸른 여명과 조화롭게 따뜻하고 붉은 사랑을 전하는 해님처럼. 이러한 나의 일상에서 쌓인 '어제보다 나은 오늘'이 나와 가족 그리고 이웃에게 따사로운 햇살처럼 전해지길 바란다.

지금처럼 앞으로도 나의 해님 사랑은 계속될 것이다. 한겨울에도 한여름에도 5시에 해가 떠도 7시 30분에 해가 떠도 나에게 많은 에너지를 주는 해님이, 그 해님을 마주하는 매일의 벅참이 어떤 누군가에게도 희망이 되길 바라며 몸짱 운동장에서 일출을 나눌 것이다. 자연과 교감을 나누고 많은 이들을 위한 기도와 사감미용을 실천하며...

아직 몸짱을 경험하지 못한 분들에게 꼭 해주고 싶은 말이 있다. "스스로! 더불어! 즐겁게! 하실 마음 있나요? 그럼 바로! 지금! 여기! 몸짱에서 함께 해요! 매일이 어나오가 될 것입니다."

내가 가진 것에 만족하기보다 남이 가진 것에 질투했던 내가 아니라 나의 성격과 가치관에 따라 살아가면 모두가 각자의 삶에서 일등인 것을 알아가고 있다. 잠시 멈칫도 했다. 나의 보잘것없는 이야기가 누군가에게 읽힌다면 창피할 것 같고 더 많은 어나오가 있는 사람들의 비웃음은 또 어찌 감당할 것이며 많은 가로막음이 마음속에서 생겨났다. 하지만 그때 옆지기가 툭 던지듯 해 준말, "너만큼 행복하게 몸짱을 즐긴 사람이 있을까? 그것만으로도 충분하지 않을까?" 보여주기 위해서가 아니라 정말 즐겼기에, 그래서 나는 어나오에서 내가 1등임을 자부하며 글을 마친다.

몸짱맘짱이어서 참 좋다!

_고새나(몸짱맘짱 대표)

아삭하고 맛난 배추김치의 과정은 딱 '어나오'를 비유하는 데 적절하다.

알이 꽉 찬 배추는 보기에도 탐스럽다. 김치가 될 수 있게 '선택' 되어진다. 대신 알이 빠진 배추는 들에 남겨지고 버려지게 된다. 사람도 마찬가지다. 눈에 총기가 있는 사람, 몸이 건강하고 마음에 긍정의 힘이 있는 사람은 선택되어진다. 그와 반대되는 사람은 환경 탓, 남 탓하기 바쁘고 총기보다는 원망과 불평의 눈빛이 가득 차 있다.

알이 꽉 차 있더라도 혈기왕성하고 날이 서 있는 배추는 소금에 하루 적당히 절인다. 어깨에 힘이 들어가고 목이 뻣뻣했던 배추는 절이는 시간을 통해 숨을 죽이게 된다. 나만 바라보는 관점에서 슬며시 주변을 돌아보는 터닝 포인트를 맞이하게 된다. 그래서 김치의 맛은 어떻게 절이느냐가 관건이다.

사람도 똑같다. 어떻게 절임을 받았는지에 따라 인격이 만들어진다. 몸짱에서도 새싹반에서 중급반을 넘어 고급반에 진입하게 되면 절이는 순간을 맞게 된다. 몸짱 리더의 경험을 통해 숨을 죽이는 방법을 배우게 된다. 이때 한 번씩 찾아오는 것이 바로 '슬럼프'이다. 삶에서 다양하게 맞닥뜨리는 슬럼프를 통해 알맞게 절여지는 방법을 배워 나가는 것이 인생인 것 같다. 나만의 에고와 이기적인 무엇들이 빠져나가게 한다. 숨을 알맞게 잘 죽이는 것이 비결이다. 너무 많이 절이게 되면 짜서 먹기도 전에 뱉게 된다. 상대적으로 덜 절이게 되면 이 맛도 저 맛도 아니게 되어서 먹다 만다. 가장 맛나게 절이는 타이밍이 중요한 것이다. 사람도 슬럼프를 알맞게 잘 견디는 나만의 숨을 죽이는 방법을 알아차려야 한다. 몸짱은 그러한 선물을 제공해 주는 좋은 경험 터가 되어 준다.

절인 배추가 김치가 되는 것은 바로 '변화'이다. 대혁신이다. 사람이라면 변화되어야 한다. 어나오가 팬히 있는 것이 아니다. 어제보다 나은 오늘을 향해 변화가 일어나야 한다. 발효가 잘된 김치처럼 발효가 잘된 사람은 그 변화의 폭이 넓고 깊고 파장이 크다. 그래서 다른 사람에게도 그 좋은 발효의 효능을 널리 전파한다. 그리고 그 사람 곁에 사람들이 더 많이 모이게 된다. 다양한 사람을 품고 공감하며 희망을 전달한다.

보기에도 맛난 양념과의 만남을 통해 배추는 진짜 김치로 새롭게 탄생하게 된다. 씹을수록 아삭하고 군침이 돌고 밥 한 숟가락에 그 김치 한 점에 모든 오감이 열리는 행복감을 준다.
그렇다! 맛이 좋다!

사람도 성숙되어 가면서 다양한 사람들과의 어울림을 통해 빛이 나고 향이 나고 깊은 맛을 낼 수 있어야 한다. 자신의 빛나는 모습을 자유롭게 드러내지만 함께 어울리며 깊은 맛을 내는 사람은 우리는 '참 좋다'라고 표현한다. 관계에 있어 편안함이 있고 가까이 가고 싶고 배우고 싶어진다. 퍼 주고 퍼 주어도 좋은 에너지가 계속 차오른다. 함께 사는 좋은 세상을 만든다.

몸짱은 맛이 좋은 김치와 같다. 어디서 맛볼 수 없는 황홀감이 무한대인 김치. 오색이 다양하게 만나 더 특별한 김치 맛을 내는 곳. 나도 만들고 너도 만들고 우리가 함께 만드니까.

변화가 생기는 몸짱맘짱!
'어나오'로 함께하는 행복에, 아! 좋다.
몸짱맘짱, 참! 좋다.

몸짱 너머 꿈을 향한 항해에 힘찬 박수를 보내며!

현대인들의 삶은 속도가 매우 빠릅니다. 그 속도를 따라 단기적 목표를 향해 달려가다 보면 문득 전혀 다른 방향으로 가고 있는 자신의 모습을 발견하게 되기도 하고, 때로는 완전히 길을 잃게 될 때도 있습니다. 이렇게 바쁘게 살아가는 가운데 조금씩 쌓인 스트레스가 질병이 되어, 어느 날 질주하던 자신을 갑자기 멈춰 세우기도 합니다.

이미 대한민국은 2017년 65세 이상 인구가 14%이상인 고령사회가 되었고, 2026년에는 65세 이상 인구 비중이 전체인구의 20%를 넘어서는 초고령사회에 진입할 것이 확실시되고 있습니다. 이처럼 고령사회가 가속화되면 무엇이 가장 중요할까요? 몸과 마음의 건강이야 말로 100세 시대에 가장 큰 자산입니다. 하지만 우리는 시간과 공간이 허락하지 않는다는 이유로 건강을 지키는데 있어 가장 중요한 수단인 운동을 미루고, 운동을 시작하지만 머지않아 곧 중단하곤 합니다.

'운동을 놀이처럼'! 하루를 건강하게! 저절로 몸짱까지!' 라는 문구에 미혹(?)되어 50명으로 시작한 몸짱 프로젝트가 현재는 회원수 4,000명을 넘어서며, 남녀노소 구분없이 운동을 기반으로 전세계를 연결하는 공동체로 거듭나고 있습니다. 처음에는 하루 10분으로 과연 몸짱이 될 수 있을까 하는 호기심으로 시작한 사람들이 몸짱이라는 공동체안에서 건강한 몸을 되찾고, 마음의 상처를 치유하고, 몸짱을 너머 다른 이들의 치유를 돕는 운디드힐러(Wounded healer)로 거듭나고 있습니다. 그 비밀은 무엇일까요?

이 책에는 어나오(어제보다 나은 오늘)의 정신으로 자신과의 싸움을 이겨내고, 몸짱을 넘어 맘짱으로 거듭나며, 새로운 꿈을 향해 나아가고 있는, 스물한분의 감동적인 스토리와 그 비밀이 담겨 있습니다. 또한 운동공동체를 넘어서 문화공동체로 거듭나고 있는 몸짱 공동체의 이야기도 기록되어 있습니다.

건강한 몸, 건강한 마음, 건강한 관계를 소망하신다면, 이 책에 담긴 저자들의 생생한 스토리를 통해 그 길을 찾게 되시리라 믿습니다.

몸짱가족 김대현

동행동행(同行同幸)의 마음

치열한 경쟁사회 속에서 우리의 삶은 매일 매일이 전쟁터 같다. 진정한 승리는 남과의 경쟁에서가 아니라, 어제의 나와 경쟁하여 이룬 승리가 더 값질 것이다.

여기에 소개되는 21명의 『어나오』 주인공은 바로 어제의 나와의 경쟁에서 당당히 맞서 이긴 주역들이다.

새싹반을 지나 기초반, 중급반, 고급반을 거쳐 모두 몸짱을 이루었고 탄탄해진 신체를 바탕으로 건강한 마음돌보기를 실천하여 단단한 맘짱을 이루어낸 몸짱맘짱의 대표 주자들인 것이다. 특히 이들은 '운동을 놀이처럼, 하루를 건강하게, 저절로 몸짱까지' 라는 몸짱운동의 기본컨셉을 일상생활 속에서 충실하게 지켜낸 대표 1세대들로서 몸짱운동의 첫길을 내고 개척해낸 멋진 주역들인 것이다.

이들은 이제 곧 힐러로서 몸짱맘짱의 대표주자가 되어 전 세계를 누빌 몸짱리더라 해도 과언이 아니다.

어제는 지나간 역사요, 내일은 다가올 미래이다.

현재를 사는 우리는 어제의 과거에만 머물러서도, 미지의 내일만 기다려서는 안될 것이다. 현재의 오늘, 바로 지금 이 순간이 우리에게는 축제의 시간이어야 한다. 여기 주인공들은 이 축제의 오늘을 누구보다도 신명나게 살아내고 있는 현자(賢者)들인 것이다. 몸짱을 생활 속 실천운동으로 오늘을 누구보다도 즐겁고 에너지 넘치게 살아내는 사람들이다. 그리하여 다가올 내일을 더욱 건강하고 희망차게 맞이할 준비가 되어 있다. 이들이 보여주는 삶의 접근방식과 태도를 배워보자. 내게 주어진 오늘, 선물같은 오늘을 희망과 축복으로 채워보자.

그런 의미에서 『어나오』는 멀리 있는 누군가의 이야기가 아닌, 바로 내 자신과 우리들, 가까운 내 이웃의 이야기이다.

이곳의 소소한 감동스토리가 더 나은 내일을 꿈꾸는 오늘의 우리에게 희망의 메시지가 되어줄 수 있을 것이다. 실천적 생활운동인 몸짱맘짱운동을 통해 너도 나도, 우리 모두가 희망의 주인공이 되어보자. 동행동행(同行同幸)의 마음으로 함께 건강하고 행복한 몸짱맘짱이 되길 기대해본다.

몸짱가족 김현진

몸짱 프로젝트란?

Anytime! Anywhere! 신개념 온라인 운동 모임 '드림팀즈' 몸짱 프로젝트

집, 직장, 야외 어디서나 하루 10분. 자신이 원하는 시간과 장소에서 즐겁게 운동하고 온라인상에서 운동 모임 사람들과 운동 동작을 공유하는 곳이 있습니다. 이름하여 '드림팀즈' 몸짱 프로젝트인데요.

매일 400만명 독자에게 고도원의 아침편지를 보내기도 하고 충주 깊은산속 옹달샘 명상센터도 운영 중인 고도원님을 아시나요? '깊은산속 옹달샘'에서 시작한 온라인 몸짱 프로젝트는 2016년 5월, 50명을 첫 시작으로 2019.4월 기준으로 4천 여명이 함께 하는 건강공동체로 성장 중에 있습니다.

흔히 운동이라면 사람들은 휘트니스나 헬스클럽처럼 공간과 시간이 필요하다고 생각하지만 바쁜 현대인들에게는 여러 제약들로 인해 그림의 떡일 수 있죠? 게다가 운동은 쉽게 질리고 작심삼일이 되기 일쑤이기도 합니다. 이런 단점을 보완한 것이 언제, 어디서나 온라인을 통해 운동을 할 수 있는 '드림팀즈'의 몸짱 프로젝트입니다.

몸짱 프로젝트의 슬로건이 있습니다.
'하루 10분, 운동을 놀이처럼! 하루를 건강하게! 저절로 몸짱까지!'

몸짱 프로젝트는 인생을 함께 걸어가고 있다는 소속감과 안전한 애착감도 주고 있어서 몸 뿐만 아니라 마음 건강에도 매우 좋습니다. 몸짱 공동체는 나보다는 너와 우리를 생각하는 끈끈한 공동체 정신과 긍정적 에너지, 도전정신으로 다양한 오프라인 모임, 마레닉 동아리, 일본어와 중국어 동아리, 여행 동아리, 의료진과 연계한 건강 상담 등 다양한 활동을 펼쳐 나가고 있습니다.

"행복을 원하시나요?"
그럼 몸짱 새싹반에 입문해 보세요.
삶이 변화됩니다."

드림팀즈: https://www.dreamteams.co.kr

몸짱이란?

건강내비게이션

또 다른 나의 표현 **원동력** 영원한 동반자

인생 반려자 청춘운동장 **자신감**

power 미라클 팩토리

길앞잡이 **평생배움터**

양파 100세 건강보험

에너지충전소 신세계

적금통장 희망 그리고 꿈

남편같은 친구

삶의일부 기상나팔 한울티

호흡

마르지 않는 우물 무자본

매일 만나는 친구

힐링

웃음창고

맞춤형 건강테크

오아시스

기적

자가치유놀이터

포인트 일상 사랑

공동 4차혁명인재양성

무료 성형외과

물창고 이생2막 행복 터닝포인트

다이아몬드광산

상생 해피바이러스 도전

나를 찾아주는 거울

평생보약 연금술사

인공호흡기

생명보험

www.dreamteams.co.kr